グランドール王国再生録

破滅の悪役王女ですが救国エンドをお望みです

麻木琴加

22491

角川ビーンズ文庫

CONTENTS

レナルド
先王の遺児。
冷静沈着で優秀、国民を
顧みないヴィオレッタを敵視
している。
リアム
先王の遺児でレナルドの弟。
化学の才があるが、
引き籠もりで大人しい。
ヴィオレッタ（日野茉莉）
グランドール王国の第一王女。
経営コンサルタントだった茉莉としての
前世の記憶を取り戻し……？
グランドール王国再生録
破滅の悪役王女ですが
救国エンドをお望みです
CHARACTERS

ラルス

教会の騎士団所属。
アナリーを護衛している。

アナリー

光の乙女候補の少女。
下町で治療院を開いている。

スヴェン

学者で、ヴィオレッタ・レナルド・リアムの家庭教師。

KEYWORD

『グランドール恋革命』

茉莉が大学の友人に借りてプレイした乙女ゲーム。
王に王冠を授ける「光の乙女」候補となったヒロインが
攻略キャラクターたちと恋に落ち、様々なイベントに巻き込まれていく。

illustration. 逆木ルミヲ

本文イラスト／逆木ルミヲ

時を遡《さかのぼ》ること三百年前、この地に「光の乙女《おとめ》」と呼ばれる聖女がいた。

乙女はかざした手の先から温かな光を生み出し、病人や怪我《けが》人を癒《い》やす力に長《た》けていた。

乙女はその力を貧者《ひんじゃ》のために行使し続けていたが、噂《うわさ》を聞きつけた時の王の手によって、王宮の奥深くに幽閉《ゆうへい》された。

嘆《なげ》き悲しむ乙女のもとに、ある日、一人の青年が世話係として現れた。青年は生母の身分が低いため、王宮で日陰者《ひかげもの》としての暮らしを余儀《よぎ》なくされていた王の実子だった。

孤独《こどく》な青年と乙女は互《たが》いに惹《ひ》かれ合い、五年の歳月を共に過ごした。

その後、乙女は王宮の外へ出る機会を得た。王が崩御《ほうぎょ》し、王位継承《けいしょう》争いが勃発《ぼっぱつ》したのである。

荒《あ》れゆく国土を見かねた青年は戦《いくさ》を止めるべく奔走《ほんそう》した。しかし、その行動を快く思わない異母兄弟たちから無実の罪を着せられ、王宮前の広場で処刑《しょけい》された。

民《たみ》は青年の死を嘆き悲しんだ。だが、絶望の時は長く続かなかった。乙女の祈《いの》りが天に通じ、青年は息を吹《ふ》き返したのだ。

青年は乙女の助けを得て王位継承争いを制し、乙女の手ずから王冠《おうかん》を授《さず》けられた。

青年は国名をグランドール王国と改め、その初代国王となったのである。

青年と乙女は民のために尽《つ》くし、民も彼らの統治を喜んで受け入れた。

その三十年にも及《およ》ぶ治世ののち、乙女が先にこの世を去ることになった。彼女は今際《いまわ》の時に青年をその枕辺《まくらべ》に呼んで誓《ちか》った。

「たとえこの先、何度生まれ変わったとしても、私はこの王国を見守り続ける」と。

乙女の死後、グランドール王国では、王が替《か》わるたびに清き乙女たちの中から光の乙女の生まれ変わりを探すようになった。

戴冠式《たいかんしき》で乙女が手ずから新王に王冠を授けるしきたりは、この時に生まれたのである。

やがて時は過ぎ、グランドール王国の辺境の地に一人の少女が生まれた。彼女は幼い頃《ころ》に両親を流行病《はやりやまい》で亡《な》くし、王都にある教会にその身を預けられた。

少女はまだ知らない。この地で十七人目の王が選ばれる日に、彼女の運命が大きく動くことを。

『グランドール恋《こい》革命』より

プロローグ

「今宵《こよい》は皆《みな》、よく集まってくれた。これより、グランドール王国第十七代国王を決める試験について説明する。レナルド、ヴィオレッタ、リアム、覚悟《かくご》はよいか？」

王が目前に並ぶ三人の王位継承者たちに向け、口を開く。

第一王女のヴィオレッタは父王の顔を見て、はっきりうなずいた。一方、先王の遺児にして彼女の従兄《いとこ》に当たるレナルドは堂々と胸を張り、その弟のリアムは怯《おび》えのにじんだ目を前髪《まえがみ》の下に隠《かく》しながら、続く王の言葉を待っている。

王は居並ぶ三人の顔を一人ずつ丁寧《ていねい》に見回し、玉座の上から重々しい声で告げた。

「これから一年間、おまえたちには『光の乙女』の生まれ変わりを探してもらう。その上で光の力を覚醒《かくせい》させることに成功した者こそ、余は次の王に選ぼう」

言葉にならない動揺《どうよう》が三人の間に走った。いつも不敵なヴィオレッタや冷静沈着《ちんちゃく》なレナルドですら驚愕《きょうがく》に目を見開き、気弱なリアムなどは今にも卒倒《そっとう》しそうな様子で震《ふる》えている。

「試験の内容は以上だ。明日《あした》から、皆の努力に期待する」

王はそう言うと、振《ふ》り返りもせず、三人に先んじて謁見《えっけん》の間を出て行った。

「お父様ったら、とんでもないことを考えてくれたわね」

残された広間の中で最初に口を開いたのはヴィオレッタだった。彼女は燃えるように赤い髪を肩《かた》の後ろに振《ふ》り払い、忌々《いまいま》しげに口の端《はし》を歪《ゆが》めて言った。

「光の乙女なんて、所詮《しょせん》は伝説でしょう？　実際は戴冠式のために適度に見栄《みば》えがよく、物わかりのいい娘《むすめ》を連れて来てるだけじゃない。光の力を覚醒させるなんて、無理な話よ」

「私も驚《おどろ》いたが、陛下には何かお考えがあるのだろう。私はやるぞ」

そう宣言したのは、レナルドだった。

「近年の度重《たびかさ》なる重税や社会の変化に対応しきれず、民は疲弊《ひへい》しきっている。王となって、彼らの負担を少しでも軽くしてやりたい。そうは思わないか？」

レナルドの誠意あふれる発言に、弟のリアムが憧《あこが》れを含《ふく》んだ表情で何度もうなずく。ヴィオレッタはそんな従兄弟二人の様子をフッと鼻で嗤《わら》った。

「民は生かさず殺さずというのが、政《まつりごと》の基本でしょう？　あなたたちは王族として今まで何を学んできたの？」

ヴィオレッタにとって、民とは王侯《おうこう》貴族のために尽くす存在だった。従って、その生殺与奪《せいさつよだつ》の権利は自分の手の内にあると考えている。彼女は常識を述べたつもりだったが、その発言を聞いたレナルドは表情を険しくした。

「ヴィオレッタ、君にだけは王位を渡《わた》さない。君のような人間が玉座に就《つ》いたら、この国は滅《ほろ》びてしまうだろう」

「なんですって⁉　滅びるって、あなたの方がよっぽど……うっ！」

ヴィオレッタが頭を押さえ、うずくまる。「滅びる」という単語を耳にした瞬間《しゅんかん》、頭を激しく打ちつけるような衝撃《しょうげき》が彼女を襲《おそ》ったのだ。

「ヴィオレッタ、急にどうしたんだ？　大丈夫《だいじょうぶ》か？」

人のいいレナルドが心配して顔を覗《のぞ》き込んでくる。ヴィオレッタは脂汗《あぶらあせ》のにじんだ顔をゆっくり上げ、痛むこめかみを押さえながら答えた。

「ごめんなさい、あなたの言う通りだわ。私も自分が王位に就いたら、破滅《はめつ》一直線だと思う」

「……は？　今なんと言った？」

「だから、私は王になってはいけない人間で……あれ？」

私は我《われ》に返り、目をパチパチと瞬《またた》かせた。

目の前では、レナルドとリアムの兄弟が唖然《あぜん》とした様子でこちらを見ている。

私も二人と同じように、自分自身の発言に驚いていた。思わず口をついて出たセリフとはいえ、自分が王にふさわしくないと認めてしまうなんて。

もっとも、自分の今までの行いを思えば、死んでも王位に就こうとは思えないけど……え、死んで？　ちょっと待って！　死ぬってどういうこと？

全身からサーッと血の気が引いていくのを感じ、私は身震いした。

私は誰《だれ》？……私はヴィオレッタ・ディル・グランドール。この国の王女よ。

でも、私にはもう一つの名前があった。日野《ひの》茉莉《まつり》……それは、私が日本人として生きていた頃の名前だ。

私はあの日、交通事故に遭《あ》って……そうだ、茉莉として生きてきた私はあの時に死んだんだ。

それから私は一国の王女、ヴィオレッタに生まれ変わって……。

「兄さん、ヴィオレッタはどうしたの？」

困惑《こんわく》した様子のリアムが兄に助けを求める。レナルドは緊張《きんちょう》した面持《おもも》ちで私を見下ろし、静かに断言した。

「国王試験を前にして、過度の緊張に耐《た》えきれなかったのだろう。今、医者を呼んでくる」

「待って、レナルド！　私は」

レナルドの背に向かって手を伸《の》ばした、その瞬間、視界がぐにゃりと歪んで見えた。

何これ!?　目がチカチカして気持ち悪い！

うめく私の脳内に、ヴィオレッタとして生きてきた十六年間の記憶《きおく》が洪水《こうずい》のように押し寄せてきた。

「おい、大丈夫か!?　しっかりしろ！」

レナルドの声が遠くから聞こえる。それを最後に、私の意識は闇《やみ》に沈《しず》んでいった。

第一章　転職先は悪役王女？

私、本当にこの仕事がしたかったのかな？

会社からの帰り道、私は暗い気持ちでため息をこぼしながら歩いていた。

二年前に新卒で外資系のコンサルタント企業《きぎょう》に就職できた時は、「憧れの仕事に就けた！」と思って、本当にすごく嬉《うれ》しかった。それなのに、最近は目の前のタスクをこなすことに手《て》一《いっ》杯《ぱい》で、なんだか目標を見失っている気がするんだ。

仕事である以上、自分の理想とかやりたいこととかは二の次だって言われるかもしれない。だけど、たった一度の人生をそんな風に妥協《だきょう》続きで過ごしたら、後悔《こうかい》しない？

「私、もっといい仕事ができるようになりたい」

ぼそっとつぶやいた。その瞬間、私の背中を押すように、信号が青に変わった。

うん、そうだよね！　一度きりの人生、もっとやりたいことを追求した方がいいよね！

早速《さっそく》明日、仕事のやり方について先輩《せんぱい》に相談してみよう！

そう決意すると、途端《とたん》に気が楽になって、私は足取りも軽く横断歩道を渡ろうとした。まさにその時だった。まばゆい光が突然《とつぜん》、私の視界を覆《おお》った。

「危ないっ！」

誰かの悲鳴に重なって、キキーッとブレーキを踏《ふ》む音が間近で上がる。その時すでに私の身体《からだ》は宙を舞《ま》っていた。

熱いとか痛いとか感じる間もない。全身を勢いよく地面にたたきつけられ、呼吸が止まる。

……私、死ぬのかな？

遠のいていく意識の中で、ぼんやり思った。心の中は後悔でいっぱいだった。

もし生まれ変わることがあったら、今度はもう周りに流されたりしない。何があっても妥協せず、自分の意志を貫《つらぬ》いて生きてやる。そう誓《ちか》ったことが、前世での最後の記憶になった。

「そっか。私、本当に生まれ変わったんだね」

国王試験が始まった翌朝のこと。私は自分の部屋の鏡を見て、しみじみとつぶやいた。

鏡に映っていたのは、上質のルビーを溶《と》かしたような赤い髪と、澄《す》んだすみれ色の瞳《ひとみ》を持つきつめの美人。この国の第一王女、ヴィオレッタその人だった。

転生してから十六年間も一緒《いっしょ》の顔だから、当然のように見覚えも愛着もある。でも、それだけじゃない。私は自分以外でもこの顔を見たことがある気がして、首をひねった。

前世で観《み》た映画や海外ドラマの中かな？　この顔って、どこか外国の悪役っぽいし。

私がまじまじと鏡の中の自分を観察していると、部屋の扉《とびら》がノックされた。

「ヴィオレッタ様、おはようございます。お加減はいかがでしょうか？」

侍女《じじょ》が扉越《ご》しに聞いてくる。そういえば、昨日倒《たお》れてから今まで爆睡《ばくすい》してたんだっけ。

「おはよう。昨日は迷惑《めいわく》をかけたわね。もう大丈夫よ」

私が答えた瞬間、部屋の外で息を呑《の》む気配がした。ん、なんで？　気のせいかな？

一拍《いっぱく》おいて、侍女がクロワッサンとカフェオレの載《の》ったトレイを持ちながら、おずおずと入ってきた。彼女は、ベッドから出ている私を見て驚いたらしい。

「あの、朝食はいつものように、ベッドにお持ちしてよろしいのでしょうか？」

「え？　ベッド？」

私は一瞬ポカンとして、すぐに納得《なっとく》した。以前の私は毎朝ベッドの上で朝食を取っていたんだった。それはとても魅力《みりょく》的な提案に思えたけど、前世の社会人経験を思い出した今、平日の朝からそんな怠惰《たいだ》な生活を送ることには、さすがに抵抗《ていこう》がある。

「いつも朝食を運んでくれて、ありがとう。トレイはここで私が預かるわ」

私は侍女にニコッと笑いかけ、彼女の前に手を差し出した。

「え……」

侍女が固まる。その手からトレイがすべり落ちた。「危ない！」と思った時にはもう、熱々のカフェオレが深紅《しんく》の絨毯《じゅうたん》にまだら模様のシミを作っていた。

「も、申し訳ございません！　お許しを……！」

「それより大丈夫⁉　怪我《けが》はない⁉」

私は慌《あわ》てて侍女の手を取った。カフェオレがかかってしまったのか、指先が少し赤くなっている。火傷《やけど》までいかなくても、放《ほう》っておけない。

「ここはもういいから。すぐに手を冷やして、薬を塗《ぬ》ってちょうだい」

私の指示に、侍女はなぜか無反応。なんで？　まさか何も言えないくらい痛いの？

心配して見ると、彼女の顔は蒼白《そうはく》を通り越し、紙のように白くなっていた。

「どうしたの？　やっぱり手が」

「い、いえ！　あの、私はシミ抜《ぬ》きの手配をして参ります！」

私が手を放した、その一瞬の隙《すき》をつき、侍女は脱兎《だっと》のごとく部屋を飛び出していった。真昼に幽霊《ゆうれい》を見たって、きっとここまでの逃《に》げ方はしない。急にどうしたんだろう？

私は首をひねり……ややあって、ポンと手を打った。

そうだ、今の私はヴィオレッタだった。今までの私なら、上《あ》げ膳据《ぜんす》え膳《ぜん》は当たり前。絨毯にシミがついたことを怒《おこ》って、侍女を扇子《せんす》で殴《なぐ》るくらいのことは平気でしていた。いやぁ、実に過激で嫌《いや》な性格だったわ。前世に幕を引く直前に、「生まれ変わることがあったら、今度こそ好きに生きよう」と思ったよ。それでも、この性格はないわー。

こうして前世を思い出すまでは考えたこともなかったけど、実は私、あちこちで恨《うら》みを買いまくってるんじゃないかな？

案外、レナルドが王位に就《つ》いた途端、今までの私に対する鬱憤《うっぷん》や不満があちこちで爆発して、私は幽閉されたり処刑《しょけい》されちゃったりして。……いや、まさかね。私、一応王女だし。

でも待ってよ！　ヴィオレッタの処刑、本当にあるかもしれない！

私は嫌な予感に突《つ》き動かされ、再び鏡を見た。

この悪役顔に見覚えがあると思った時から、妙《みょう》な胸騒《むなさわ》ぎがしてたのよ。しかも、光の乙女《おとめ》を探し出すという国王試験の内容に、どこかで聞いた設定の数々。ここはまさか……、

「ゲームの世界？」

そう、あれは前世で私が就活に疲《つか》れていた時のこと。大学の友人が「気分転換《てんかん》になるよ」と言って、「グランドール恋《こい》革命」というタイトルの乙女ゲームを貸してくれたんだ。

あのゲームとまったく同じだ。グランドール王国という国名も同じなら、光の乙女を信仰《しんこう》している教会が存在する点も、ゲームの設定と一致《いっち》している。

この王国で新しく王になる者は、教会が選び教育した「光の乙女」候補の中から、自らの代の「光の乙女」を選び、彼女の手で王冠《おうかん》を授《さず》けられることになっているんだ。

あのゲームのヒロインは、そんな乙女候補の一人だった。彼女は弱者救済に消極的な教会のあり方に反発して教会を飛び出し、下町で薬局を開く。そこへお忍《しの》びでやって来たレナルドたち王子様や、護衛の騎士《きし》たちと恋に落ち、様々なイベントに巻き込まれていくのよ。

中でも最大のイベントは、ラストの革命よね。ヒロインは、王宮を追われた王子様に協力し

て王位奪還《だっかん》を目指す。その過程で、彼女は光の力に目覚め……って、ゲームの最後で倒されるラスボスにして悪役王女が私、ヴィオレッタじゃない！

　私は試験で王を目指すものの、レナルドたち兄弟に敗れてしまい、自分を王に選ばなかった父王を逆恨《さかうら》みして虐殺《ぎゃくさつ》。王位簒奪《さんだつ》の末に兄弟を王宮から追放し、圧政を敷《し》いたせいで革命を起こされるのよ。しかも、その最期《さいご》は処刑に惨殺《ざんさつ》に暗殺に獄死《ごくし》と、実にバラエティに富んでいて、「乙女ゲームのくせに、悲惨《ひさん》な最期のショールームか！」とつっこみたくなるほどだった。

　せっかく来世に転職した途端、殺される選択肢《せんたくし》しかないなんて、ひどすぎない？

　そんなの絶対に嫌よ！

　その日の午後、私は重たい足を引きずり、王宮の西翼《さいよく》にある王立図書館へ向かった。

　目的はただ一つ。本を読んで、ゲームの詳細《しょうさい》を思い出すための手がかりを探すのだ。

　廊下《ろうか》を奥へ進んで行くと、突き当たりに重厚《じゅうこう》な絹張りの扉が現れた。そばにいた衛兵が一礼し、扉を開けてくれる。中に入った私は、思わず歓声《かんせい》を上げそうになった。

　ここの図書館って、こんなに広くて立派だったっけ？

　同じ王宮内にありながら、ここに来るのは、実は数年ぶりだった。前世を思い出す前の私は、活字を読むと速攻《そっこう》で寝落《ねお》ちするという特殊《とくしゅ》体質の持ち主だったから。……まぁ、勉強が嫌《きら》いで、ダンスや人の噂話《うわさばなし》ばかりしていたわけよ。

でも、前世を思い出した今は違《ちが》う。私は吹《ふ》き抜けの天井《てんじょう》近くまで並んでいる本棚《ほんだな》を見上げ、胸をときめかせていた。読書の何がいいって、知識や感動を得られることはもちろんだけど、本をめくる時の指先の感覚とか、あのちょっと乾《かわ》いた紙の匂《にお》いもすごく好きなんだよね。

はぁー、やっぱり図書館はいいわー。

私は本の香《かお》りを胸一杯《むねいっぱい》に吸い込もうとして、はたと動きを止めた。目が合ってしまったんだ。こちらに向けられた、ものすごく胡乱《うろん》げな眼差《まなざ》しと。調べ物の最中だったのか、本を抱《かか》えたレナルドが釈然《しゃくぜん》としない様子でこちらを見ていた。

硬質《こうしつ》な美貌《びぼう》の持ち主とでもいうのかな。淡《あわ》い金色の髪《かみ》は上品な色合いをしており、極上《ごくじょう》のエメラルドのような瞳には、十七歳とは思えないほど落ち着いて理知的な光が宿っている。その瞳が今、無言で語っていた。「ヴィオレッタ、君はここで何をしている？」と。

普段《ふだん》あまり図書館に来ない女が本を眺《なが》めて「はぁはぁ」している様を目撃《もくげき》したら、今の彼みたいに怪《あや》しみもするよね。変なところを見せて悪かったかもしれない。でも、ここはスルーするのが大人の余裕《よゆう》だと思う。

私はコホンと咳払《せきばら》いをし、レナルドに向けて一礼した。この国の貴婦人らしく、両手でスカートをつまみ、両膝《りょうひざ》を軽く折って微笑《ほほえ》みかける。

「ごきげんよう、レナルド。今日もいいお天気ね」

レナルドの手から、高価そうな革張《かわば》りの本がどさどさっと落ちた。

ちょっと！　図書館の本は丁寧《ていねい》に扱《あつか》わなきゃダメでしょう！

私は駆《か》け寄り、床《ゆか》に膝をついて本を拾おうとした。しかし、それらの本は目の前でレナルドに奪《うば》われてしまった。

「自分で拾うから大丈夫《だいじょうぶ》だ。そもそも君は、扇《おうぎ》より重たいものは持たない主義だろう？」

冗談《じょうだん》めかして言っていても、レナルドの目はちっとも笑っていない。

本を拾おうとしただけで、ここまで警戒《けいかい》されるってなかなかよ。もっとも、彼と私の今までの関係を思えば、それも仕方のないことかもしれないけど。

今までの私はワガママ三昧《ざんまい》で、本当にひどいことばかりしてたからなぁ……。レナルドみたいに優秀《ゆうしゅう》な従兄《いとこ》と対立したって、いいことなんて一つもないのに、何を考えてたんだろう？……

……いや、何も考えてなかったからこそ、あんな振《ふ》る舞《ま》いができたのかもしれないけど。

「どうしたんだ、ヴィオレッタ？　まだ調子が悪いのか？」

急に黙《だま》り込んだ私を訝《いぶか》しく思ったのか、レナルドが眉根《まゆね》を寄せ、聞いてくる。私は立ち上がり、首を横に振った。

「体調はもうすっかり元通りよ。それより昨日は助けてくれて、ありがとう。倒《たお》れた私をあなたが部屋まで運んでくれたのよね？」

「別に礼を言われるほどのことじゃない。私は人として当然の行いをしたまでだ」

「ううん、当然じゃないわ。今までの私には、できなかったことだもの」

「…………」

あ、まずい。レナルドの不信感がアップした気がする。その目が「君は何を言いたいんだ？」と苛立《いらだ》っているように見える。だけど、ここで引く気にはなれない。

私は精一杯の誠実さを込め、レナルドに向かって頭を下げた。

「ヴィオレッタ？　急に何を」

「今までたくさん迷惑《めいわく》をかけて、ごめんなさい。昨日、一人になってから反省したの。私の言動は王女失格だったと。これからは心を入れ替《か》え、あなたのように誰《だれ》に対しても手を差し伸《の》べられる寛大《かんだい》な人間になりたいわ。今後はどうか私とも仲良くしてもらえないかしら？」

「……ああ、王位継承《けいしょう》者同士が親しくするのは、国のためにもいいことだ。だが、今日はあいにく時間がない。先に失礼するよ」

レナルドは毅然《きぜん》とした態度でそう言うと、颯爽《さっそう》と図書館を出て行ってしまった。

今の提案はやっぱり難しかったか。今までずっと敵対的だった女の態度が急に軟化《なんか》したら、誰だって不審《ふしん》に思うよね。よりにもよって、今日は国王試験が発表された翌日だし。

失った信用を、これからどうやって回復していこう？

私は前途《ぜんと》の多難さを思って、ため息をこぼした。その時、クックッと笑う声が耳に届いた。

「ご愁傷様《しゅうしょうさま》です。レナルド様に完全に振られてしまいましたね」

うっ、つらい……。胸を押さえ、声のした方を見ると、本棚の陰《かげ》から、今あまり会いたくない人が現れた。年の頃《ころ》は、まだギリギリ二十代だったと思う。漆黒《しっこく》の髪を後ろで一つに束ね、大学の卒業式で着るような黒いガウンを羽織り、銀縁の眼鏡をかけている。

彼の名は、スヴェン。最年少で王立学院の博士号を取得した秀才にして、私とレナルド、そしてリアムの家庭教師として雇《やと》われている学者だ。とはいえ、私とはあまり面識がない。勉強嫌いの私は、いつも彼から逃げ回ってばかりいたからね。

「ヴィオレッタ様が図書館にいらっしゃるとは、お珍《めずら》しい。国王試験について、何か質問でもございましたか？」

スヴェンは笑顔《えがお》のままなのに、その青みがかったグレーの瞳《ひとみ》には警戒の色が浮《う》かんで見える。彼と向き合う私も気を引き締《し》めた。

レナルドと同じように、私はスヴェンとも対立したくない。どちらかといえば、彼には勉強を教えてもらいたいくらいで……そうよ！　それでいいじゃない！

「ヴィオレッタ様、いかがなさいましたか？」

急に押し黙った私を心配してか、スヴェンが近づいてくる。私は彼に向かって頭を下げた。

「お願いです、スヴェン先生！　この国のことについて、私にいろいろ教えてください！」

「…………」

　スヴェンは器用にも笑顔のまま、あっけにとられているようだった。今までの私を知っている人なら、そうなる気持ちもわかるよ。だけど、前世を思い出した今はもう違うんだ。

「さっきもレナルドに言いましたが、私は自覚したのです。今までの私が王女としていかに不《ふ》真面目《まじめ》で不勉強であったかを。スヴェン先生には今まで多大なご迷惑《めいわく》をおかけしました。今さら虫のいい話だとわかっていますが、どうかご指導ご鞭撻《べんたつ》のほど、お願いいたします！」

　私の急な変化をスヴェンはどう受け止めるだろう？　顔を上げ、ドキドキしながら答えを待つ。スヴェンは私の目をじっと見つめ返し、ややあって、わずかに肩《かた》をすくめた。

「私でよければ、ヴィオレッタ様のお力になりましょう。そのための家庭教師ですから」

「ありがとうございます！」

　よし、まずは第一関門クリア！

　スヴェンに勉強を教えてもらえれば、効率よくいろんな知識を吸収できるものね。さらに、私が改心したことをアピールできるチャンスも増える。まさに一石二鳥だ。

「ヴィオレッタ様には、少々こちらでお待ちいただけますでしょうか？　本を何冊か見繕《みつくろ》ってまいりますので」

　スヴェンが私に背を向け、図書館の奥へ消えていく。やがて戻《もど》ってきた彼の姿を見て、私はちょっとだけ後悔《こうかい》した。なんと彼は台車に山積みの本を載《の》せていたんだ。しかも一冊一冊がやたらと分厚く、少しでも衝撃《しょうげき》を与《あた》えたら、雪崩《なだれ》を起こしそうなほどの量だ。

「スヴェン先生、まさかそれ全部……」

「はい。今のあなたに必要だと思われる、最低限の知識が載った本です。まずはご自身で、これらすべてに目をお通しください」

　実はこの人、私が勉強から逃《に》げ回っていたことをずっと根に持っていたんじゃないだろうか。それとも、私はここまでしないとまずい頭の出来に思われているとか。……悲しいけど、きっと後者が正解だ。今までの十六年間、本当に勉強してこなかったから。

「今日は実に喜ばしい日です。あのヴィオレッタ様が王国の地理や歴史に加え、内政や外交、民《たみ》の生活や文化に至るまで、あらゆるものに興味を示してくださるなんて」

　スヴェンがさらっと勉強内容を増やしつつ、私に微笑みかける。

「昼の間、私は図書館にいます。質問がございましたら、いつでも気軽にお越《こ》しください」

「……ありがとうございます、スヴェン先生。これからもよろしくお願いいたします」

　私のお礼が棒読みになってしまった点は、大目に見てもらいたい。

　私は台車を押して適当な席へ向かうと、そこで渡《わた》された本を片端《かたはし》から読んでいくことにした。

その姿を、スヴェンはいつまでも監視《かんし》するようにじっと見守っていた。

その日から一週間ほど、私は寝《ね》る間も惜《お》しんで受験生並みの猛勉強《もうべんきょう》を続けた。スヴェンから渡された本の量は確かに容赦《ようしゃ》なかった。ただ、それらの本は家庭教師である彼の選書だけあって、様々な分野における基礎《きそ》知識をわかりやすく網羅《もうら》し、解説していた。それらの資料と前世の知識を照らし合わせて考えた結果、この王国は産業革命前夜のヨーロッパに近い状況《じょうきょう》らしいと、私は判断した。蒸気機関の使用こそまだ本格化していないものの、その生産体制は手工業から工場での大量生産へ移行しつつある。

猛勉強のおかげで、こういった社会情勢に関する知識は深まった。でも残念なことに、ゲームを思い出すための手がかりはなかなか得られなかった。そりゃそうだよね。いくら机にかじりついて学んでも、ゲームの舞台《ぶたい》となる下町を実際に見たわけじゃないんだもの。街を歩けば何か思い出せるかもしれないけど、仮にも王族がほいほい気軽に出歩いていいはずもないし……うーん、困った。どうしよう？

「険しい表情をなさって、どうなさったのですか？　何かわからない箇所《かしょ》でも？」

後ろから声をかけられ、私は背筋をピンと伸ばした。振り返ると、今日も通常運転でニコニコ笑顔のスヴェンが立っていた。彼には、音もなく人の背後に忍《しの》び寄るスキルがあるらしい。

私はドクドクいっている心臓をドレスの上から押さえ、動揺《どうよう》を押し隠《かく》して答えた。

「いつも私のことを気にかけてくださり、ありがとうございます、先生。ちょっと難しい箇所を読んでいたせいで、眉間《みけん》にシワが寄っていたのかもしれません」

「そうですか。最近は毎日熱心に勉強なさっていて、感心します」

「国王試験を受ける身ですから、これからはちゃんとしようと思いまして」

「それは、それは。勉強熱心な教え子ばかりで、私も教師冥利《みょうり》に尽《つ》きるというものです」

スヴェンの顔にはいつも同じような笑みが浮かんでいるせいで、その発言は本音か建て前か、区別がつかない。気疲《きづか》れした私は陰でこっそり息を吐《は》き、「おや？」と首をかしげた。勉強熱心な教え子といえば、レナルドが筆頭に来るはずなのに、今日は朝から姿を見かけていない。

「レナルド様でしたら、今日はいらっしゃいませんよ」

まるで私の心を読んだかのようなタイミングで、スヴェンが答える。私が図書館でレナルドを見かけるたびに、そわそわと近寄って挨拶《あいさつ》をしようとしては、いつも華麗《かれい》に逃げられている様子を目に留めていたのかもしれない。

「レナルド様は朝から城下の視察に出かけていらっしゃいます。もちろん、お忍びで」

へー、そうなんだ。私はスヴェンの説明に相槌《あいづち》を打とうとして、途中《とちゅう》で言葉を呑《の》み込んだ。

ちょっと待って。確かゲームの中で、レナルドは下町を散策中にヒロインと出会い、それ以降は彼女に会うため、お忍びで下町に通い続けていたわよね。ということは、二人はもう運命の出会いを果たし、ゲームの本編をスタートさせてしまっているの？

「ヴィオレッタ様、いかがなさいましたか？　まさかあなたも視察にご興味がおありで？」

「え？……あ、はい！　先生、お願いです！　どうか私にも外出許可を出してください！」

今のはなんて最高のフリだろう！　私はゲームの進捗《しんちょく》を確認《かくにん》できる機会に全力で食いついた。

ただ、その反応を見たスヴェンの方はわずかに眉《まゆ》を持ち上げ、無言になってしまった。

レナルドと違《ちが》って、今まで散々民を馬鹿《ばか》にしてきた私のことだもの。そんな人間を城下で野放しにするのは危険だと心配になったのかもしれない。この様子、やっぱりダメか。

私が落胆《らくたん》しかけた、まさにその時、スヴェンが口を開いた。

「少々お待ちください。街歩きに必要な服と馬車の手配をしてまいります」

え、本当に？　こうも簡単に私の外出を認めちゃっていいの？

あっさりすぎるスヴェンの反応に、私はかえって面食《めんく》らった。しかし、彼は余計なことは一《いっ》切《さい》言わず、宣言通りにさっさと図書館を出て行ってしまった。

それから一時間後、なんと私は王都の目抜《めぬ》き通りを一人で歩いていた。

何か起きた場合に備え、王族であることを示す、薔薇《ばら》の紋章《もんしょう》の刻まれたネックレスをスヴェンは私に渡してくれた。でも、それ以外の格好はよくいる商家の娘《むすめ》さんそのものだ。

個人的にはゴテゴテしたドレスより、こういうスッキリした服装の方が、何かあった時に走って逃げられそうで好きだわ。もっとも、支度《したく》を手伝ってくれた侍女《じじょ》たちにその感想を正直に伝えたところ、正気を疑われたけど。私の変化に慣れるまで、まだしばらくかかりそうだ。

私はこみ上げてきたため息を呑み込み、街の散策を続けた。

初めて見る王都の街並みは、おしゃれな映画のセットのようだった。広い石畳《いしだたみ》の通りにはブティックやカフェが並び、上品な貴婦人や紳士《しんし》たちが楽しそうに談笑《だんしょう》しながら歩いている。

私は辺りを観察しながら、時々後ろも確認した。……やっぱり誰《だれ》もいない。

スヴェンのことだから、てっきり隠れて護衛をつけてるんじゃないかと思ったけど、それらしい気配がまるでないんだ。私は一応王女なのに、さすがに不用心すぎない？

それとも、スヴェンは国王にふさわしくない私をこっそり始末するタイミングを窺《うかが》い、わざと一人歩きをさせているとか……完全に否定できないのが悲しい。背後には気をつけよう。

私は時々店を覗《のぞ》いては後ろを確認しつつ、目抜き通りを端まで歩いて行き、足を止めた。

上品な格好をした人たちの多くが、私と同じように途中でＵターンしている。なぜなら、この先にあるのは貧しい人たちの住まう地区だから。

私はゴクリとツバを呑み込み、服の下に隠していたネックレスを握《にぎ》りしめた。護衛のいない今の状態で、この先へ進むことはためらわれる。でも、私はどうしても行きたかったんだ。

ヒロインが薬局を開くゲームの中心舞台は、下町の中でも特に貧しい人たちの集《つど》う地区だった。ゲームの手がかりを得るためにも、この先の現実は見ておいた方がいい。

私は大きく息を吸うと、ポケットの中に入れておいた護身用具を確認し、先へ進んだ。

目抜き通りから離《はな》れるにつれ、王都の街並みは大きく様変わりしていった。道の両脇《りょうわき》に並ぶ店は、しっかりした店構えのものから簡易な小屋に変わっていき、行き交《か》う人々の中にも、ぼろをまとった人や物乞《ものご》いの姿が目立ってくる。

仕事を求めて農村から出てきたものの、王都の産業がまだ十分に発達していないせいで職にあぶれ、日々の暮らしにも事欠いている人たちが大勢いるらしい。煌《きら》びやかな王宮とはまるで違う光景を目《ま》の当たりにして、私は背筋が寒くなった。

こういう経済的格差のひどい状況下では、たとえ私がゲームのような悪事を働かなかったとしても、いずれ民衆の不満が爆発《ばくはつ》し、暴動や革命が生じるのではないかと思ったんだ。

そうなったら最後、民衆の不満は今まで甘い汁《しる》を吸ってきた王侯《おうこう》貴族に向かうだろう。フランス革命で、マリー・アントワネットがギロチン台の露《つゆ》と消えたように。

私は自分の想像にゾッとして、思わず両肩《りょうかた》を抱《だ》きしめた。まさにその時だった。

「堅《かた》いこと言わないでさー。ちょっとくらい付き合ってくれても、いいだろう？」

突然《とつぜん》聞こえてきた男の声に、私は愕然《がくぜん》とした。なに、この古典的なナンパ。

「あの、私はここへお薬を届けに来ただけなんですが」

「わかってるって。だから、俺に薬のお礼をさせてよ」

声は近くの路地から聞こえてきているらしい。つい気になって路地を覗いた私は、目が点になった。なに、このベタな展開……。

そこでは、十代半ばの美少女が人相の悪い男にからまれていたんだ。少女は心底怯《おび》えているのか、青ざめた顔にプラチナブロンドの髪《かみ》がかかり、アクアブルーの瞳《ひとみ》が潤《うる》んで見える。その様は可憐《かれん》で、思わず守ってあげたくなるほどかわいいけど、大丈夫《だいじょうぶ》かな？

一応ここは乙女《おとめ》ゲームの世界だ。ここまでベタな展開が続くのであれば、きっとすぐにイケメンが現れ、彼女を助けてくれるだろう。……と思ったのに、どうして誰も来ないのよ？

イケメンどころか、私以外に足を止める人すらいない。やっぱり現実はゲームのようにいかないってわけ？　いや、でもこれって放《ほう》っておいていい案件じゃないよね。あの子、大丈夫？

「私、もう本当に帰らないと」

「いいから、いいから」

男が少女の手をつかみ、自分の方に引き寄せる。……もう無理！　黙《だま》っていられない！

「ちょっと、あんた！」

私は路地に向かって大声を張り上げた。気づいた男が振《ふ》り向き、露骨《ろこつ》に顔をしかめる。

この人相の悪さ、絶対に堅気《かたぎ》じゃないよね。自分がとんでもないことをしでかした気がして、足がすくむ。でも、こちらを向いた少女の顔があからさまにホッとしているのを見て、私は思いとどまった。ここで見捨てたら、女がすたるというものよ。よし！

私は意を決し、ツカツカと路地に入っていって、少女の空いている方の手をつかんだ。

「いつまでも遊んでんじゃないわよ！　薬を届けたら、すぐ戻《もど》って来いって言ったでしょ！」

「え……」

「いいから、ここは話を合わせて」

私は戸惑《とまど》う少女の手を引いて路地を出ようとした。その前に、問題の男が立ち塞《ふさ》がった。

「おい、おまえは何者だ？　急に出てきて、人の恋路《こいじ》を邪魔《じゃま》しやがって」

「私はこの子の姉です。帰りが遅《おそ》いので、迎《むか》えに来たんです。そうよね？」

「へ？　あ、はい」

私の迫力《はくりょく》に押されたのか、少女が慌《あわ》ててうなずく。うん、これでいい……と思ったのに。

「待てよ、アナリー！　おまえは天涯孤独《てんがいこどく》の身だって、前に話してなかったか？」

一瞬《いっしゅん》流されかけた男が、立ち去る私たちの背中にしつこく声をかけてきた。

「おまえ、俺を騙《だま》したな!?　他《ほか》にも何か隠してることがあるんじゃないのか!?」

「い、いえ！　姉はいませんが、両親がいないのは本当のことでして」

「ちょっと！　なに正直に説明してんのよ！」

「あの、嘘《うそ》はいけないと思って」

「そういうのは、嘘も方便って言うのよ！」

私はアナリーと呼ばれた少女の手を握りしめ、走り出した。

男が「待て！」と叫《さけ》び、追いかけてくる。そう簡単に捕《つか》まってなるものですか！

私はこの時、まだどこかで期待していたんだ。隠れている護衛が出てきてくれることを。しかし、私たちと男の距離《きょり》が縮まっても、一向に誰も助けに来てくれない。

嘘でしょう!?　仮にも私は一国の王女なのに！

王家にとって不要な人間だと宣告されたようで悲しくなる。でも、落ち込んでる暇《ひま》はない。誰も助けてくれないなら、自分でなんとかしないと！

私はアナリーを連れて走りながら、ポケットの護身用具に手を伸《の》ばした。その時だった。

「きゃっ！」

なんて間が悪い。アナリーが道の真ん中で転んでしまった。ここ、何もないのに！

「ご、ごめんなさい」

「いいから！　早く立ち上がって！」

私がアナリーを急《せ》かす間にも、男は野卑《やひ》な笑いを浮《う》かべながら近づいてくる。私はアナリーの手をつかんで立たせようとした。でも、その手はパシッとはたかれてしまった。

「アナリー？」

「変なことに巻き込んじゃって、ごめんなさい。私はもう一人で大丈夫ですから」

それこそ、嘘だよね？　気丈に振る舞《ま》っていても、恐《こわ》いのは丸わかりだ。アナリーの顔は青ざめ、全身が小刻みに震《ふる》えている。こんな子を置いて、一人で逃《に》げられるわけないじゃない！

「待たせたな、アナリー。そっちの姉ちゃんも来いよ。かわいがってやるからさ」

男が私たちの前で足を止め、これまた気持ちの悪いセリフを吐《は》く。万事休《ばんじきゅう》す。仕方ない！

私はアナリーを後ろに庇《かば》い、ポケットから小さな瓶《びん》を取り出した。縁《ふち》の辺りまで赤い液体で満たされているそれは、私の手作り唐辛子《とうがらし》スプレー。

「悪く思わないでよ！」と内心で叫びながら、男の顔に照準を合わせる。

「うわっ！　いてっ！」

男が叫ぶ。しかし、それは私の唐辛子スプレーが命中したせいじゃなかった。

やっぱりあるんだ、こういう展開……。

私は口をあんぐり開けて、目の前の光景に見入ってしまった。なんと男は、突如《とつじょ》として現れたイケメンに後ろから腕《うで》をひねり上げられてしまったのだ。

「帰りが遅いからと、心配して来てみれば……これはどういうことだ？」

イケメンが静かな怒《いか》りをはらんだ口調で男にすごむ。年の頃《ころ》は、二十歳《はたち》手前くらいだろうか。はらりと落ちてきた茶色の髪が額にかかる。その下の鳶色《とびいろ》の瞳は真剣《しんけん》そのもので、元の顔立ちの良さや引き締《し》まった肉体と相まって、すごく凜々《りり》しい。

彼の着ている服は、教会所属の騎士《きし》団のものかな？　光沢《こうたく》のある青い布地に金のラインが入ったその制服を、私は前にスヴェンが渡《わた》してくれた本の中で見たことがあった。

なぜ騎士がこんなところに？　街の警護をしている最中に、困っているアナリーを見かけて……というわけじゃないよね。彼はアナリーを迎えに来たようなことを言っていたし。

「自分の想《おも》いが報《むく》われないからといって、女性に手を上げていいと思っているのか？」

「ご、ごめんよ、ラルス！　さっきのはほんの出来心で！」

「出来心も三度目となれば、やましい下心にしか思えないな。今日という今日は許せん！」

ラルスと呼ばれたイケメンが、男をつかんだ手に力を込める。男はナンパの常習犯なのか。なら、同情の余地はない。一度お灸《きゅう》を据《す》えた方がいいと私も思った。しかしその時、男をつかんだラルスの手に、可憐な白い手が重ねられた。アナリーだ。

「ラルス、もう十分よ。エリクさんも反省してるみたいだもの」

アナリーがエリクと呼んだ男に「ね？」と同意を求める。ついでに、ラルスからすごい目つきでにらまれ、エリクは壊《こわ》れた首振り人形のように何度もコクコクとうなずいた。それを見たアナリーが顔に穏《おだ》やかな微笑《びしょう》を浮かべる。

「反省したのなら、今日のことは水に流します。次のお薬は治療《ちりょう》院まで取りに来てください」

え？　この子、本当にそれでいいの？　今まで散々恐い目に遭《あ》ったのに。

見ると、ラルスも私と同じ思いだったらしく、苦虫を噛《か》み潰《つぶ》したような表情になっている。

ただ、当のエリクだけはこの無罪判決にホッとしたらしい。

「ありがとうございます、アナリー様。あなたがおきれいなものだから、今日はついクラクラきちまいましてね。すみませんでした。次の薬もどうかよろしくお願いします」

掌《てのひら》返しも、ここまでくれば見事なもの。ちゃっかり呼び方まで「様」づけに変わっているあたり、エリクは要領のいいお調子者らしい。

何度も頭を下げながら去って行くエリクを見て、ラルスが深いため息をこぼした。

「アナリー様はお優《やさ》しすぎます。あのような輩《やから》は放っておくと、つけあがりますよ」

「大丈夫よ。何かあったら、また今日のように話し合うわ」

「……その話し合いは、せめて俺のいる前でお願いします」

「ラルスは心配性《しょう》ね。今日もお迎えに来てくれて、ありがとう。それから、私を助けてくれた方にもお礼を言わないと」

アナリーが私の方を向き、花のほころぶような愛らしい笑顔《えがお》で頭を下げる。

「エリクさんに手をつかまれた時、本当はすごく恐かったんです。助けてくれて、ありがとうございました。私はアナリーと言います。あなたは？」

「私はヴィオ……ラよ」

危ない。もう少しで本名を答えるところだった。ヴィオレッタはよくある名前とはいえ、正直に名乗って、王女だとバレるリスクは最低限に抑《おさ》えておきたいものね。

アナリーは「ヴィオラ様ですか」と、嬉《うれ》しそうに私の名前を繰《く》り返している。一方、ラルスの方は、彼女のように天真爛漫《てんしんらんまん》な性格をしているわけではなかったらしい。

「その髪と目の色。名前も含《ふく》めて、あの極悪《ごくあく》非道な王女に似ていますね」

「…………」

騎士とは勘《かん》がいいものなのかな。いくら王女の絵姿が巷《ちまた》に出回っているとはいえ、商家風の格好をした今の私と、王女の私を即座《そくざ》に結びつけて考えるなんて。

ラルスに見つめられ、冷や汗《あせ》が背筋を伝う。やがて彼はふっと肩《かた》の力を抜《ぬ》いて笑った。

「おかしいですね。あの王女は平民のことなど虫けら同然にしか思っていないはずなのに。そんな悪の王女がこんな下町にいるはずがないですよね？」

もしかしたら、ラルスは私のことをヴィオレッタ王女だと疑った上で、私の反応を窺《うかが》っているのかもしれない。どうしよう？　こういう場合、躍起《やっき》になって同意するのも変だし。

私が答えに詰《つ》まった、まさにその時、隣《となり》でアナリーが少し怒《おこ》ったような声を上げた。

「ラルスってば、そういう風に人のことを悪く言ってはダメでしょう？　王女様にも何か事情があるのかもしれないし、ヴィオラ様だって意見を求められて困っていらっしゃるわ」

「……はい、そうですね。あんな王女の話題で不快な思いをさせてしまい、すみません」

「あ、いえ。別に気にしてないので、大丈夫《だいじょうぶ》ですよ。ハハ……」

アナリーに注意されても、「あんな」呼ばわりは変わらないんだと思ったら、つい乾《かわ》いた笑いがこぼれてしまった。それだけ、ラルスの中でヴィオレッタの印象は悪いのかもしれない。

「じゃあ、アナリーも無事だったし、私はこれで」

このまま一緒《いっしょ》にいたら、いつボロが出るかわからない。私はさっさと二人に別れを告げようとした。それなのに、どうしてこういう時に限って、最後が締まらないんだろう？

踵《きびす》を返した私は、石畳《いしだたみ》が割れて盛り上がっている部分に足を引っかけ、盛大《せいだい》に転んでしまったのだ。恥《は》ずかしい……！

「ヴィオラ様、大丈夫ですか？　今、足首をくじかれたのでは？」

アナリーが慌てて駆《か》け寄ってくる。彼女の指摘《してき》通り足首が痛くても、ここは我慢《がまん》だ。

「たいしたことないから、大丈夫よ。これくらいなら、普通《ふつう》に歩けるし」

「捻挫《ねんざ》を甘く見てはいけません。せっかくですし、治療院で手当てをしましょう」

「そうですね。アナリー様を助けてくださったお礼もしたいですし」

私の希望を無視して、アナリーとラルスがさくさくと話を進める。次の瞬間《しゅんかん》、私は心臓が止まるかと思った。なんとラルスがいきなり私の肩に手を回してきたのだ。

待って！　顔、近いから！　こんなイケメンを間近で拝み続けるなんて、心臓に悪いわ！

ラルスは、私の様子がおかしいことに気づいたらしく、すぐにパッと手を放してくれた。

「すみません。女性の身体《からだ》に断りもなく触《ふ》れるなど、失礼なことでした。改めて伺《うかが》いますが、あなたの肩を俺に支えさせてもらえないでしょうか？」

この人は天然なのか。それとも、騎士とはこういう生き物なのか。ラルスに悪気はないとわかっていても、恥ずかしくなってしまう。そんな私の答えは、もちろん「ノー」だ。

「それでは無理なさらず、ゆっくり歩いて行きましょう」

どうやらアナリーの中で、私が治療院へ立ち寄ることは決定事項《じこう》になっているらしい。

「さっきから薬とか治療院とかいう単語が出てるけど、アナリーはお医者さんなの？」

断るのが無理なら、せめて行き先の詳細《しょうさい》は確認《かくにん》しておきたい。そう願う私の質問に対し、アナリーは誇《ほこ》らしげに胸を張って答えた。

「私は薬師《くすし》のようなものです。治療院がどんな場所かは、ぜひご覧になってください」

私が連れて行かれた先は、目抜き通りから歩いて三十分ほどの距離《きょり》にある、川辺の一角だった。あまり裕福《ゆうふく》な地区ではないのか、道行く人も並んだ家も全体的にくたびれて見える。

「ここが私の治療院です。どうぞお入りください」

アナリーが微笑《ほほえ》み、薄《うす》い木の扉《とびら》に鍵《かぎ》を差し込む。そこは、私が治療院という単語から想像していたものとは大きく異なる、古びた一軒《けん》の小屋だった。

中に入ると、ハーブのような独特の匂《にお》いが鼻をつく。昔、映画か何かで観た魔女《まじょ》の家のように、天井《てんじょう》からは乾いた薬草の束がいくつも吊《つる》されていた。

「ヴィオラ様、どうかそちらの椅子《いす》にお掛《か》けになって、足をお見せください」

アナリーが扉の近くを指さし、ラルスが私のために椅子を引いてくれる。

なに、このシチュエーション。美少女とイケメンに傅《かしず》かれるなんて、豪華《ごうか》すぎて照れる。

私は気恥ずかしさに耐《た》えきれず、椅子に座るとすぐに靴《くつ》を脱《ぬ》ぎ捨て、スカートを膝《ひざ》の辺りまで持ち上げた。気分はまるでまな板の鯉《こい》。さっさと終わってほしいと願ったのに……。

「ヴィ、ヴィオラ様？」

アナリーが頬《ほお》を赤らめ、ラルスが「ぐふっ！」と変なむせ方をする。

「二人ともどうし……あっ！」

いけない！　私は慌《あわ》ててスカートをくるぶしの辺りまで下げた。人前で足をさらすことは、この国では下着を見せるのと同じくらい恥ずかしいことだった。

「ごめんなさい！　私ったら、つい勢い余って」

「あ、いえ。ちょっと驚《おどろ》いただけですから、大丈夫です」

「俺は、その……急用を思い出したので、出かけてきます」

ラルスが耳まで真っ赤になりながら、小屋を出て行く。

ごめんよ、ラルス。急に変なものを見せられてビックリしたはずなのに、気を遣《つか》ってくれて。ヴィオレッタ王女かと疑われた時は気が気じゃなかったけど、それはアナリーを心配していただけで、彼も根は誠実でいい人らしい。

私が扉の方を見ていると、アナリーが目の前でしゃがんだ。彼女は軽く熱を帯びた足首を診《み》て、またすぐに立ち上がって言った。

「軽い捻挫のようで、安心しました。すぐに薬を調合しますから、少々お待ちください」

アナリーは私を安心させるように笑いかけると、干していた薬草の葉を何種類かちぎって近くのすり鉢《ばち》に入れ、ゴリゴリとすり混ぜ始めた。

アナリーはまだ若くても、薬草に関する豊富な知識を有しているらしい。本を調べることもなく、すぐに調合を開始できるなんて、慣れてなきゃできることじゃないよね。

私が感心して眺《なが》めていると、横の扉から冷たい空気が入ってきた。

「アナリー様、こんにちは！　お母さんのお薬をもらいに来ました！」

元気よくそう言って中に入ってきたのは、まだ十歳くらいの愛らしい少女だった。

「リーズ、こんにちは。お母さんも治療院まで来てくれて、ありがとうございます」

アナリーが薬草を混ぜながら、少女とその後ろから来た女性に声をかける。

私は二人の登場を少し意外に思った。この国には生活保護のようなセーフティネットも、国民皆保険《かいほけん》のような制度もない。つまり、薬の購入《こうにゅう》はすべて自費になる。

親子の服はつぎはぎだらけで、生活にゆとりがあるようにはとても思えないけど、それでも薬を買いに来られるということは、見た目ほど生活に困っていないのだろうか。

私がなんとはなしに観察していると、隣に来たお母さんがにっこり話しかけてきた。

「こんにちは。あまりお見かけしない顔ですね。アナリー様の乙女《おとめ》候補のお友達ですか？」

え？　乙女候補って、光の乙女のことよね？　それがお友達って、いったい……。

首をかしげる私を前にして、お母さんは自分の誤解に気づいたらしい。

「ごめんなさい、あなたも患者《かんじゃ》さんでしたか。そりゃあ、そうですよね。こんなところにまで来てくれる乙女候補はアナリー様くらいのものですもの。しかも、私たちのような人間に無料で薬まで分け与《あた》えてくれるなんて、本当にご立派な方です」

「待ってください！　今の話、本当ですか？　アナリーが光の乙女候補って……」

愕然《がくぜん》としてアナリーを見る。彼女は少し照れたように笑いながら、首を横に振《ふ》った。

「私はそんな立派な人間ではないですよ。光の乙女候補に選んでいただきながら教会を飛び出してきてしまった、ただの跳《は》ね返りですから」

「そんなこと言っても、アナリー様には護衛の騎士《きし》様がついているじゃないですか。たいして有望でもない乙女候補に貴重な人材を割《さ》くほど、教会は優《やさ》しくないですよ。あなたもそう思いますよね？……あれ？　どうかなさいましたか？」

お母さんが私の顔の前でパタパタと手を振る。私はショックすぎて何も反応できなかった。

どうして今まで気づかなかったんだろう？　ヒントはそろっていたはずなのに。

ゲームの攻略《こうりゃく》キャラの一人にいたんだ。光の乙女候補となったヒロインを守る、護衛の騎士が。一方のヒロインは、街で貧しい人たちのために薬草の調合や治療《ちりょう》を行っていた。

まさにアナリーこそが、このゲームのヒロイン。光の乙女の生まれ変わりに選ばれ、ゲームのラスボスにして悪役王女となった私を倒《たお》す少女なんだ。

アナリーと会った日から、私は毎日のようにお忍《しの》びで街へ出ては熱心に情報収集を行った。

アナリーについて深く知れば知るほど、彼女はヒロインにふさわしい子に思えた。貧しい人たちのために治療院を開いていることから、彼女を「無私の聖女様」と呼ぶ人までいる。

しかもアナリーの作る薬は効能まで素晴《すば》らしいようで、私が捻挫して帰った日も、私の患部を見た王宮の医師たちがその手当ての的確さに感心していた。

噂《うわさ》では、大通りに店を構えている薬屋がアナリーの調合法を目当てに、彼女の引き抜《ぬ》きを狙《ねら》っているとか。もっとも、彼女はその申し出を断り続けているそうだけど。

こんな素敵な子には、ぜひ幸せになってほしい。できれば、ゲームの攻略キャラ以外と。

最近になって思い出したことだけど、このゲームの中盤《ちゅうばん》では、光の乙女候補たちを招いた舞《ぶ》踏《とう》会が王宮で開かれる。その時までゲームは共通ルートで進み、それ以降は個別ルートに入る。

つまり、舞踏会で誰《だれ》がアナリーをエスコートするかによって、未来が変わるんだ。

例えば、レナルドのルートであれば恐《おそ》ろしい疫病《えきびょう》が発生したり、リアムのルートであれば暴動が起きたりと、あの手この手で国が荒《あ》れるんだよね。まぁ、どのルートでも最終的に革命が起きて、ラスボスの私が倒される点は変わらないんだけど。

未来で起きる悲惨《ひさん》な出来事を自分だけが知っている今の状況《じょうきょう》で、私はこれからどう動けばいいんだろう？　ひとまず王位継承《けいしょう》権の放棄《ほうき》を宣言して、逃《に》げた方がいいかな？

いやいや、今までずっと王位に固執《こしゅう》していた人間が急にそんなことを言い出したら、かえって怪《あや》しまれて痛くもない腹を探《さぐ》られることになる。やめよう。

それに、この国が将来大変なことになると知っていて、自分だけが安全な場所に逃げるのも寝覚《ねざ》めが悪いし。でも王宮に残ったからといって、私に何ができるんだろう？

私が頭を抱《かか》えていると、部屋の扉《とびら》がノックされた。侍女《じじょ》が扉越《ご》しに「馬車のご用意が整いました」と声をかけてくる。私は「すぐ行くわ」と答え、立ち上がった。

このまま部屋で悩《なや》んでいても、何も変わらない。それなら街へ出て、今後の武器となるかもしれない情報を集めた方がいいと思ったんだ。

身分制度が根付いているこの国の王都では、地区によって住んでいる人々の階層が異なる。今日私が向かった先は、商人や職人のような中産階級の人たちでにぎわう地区だった。私はいつものように店を見て回りながら買い物をして、その場に居合わせた人たちと雑談を交《か》わした。アナリーやこの国の現状について、少しでも多くの情報を集めるために。そうやって、午後も三時を過ぎた頃《ころ》のこと。そろそろ王宮へ戻《もど》ろうと考えた私は、道ばたで足を止めた。……あの男！

忘れもしない。前にアナリーをナンパしていた男が、道の反対側から歩いてきたんだ。名前はエリクといったか。彼は私に気づくことなく、通りの中程《なかほど》で一軒の店に入って行った。私は店の看板を見て、首をかしげた。そこは薬屋だったのだ。アナリーの話から察するに、エリクは定期的に彼女の治療院で薬を出してもらっているはずなのに、どうして？なんだか気になった私は、通りに面した窓から店内を覗《のぞ》き、目を瞠《みは》った。奥の方に設置されたカウンターの上に、エリクが薬の包みをいくつも並べている。それは、彼がこの店で購入したものではない。彼のポケットから取り出されたものだったんだ。

気難しそうな顔をした年配の男がカウンターに出された包みを一つずつ慎重《しんちょう》に確認《かくにん》してから、エリクにお金を渡《わた》す。調子のいいエリクはペコペコと頭を下げ、店を出て行った。

どう見たって、普通《ふつう》の買い物客の行動ではない。これって、まさか……。

前に聞いた噂が脳裏《のうり》をよぎった。アナリーの作る薬は効能が確かで、大手の薬屋もその調合法を知りたがっているとか。

まさかアナリーを引き抜けないからといって、代わりに彼女の調合した薬をエリクから買い取り、転売しているの？　それもプロの薬屋が？

嫌《いや》な予感が胸を侵食《しんしょく》する。私はモヤモヤした思いを抱《いだ》いたまま、薬屋をあとにした。

その後、王宮に戻った私は図書館に直行してスヴェンを探した。彼はいつものように窓辺の席で本を読んでいたが、私に気づくとすぐに笑顔《えがお》を向けてくれた。

「ヴィオレッタ様、お帰りなさいませ。街歩きはいかがでしたか？」

「今日はとても興味深いことがありました。そのことに関し、スヴェン先生に教えてほしいのですが……この国では、薬の転売は法律的に問題ないのでしょうか？」

「ヴィオレッタ様、街で何をご覧になったのです？」

スヴェンの青みがかったグレーの瞳《ひとみ》が鋭《するど》い輝《かがや》きを放つ。こういう時の彼は迫力《はくりょく》があって、少し恐《こわ》い。私は圧倒《あっとう》されつつも、街で見てきたことを詳《くわ》しく彼に語って聞かせた。

その結果、さらに頭の痛くなる事実が発覚したんだ。なんとこの国には、薬の転売を禁じる法がないらしい。となれば、エリクの行為《こうい》を法的に咎《とが》める手立てはない。しかし、だからといって、あれを放置していいものだろうか？

アナリーは本気で貧しい人たちのためを思って働いている。そんな彼女の努力を踏《ふ》みにじる行為がまかり通っているなんて……。せめて彼女に転売のことを注意しに行こうか？

いや、ダメだ。今、私が彼女と接触《せっしょく》することで、ゲームのシナリオにどんな影響《えいきょう》が出るかわからない。せっかく転生したのに、余計なことをしたせいで早死はしたくない。

だけど、このまま不正を見なかった振りをして、自分の正義に嘘《うそ》をつくような人生が本当に私の望んでいたものだろうか？

前世で死ぬ直前に誓《ちか》ったじゃない。もしも生まれ変わることがあったら、今度は周りに流されず、自分の意志を貫《つらぬ》いて生きてやるって。

アナリーにはこの間、捻挫《ねんざ》の治療をしてもらった。そのお礼もまだしてない。菓子折《かしおり》を持って行くついでに、ちょっと注意して帰るだけならセーフよ。うん、きっとそうに違《ちが》いないわ。

「ヴィオレッタ様、急に沈黙《ちんもく》なさって、いかがなさいましたか？」

スヴェンがいつもの笑顔で様子を窺《うかが》ってくる。私は彼の顔を上目《うわめ》遣《づか》いに見て告げた。

「先生、お願いです。馬車の手配をしてください。今日はもう一度街に出ます」

スヴェンだって、私の行動を疑問に思わなかったはずがない。ましてや、前世を思い出す前の自分の言動を思うと、何をやらかすか心配で仕方なかったと思う。それでも彼は余計な詮索《せんさく》を一切《いっさい》せず、「かしこまりました」とだけ言って、私を街へ送り出してくれた。


私が治療院に着いた時、時刻はすでに四時を過ぎていた。それなのに、治療院の前には患者《かんじゃ》さんが五人も並んでいた。その全員が、この間会った親子のように貧しい身なりをしている。

「ヴィオラ様！　遊びにいらしてくださったんですね！」

治療院の扉を開けた私を見て、すり鉢《ばち》を抱えたアナリーが顔を輝かせる。その姿は相変わらずの美少女だったけど……なんだか少しやつれた？

アナリーの元々白かった肌《はだ》は血色が失《う》せ、目の下には大きなクマまでできている。

「ごめんなさい。せっかく来てくださったのに、今ちょっと手が離《はな》せなくて」

「こっちこそ急にお邪魔《じゃま》しちゃって、ごめんね。ちょっと話したいことがあるんだけど、仕事が一段落するまで待っていてもいいかしら？　その間、洗濯《せんたく》でも水汲《みずく》みでも手伝うから」

「そんな、ヴィオラ様に何かさせるなんて……」

アナリーはひたすら恐縮《きょうしゅく》していても、まさに猫《ねこ》の手も借りたいほどの忙《いそが》しさだったらしい。

その後、薬の配達から戻ってきたラルスの指示を受けながら、私は洗濯に取りかかった。

「ヴィオラ様、お疲《つか》れ様です。今日の診察《しんさつ》はすべて終わりました」

アナリーがフラフラした様子でそう言ってきたのは、日も沈《しず》みかけた頃のことだった。あのあとも患者さんが立て続けに何人も来たせいで、彼女は休む暇《ひま》もなかったらしい。

ついでに言えば、今の私もアナリーと同じくらいヨレヨレだった。単なる洗い物だと思ってなめていた。すべて手動の洗濯はかなりの重労働になることを、私は初めて知ったんだ。

「ヴィオラ様、ラルスもお茶が入りました。もしよければ、どうぞ」

「アナリーも疲れているのに、ありがとう。喜んで頂戴《ちょうだい》するわ」

アナリーは疲労《ひろう》回復に効くハーブティーを淹《い》れてくれたらしい。テーブルを挟《はさ》んで彼女とラルスの向かいに座る。カップに口をつけると、ほのかな酸味が疲れた身体《からだ》に染《し》み渡った。

そうして一息ついたところで、私は王宮から持ってきたお菓子をアナリーに差し出した。

「この間は私の足を診《み》てくれて、ありがとう。遅《おそ》くなったけど、これはあの時のお礼よ」

「そんな、お気遣いいただかなくてよかったのに」

「ううん、私が何かお礼をしたかっただけだから、気にせずに受け取って。それより、ここから先が本題なんだけど」

私は息を吸い、覚悟《かくご》を決めてアナリーに告げた。

「実はね、あなたの調合した薬が街で転売されているかもしれないの」

「なんだとっ⁉」

ガタッと音を立てて椅子《いす》が後ろに倒《たお》れる。私の発言に気色ばんだのは、ラルスの方だった。

そりゃあ、自分の主人がせっせと無償《むしょう》配布している薬で不当にもうけている輩《やから》がいると聞いたら、むかつきもするよね。ただ、肝心《かんじん》のアナリーの方はきょとんとした顔をしていた。

「転売とは、私の薬を他《ほか》の人に売るということですよね？」

「この場合はそうなるわね」

「それのどこが問題なのでしょう？　最終的に困っている人の手に渡るなら、いいのでは？」

「え……」

まさかの反応に、私は絶句した。スヴェンやラルスの様子からして、「薬の転売がいけない」というのはこの国でも常識だと思っていたのに、どうやら違ったらしい。

「いい、アナリー？　万が一、素人《しろうと》が転売で薬を入手した場合には、その正しい服用方法を知らず、命に関《かか》わる問題が生じる可能性もあるわ。それって、かなり危険なことでしょう？」

「ええ。でも、それなら転売された薬を買わず、直接治療《ちりょう》院に来てくだされればいいのに」

「こう言っては悪いけど、世の中には自分の身分を慮《おもんぱか》って治療院のある地区へは足を運びたがらないくせに、誰《だれ》よりもいい薬は欲しがるっていう迷惑な人たちもいるのよ」

かつての私がそうだったように、と内心でつけ加える。前世を思い出す前の私だったら、きっと治療院のことを「物乞《ものご》いの巣窟《そうくつ》」とでも言って、見下しまくっていたと思う。

「アナリー様、俺は転売によって不当に利益を得ている輩が許せません！」

ラルスがドンッとテーブルをたたいて叫《さけ》ぶ。

「ヴィオラ様、もしよければ転売の詳細《しょうさい》について教えてもらえませんか？」

ラルスの求めにうなずき、私は昨日見たことを語って聞かせた。慎重に言葉を選んだつもりでも、ラルスは途中《とちゅう》で怒《いか》りを抑《おさ》えきれなくなったのか、鳶色《とびいろ》の瞳が物騒《ぶっそう》な光を帯びていった。

「エリクの奴《やつ》め！　今に何かやらかすんじゃないかと思っていたが、薬の転売とは！」

「許せないわよね。早急《さっきゅう》に転売防止の対策を練らないと。……って、アナリー、聞いてる？」

「……あ、ごめんなさい。ちょっと疲れてて」

アナリーがハッとして首を横に振《ふ》る。顔色がますます悪くなっているように見えるけど、大《だい》丈夫《じょうぶ》かな？　その姿は、まるで徹夜《てつや》明けの経営コンサルタントのように生気がない。

「アナリー、ちゃんと食べて寝《ね》てる？　治療院の薬はすべて無料で患者さんに渡《わた》してるそうだけど、そのための資金や生活費は教会から出してもらってるのよね？」

「…………」

アナリーがなぜか無言で目を逸《そ》らす。

なに、この反応？　ラルスのような教会所属の騎士《きし》が護衛についているくらいだから、当然教会の援助《えんじょ》も受けているものだと思っていたんだけど、違うのかな？

私の疑問に、ラルスがため息で答えた。

「ヴィオラ様が教会に対してどんなイメージをお持ちか知りませんが、教会が助けてくれるはずないですよ。あいつらは王侯《おうこう》貴族にしっぽを振るだけで大忙しですから」

「え!?　じゃあ、治療院の運営費も薬代も全部アナリーの自腹なの!?」

さすがゲームのヒロイン。利他主義を極《きわ》めている。

「あの、ヴィオラ様は全部自腹だとおっしゃいますが、そんなことはありません」

私の唖然《あぜん》とした態度に、アナリーもさすがに気まずくなったのか、語調を強めて抗議《こうぎ》した。

「私の活動を支援してくださる方々も、中にはいらっしゃるんですよ。現に、この治療院に使っている小屋だって、そういった方の善意で貸していただいていますし」

「反対に言えば、薬代の方は自腹なのね？」

「……森で採取する薬草や、畑で育てている薬草もありますし、全部が自腹というわけでは」

「それ、アナリーの労働力を消費してる時点で、自腹の亜種《あしゅ》みたいなものだから！」

私は全力でつっこむと同時に、深いため息を漏《も》らしてしまった。もう、この子は……。

「アナリーの行いは立派だけど、そういう自己犠牲《ぎせい》に基《もと》づく支援は長続きしないわ。このままじゃ、あなたの方が先にボロボロになってしまう。そうなったら、あなたの支援を当てにしている患者さんたちも共倒れになるかもしれないわ。それでもいいの？」

「でも、目の前に助けられる患者さんがいるんですよ？　今助けなければ、明日の暮らしにも困るような人たちが！　医療の心得がある者として、無視できません！」

アナリーが唇《くちびる》を噛《か》みしめ、上目遣《うわめづか》いに私をにらむ。その迫力《はくりょく》に私は圧倒《あっとう》された。

いつもかわいくて気遣い屋のアナリーが、ここまでの拒絶《きょぜつ》を示すなんて……。

ゲームのヒロインだからこそ、アナリーは人のために尽《つ》くせるのだと思っていた。だけど、もしかしたらそこにはもっと深い理由があるのかもしれない。

「ねぇアナリー、あなたはどうしてそこまで他人のために頑張《がんば》れるの？」

「え……」

アナリーの目が戸惑《とまど》いに揺《ゆ》れる。彼女は私と、心配そうに見守っているラルスの顔を交互《こうご》に見比べ、やがて静かに語り出した。

「私の両親は医者だったんです。貧しい人たちからは過度な診療費を取らず、町の人たちのために尽くしていました。二人とも、私が十歳になる前に流行病《はやりやまい》で亡《な》くなりましたけど」

そういえば、アナリーは天涯孤独《てんがいこどく》の身だと言われていた。きっと彼女はご両親亡きあと教会系列の孤児院《こじいん》に入り、そこで光の乙女《おとめ》候補に選ばれたのだろう。

「両親は生前よく言っていました。『人のために生きられる子になりなさい。そうすれば、人生は何倍も豊かになる』と。私は両親の生き方が間違《まちが》っていたとは思いません。だから……」

そうか。そのご両親の言葉があったからこそ、アナリーはここまで他人のために生きられる素晴《すば》らしい子に育ったんだね。

薬の無償配布に関して、アナリーは一歩も引く気がないらしい。決意を秘《ひ》めた目で私をじっと見つめている。

私はこの目を知っていた。それは、前世で私の両親だった人たちの目に似ていたんだ。

私が小さい頃《ころ》、うちの両親はフェアトレードの商品を扱《あつか》う会社を経営していた。開発途上国で作られた製品を不当に買いたたくことなく、生産者に適切な支払《しはら》いをすることで、貧困《ひんこん》問題と向き合いたいと考えていたのだ。しかし、当時その価値観を理解してくれるお客さんはまだ少なく、会社はすぐに倒産《とうさん》してしまった。

まだ幼かった私は絶望する両親の背中を見て、疑問で頭がいっぱいになった。

両親はいいことをしていたはずなのに、どうして二人の会社は潰《つぶ》れて、他のあくどい商売をしている会社は無事でいるんだろう。そんなの、おかしいって思った。

ああ、そうだった。日々のタスクに追われてばかりですっかり忘れていたけど、私は両親のことがあったからこそ、経営コンサルタントを志望したんだった。両親のように、社会的に良い行いをしてる人たちがきちんと報《むく》われる手伝いをしたいと願って。

「ヴィオラ様？　私の話がご不快だったのでしょうか？」

黙《だま》り込んだ私を見て、アナリーが不安そうに尋《たず》ねてくる。私は静かに首を横に振った。

「アナリーは素敵なご両親に育てられたのね。お二人の考えは立派だと思うわ」

「あ、ありがとうございます」

「だけどね、自己犠牲に基づく支援はやっぱりよくないわ。助けられる側の人間が助けられることを当然に感じてしまっても、支援は長続きしないもの」

「そんなこと言って、困窮《こんきゅう》したことのない人間に何がわかる？」

今まで黙っていたラルスが苛立《いらだ》ち交じりに口を開いた。何かよほどかんに障《さわ》ったらしい。

「この国において、貧しい者はどんどん落ちていく。それをあなたは」

「そうね。言い方が悪かったのなら、謝るわ。私も貧困に苦しんでいる人たちを見捨てたくはない。だけど、私はアナリーのように社会的に良い行いをしている人が目の前で潰れていく様を無視する気もないのよ」

前世から抱《かか》えていた思いを口にすると同時に、私はまた思い出していた。

フェアトレードなんてどうせ無駄《むだ》だとか、偽善《ぎぜん》だとか言われる一方で、前世の両親は開発途上国に住む人たちの期待に応《こた》えようと頑張り続けて、最後に潰れてしまったんだ。あんなつらくて悲しい思い、もう誰にも味わわせたくない。だから……、

「アナリーも患者《かんじゃ》さんたちも、みんな守ってみせるわ！　そのためにもアナリー、どうか私にあなたを支えさせて！」

もしかしたら、私はこのために前世の記憶《きおく》を持って転生したのかもしれない。元経営コンサルタントとしての手腕《しゅわん》を発揮し、アナリーを助けて、自分が殺される未来も回避《かいひ》するのよ！

静まりかえった小屋の中で、じっとアナリーの答えを待つ。そのアクアブルーの瞳《ひとみ》がみるみ

るうちに潤《うる》み始めた。

「ありがとうございます、ヴィオラ様。私、そんな風に言ってもらえたのは初めてで……」

私はたまらずアナリーのもとに駆《か》け寄り、その身体《からだ》を思い切り抱《だ》きしめた。

「今までずっと一人で頑張ってきたのね。これからは私もいるから大丈夫。なんでも一人で背負い込まないで、その重荷を私にも分けてちょうだい」

「……はい」

「あの、俺の存在は？」

あ、しまった！　ラルスのこと、完全に忘れてた！

「ラルスももちろん一緒《いっしょ》よ。これからは三人で頑張りましょう！」

「…………」

ラルスの視線が微妙《びみょう》に痛いけど、そこは気にしないでおこう。

明日から忙《いそが》しくなるわ。まずはカルテ作りでしょ？　患者さんの名前や居住地に病状、渡した薬の種類や量もしっかり記録して、薬の転売が生じないよう管理を徹底《てってい》しなきゃ！

前世ぶりの大型プロジェクトを前にして、私は元経営コンサルタントとしての気分が高揚《こうよう》するのを確かに感じていた。

第二章　異世界で経営戦略を

薬の転売撲滅《ぼくめつ》を宣言してから二週間が過ぎた日のこと。その日も私は朝から商家の娘《むすめ》風の格好に着替《きが》え、街に出た。向かった先は治療《ちりょう》院じゃない。前に薬の転売を目撃《もくげき》した店だ。

私が店内に入ると、カウンターで新聞を読んでいた店主がちらっと顔を上げ、「いらっしゃい」と無愛想に応じた。間違いない。彼はこの間、エリクから薬を買い取っていた男だ。

「こんにちは。今、少しよろしいでしょうか？」

私がカウンターの前まで来たことに気づいて、ようやく店主が不機嫌《ふきげん》そうに新聞を閉じた。

「なんだい？　まだ若いのに、どこか悪くしてるのかい？　それとも誰《だれ》かの使いか？」

「いいえ。私は売りに来たんです。アナリー様が治療院で作った、腹痛用のお薬を」

店主の顔つきが一瞬《いっしゅん》にして変わった。用心深くなった視線が、私の頭から爪先《つまさき》までじろじろと観察する。ちょっと嫌《いや》だけど、ここは我慢《がまん》。

私がおとなしく待っていると、やがて店主がカウンターを指でトントンとたたいて言った。

「持ってきた薬をここに置きな。続きは中身を見てからだ」

よかった。とりあえず話を聞く気になってくれたらしい。

私が言われた通りにすると、店主はすぐ薬包を手に取った。中から出てきた粉の匂《にお》いをかいだり、指先につけてなめたりする。本当にアナリーが作った薬だと知っていても、結果を待ってる間はなんだか緊張《きんちょう》する。やがて一通り確認《かくにん》を終えた店主は、じろりと私を見て言った。

「あんた、うちのことは誰に聞いたんだ？」

「エリクさんに教えてもらいました」

「なるほど、あの男がね」

知り合いの名前まで聞いて、やっと少し警戒《けいかい》を解いたのか、店主の表情が和《やわ》らぐ。

「これはアナリー様の調合した薬に違《ちが》いない。使っている薬草の種類に特徴《とくちょう》があるから、すぐにわかる。それにしてもあんた、どうやってこの薬を用意したんだ？　最近じゃあ、エリクも他《ほか》の連中も簡単には薬をもらえなくなったっていうのに」

「私にはちょっとしたつてがありまして」

表面上は曖昧《あいまい》に答えつつも、店主の発言に転売防止策の効果を実感し、私は内心で親指をグッと立てた。この二週間というもの、私もアナリーもすごく頑張ったのよ。

転売防止策の一環《いっかん》として、私はまず治療院でカルテを作成したんだ。患者さんの情報を管理することで、少しでも怪《あや》しい素振《そぶ》りを見せた人には薬を渡《わた》さないよう、アナリーに頼《たの》んだの。

それから薬の無償《むしょう》配布をやめ、最低でも薬の原価に相当する金額を払《はら》ってもらうようにした。

もちろん、患者さんの中には日々の暮らしに事欠いている人もいる。そういう人たちには薬草畑の手入れや洗濯《せんたく》などを手伝ってもらうことで、薬代の代わりとしたんだ。

こうして元手がかかるようになれば、転売で得られる利益も少なくなる。その結果、転売は割に合わない商売だと感じるようになったのか、転売用に薬をもらいに来る人も減ったんだ。

「それで、いかがでしょう？　こちらの薬にご興味を持っていただけましたか？」

私は営業スマイルを崩《くず》さないように気をつけながら、店主に尋ねた。彼は悩《なや》んでいたようだが、それでも薬が欲しかったのだろう。割とすぐにうなずいてくれた。

「アナリー様の作る薬は効能が確かで売れ行きもいいからな。できれば、あんたとは定期的に取引を続けたいんだが、今後も治療院から薬をもらってくることは可能か？」

「そうですね。それでしたら私が薬をお持ちするより、もっといい方法があります」

「なんだ、それは？」

「薬の調合法について、契約《けいやく》を結ぶのです」

「……は？　あんたは薬を転売しに来たんだろう？　それがどうして調合の話になる？」

「先ほどお見せした薬はあくまで見本であって、私が本当に売りたかったものは別にあります。そのお話をするため、私は今日アナリー様の代理として、こちらに参ったのです」

アナリーの名を聞き、店主が再び警戒を露《あら》わにする。私は気づかなかった振《ふ》りをして、カバンから取り出した書類をカウンターの上に置いた。

「アナリー様はご自身で考案なさった調合法を、多くの方に安価でご提供したいとお考えです。

具体的な調合法はこちらに書かれています。薬の転売品を購入《こうにゅう》なさるより、こちらの書面通りの調合をご自身でなさった方がお互《たが》いの利益になると思いますが、いかがでしょう？」

店主は私の出した書類を食い入るように見つめている。かかった、と私は思った。

私の聞き込み調査によると、この店主はアナリーの薬を入手できなくなったにもかかわらず、お客さんの中には薬を欲しがる人がいて困っているという。ここで彼が調合法を買う契約に同意すれば、転売品の薬を無理に購入する必要もなくなるわけだが、どうだろう？

私がじっと答えを待っていると、やがて店主の口からかすれた声がこぼれた。

「契約は考えてもいい。だが、その前にこの調合法が本物かどうか確認させてもらえないか？契約したあとに偽物《にせもの》だとわかったら、大変だからな。ダメか？」

「承知いたしました。どうかご確認ください」

書類を店主の前に差し出す。彼の目つきが変わった。もしかしたら、契約せずに初見で調合法を暗記しようとしているのかもしれない。だけど、残念！　それじゃあ、薬は作れない。

「おい！　この調合法は未完成じゃないか！　ここに書かれている薬草Xとはなんだ!?」

店主の悲鳴に、私は内心でニヤリと笑った。予想通りの行動に嬉《うれ》しくなっても、素直《すなお》に喜んではいけない。私は有能な交渉《こうしょう》人を装《よそお》い、淡々《たんたん》と説明を続けた。

「こちらの薬草Xとは、アナリー様が栽培《さいばい》なさっている特殊《とくしゅ》な薬草です。薬の調合に当たっては、この薬草Xを追加でご購入いただく必要があります。本日中にご契約いただけるようであれば、初回分の薬草Xは無料で差し上げますが、いかがいたしましょう？」

「あくまで薬草Xの正体は教えず、アナリー様から直接買わないと調合できない仕組みを作ることで、調合法の無断使用を抑制《よくせい》するというわけか」

当たり！　いくら契約書の中で、「薬の調合量に応じて使用料を支払ってください」とか、「他の方に調合法を教えるのはやめてください」とか書いておいたところで、調合法を暗記されたら最後、契約を破棄《はき》されるリスクは避《さ》けられない。

その点、キーとなる薬草を治療院から提供するようにしておけば、いくら調合法を暗記されても、調合はできないものね。

「ただのお人好《ひとよ》しの聖女様かと思いきや、なかなか面白《おもしろ》い仲間がいるんだな」

「お褒《ほ》めにあずかり、光栄です。契約はいかがいたしましょう？　やめておきますか？」

「…………」

スヴェンみたいにニコニコしながら店主の答えを待つ。彼は私の笑顔《えがお》をじっと見つめ、突然《とつぜん》盛大《せいだい》に吹《ふ》き出した。え、なんで？　私、何か変なことをした？

戸惑《とまど》う私を尻目《しりめ》に、店主は「あーあ」とつぶやき、両手を肩《かた》の辺りまで上げた。

「負けたよ、降参だ。薬屋の俺では太刀打《たちう》ちできない。そうだな。まずは試《ため》しに調合百回分で契約を結ばせてもらおうか。それでうまく行ったら、長期契約に移らせてくれ」

「ありがとうございます！　早速《さっそく》ですが、明日《あした》アナリー様と一緒に百回分の調合に応じた薬草

Xを持って本契約に参りたいと思います。明日もどうかよろしくお願いいたします」

「ああ、わかった。あんたは将来、いい商人になりそうだな。今後ともよろしく頼むよ」

店主が苦笑《くしょう》しつつ、私の前に手を差し出してくる。結局、なんでさっき笑われたのかはわからずじまいだったけど、とりあえず契約が取れたから、よしとしよう。

私は店主と固く握手《あくしゅ》を交《か》わしてから店を出た。その直後のことだった。

「ヴィオラ様って、本職は詐欺師《さぎし》だったんですか？」

「……はい？」

いきなりの失礼な発言に足を止め、思わず眉《まゆ》をひそめる。発言の主は、店の外にいたラルスだった。万が一、交渉中に店主が逆ギレした場合に備え、こうして待機していてくれたんだ。

「あんなスムーズに人を言いくるめられるなんて、その技術をどこで習得したんです？　そもそも転売阻止《そし》が目的であれば、アナリー様の薬をあの薬屋に卸《おろ》すだけでもよかったのでは？」

「そうね。でも、それだとアナリーの疲《つか》れは溜《た》まる一方ね」

私の答えに、ラルスが「あっ」と小さく声を上げる。私はうなずき、説明を続けた。

「ねぇラルス、アナリーの望みはなんだったか思い出してちょうだい。彼女は薬を必要としている人のもとに必要なだけ届けたいと願っているわ。とはいえ、彼女が一人で薬を作り続けたら、きっとまた過労で倒《たお》れてしまう。そこで、これの出番というわけよ」

私は調合法の書かれた紙をラルスの前でヒラヒラと振って見せた。

「これさえあれば、アナリーと同じ調合でたくさんの人に薬を作ってもらえるわ。しかも、治療院には調合法の使用料も入ってきて、脱《だつ》赤字を目指せるの。いいことずくめじゃない？」

ニッと笑って、書面をカバンの中にしまう。私を見るラルスの顔に苦笑が浮《う》かんだ。

「とりあえず、あなたを敵に回さない方がいいということだけは、よくわかりましたよ」

「あら、ありがとう。では疑問が解消したところで、次の商談に向かいましょう。薬の転売品を扱《あつか》っていた店は他にもあるんだから」

ラルスがやれやれと肩をすくめる。私は契約成立の高揚感《こうようかん》に背中を押されるようにして、ずんずんと先に道を進んでいった。


翌朝早くから、私は足取りも軽く治療《ちりょう》院へ向かった。昨日は薬の転売品に手を出していた薬屋をラルスと順に回り、最終的に五軒《けん》の店と調合法のライセンス契約を結べたんだ。

出だしは上々。仕事も楽しい。ただ、今の私にはちょっとした悩みがあった。

「おはようございます、お姉様！　今日もお早いですね」

治療院の扉《とびら》を開けた途端《とたん》、アナリーが顔をぱぁっと輝《かがや》かせ、私のもとに駆《か》け寄ってくる。一時の過労状態から解放された今、その肌《はだ》は薔薇色《ばらいろ》に輝き、可憐《かれん》さを増している。

こんな美少女に慕《した》われて、すごく嬉しい。嬉しいけど、これが目下の私の悩みでもあった。

「おはよう、アナリー。そのお姉様って呼び方、まだ続けるの？」

「お嫌《いや》ですか？　私はお姉様のことを本物のお姉様のようにお慕いしているので、つい」

「いや、別にその呼び方が嫌《きら》いってわけじゃないのよ。ただ、私には似合わない気がして」

「そんなことありません！　お姉様は世界一のお姉様です！」

アナリーが胸の前で手を組み、上目遣《うわめづか》いで力説する。私は「うっ」とひるんだ。

なんで私、一週間前に「お姉様」呼びを許可しちゃったんだろう？

それがそもそもの間違《まちが》いだった。アナリーのような美少女から「お姉様」と呼ばれ続けていたら、なんだか今にいけない世界の扉を開いてしまいそうになる。今だって、ほら。

「お姉様とのお出かけ、ずっと楽しみにしていたんです」

アナリーが外出用の帽子《ぼうし》を手に取り、私の方を見てはにかむ。

「ああ、うん。お出かけと言っても、今日の目的は契約書の締結《ていけつ》だけどね」

「それでも構いません。お姉様と一緒《いっしょ》に出かけられるなら、私はどこでも嬉しいです」

なに、このかわいい生き物！　私が攻略《こうりゃく》キャラなら、今のセリフで確実に落とされてるよ。

ヒロインがかわいすぎて困るって、私の立場的にはどうかと思う。そんなルート、ゲームには存在しなかったし、この関係が今後ゲームにどんな影響《えいきょう》を与《あた》えるかもわからない。

ただ、それでも私はアナリーを突《つ》き放す気にはなれなかった。一度走り始めたプロジェクトを途中で放《ほう》り出したくなかったし、何より私は頑張《がんば》っている彼女の助けになりたかったんだ。

「昨日も話したけど、今日は本契約のために薬屋を五軒回るわ。忙《いそが》しいけど、頑張るわよ！」

「はい、お姉様！　どこまでもついて行きます！」

アナリーの素直でかわいい反応に、またもや私の頬《ほお》が緩《ゆる》みかけた、その時、治療院の扉が開けられた。外で馬車の用意をしていたラルスが帰ってきたのだ。

「お二人とも、出発の準備が調《ととの》いました。どうかおいでください」

「ラルス、ありがとう。お姉様、一緒に参りましょう！」

アナリーが私の手を引いて外に出る。玄関《げんかん》前に、彼女が支援《しえん》者から借りたという荷馬車が停《と》められていた。その荷台には、契約相手の薬屋に配る薬草Xが束になって積まれている。

「段差がありますから、お気をつけください」

馬車を前にして、ラルスが当然のように手を差し出してきた。さすがゲームの攻略キャラ。こういうところが女性にモテるわけだ。私も治療院に通うようになってから気づいたことだけど、患者《かんじゃ》さんの中には明らかにラルスを狙《ねら》っている女性も多いんだよね。

「ヴィオラ様？　どうかなさいましたか？」

あ、いけない。今は悠長《ゆうちょう》に観察してる場合じゃなかった。私はラルスにお礼を言って、彼の手を取ろうとした。その時だった。

「おーい、おまえら！　どこへ行くんだ？」

急に大声で呼び止められ、声のした方を向く。私は思わず「げっ！」とうめきそうになった。なんであの男がここにいるわけ？

悪質なナンパ男にして転売ヤーのエリクが、こちらに向かって手を振《ふ》りながら歩いてきたのだ。しかも、その手にはなぜか棍棒《こんぼう》が握《にぎ》られている。そんな物騒《ぶっそう》なものを持って、どうした？薬の転売ができなくなったことを逆恨《さかうら》みして、治療院に殴《なぐ》り込みに来たとでも言うの？

私と同じことを考えたのか、ラルスがアナリーを背中に庇《かば》い、身構える。エリクはその反応を面白がっているのか、顔に嫌なニヤニヤ笑いを浮かべながら話しかけてきた。

「そうビビるなって。俺は今日、アナリーに頼《たの》み事があって来ただけだからさ」

「なんでしょう？　残念ながら、エリクさんにお薬をお出しすることはもうできませんが」

アナリーが気丈《きじょう》にもきっぱりと断る。エリクはその態度が面白くなかったのか、「ケッ」と吐《は》き捨て、棍棒で肩をトントンたたきながら続けた。

「今日はおまえのところの場所代を回収しに来たんだよ。この川辺に店を構えている代金として、今月はダミアンさんに十万ラールを納めな」

は？　場所代？　って、固定資産税でもあるまいし、なんのつもり？

疑問に思ってエリクを見ると、彼はなぜか胸を張って話を続けた。

「ダミアンさんっていうのは、ここら一帯を治めてる元締《もとじ》めだよ。おまえの治療院では今までもうけさせてもらってたから、その礼として場所代を免除《めんじょ》されてたんだ。だが、薬によるもうけが出なくなった今、もうお目こぼしは期待できないぜ」

……この男、そういうわけか！　エリクの発言に、私は今までのからくりを理解した。

　エリクは薬の転売で得た利益をすべて自分の懐《ふところ》にしまっていたわけじゃない。その一部を上納金として元締めのダミアンに渡《わた》していたのだろう。

　しかし、私たちが転売防止策を講じたせいで、今までのような利益を上げられなくなった。その不足分を、今度は場所代として巻き上げるつもりなのかもしれない。

「場所代は税金のようなものだぜ。痛い目に遭《あ》いたくなかったら、十万ラールよこしな」

「そんなこと、急に言われても……」

「なら、どうする？　場所代の代わりに、その清らかな身体《からだ》でも売るか……いたっ！」

　私は心の中で合掌《がっしょう》した。どうやらエリクには学習能力がないらしい。彼が話している間に、その背後に回り込んだラルスが後ろから腕《うで》をひねり上げたのだ。

「アナリー様、場所代を払《はら》う必要はありません。こいつの戯言《たわごと》に耳を貸してはダメです」

「放せよ、ラルス！　ダミアンさんに逆らって、ただで済むと思うのか⁉」

「黙《だま》れ、人語を解する豚《ぶた》が。ここは、おまえのような薄汚《うすぎたな》い人間が来ていい場所じゃない」

こ、恐《こわ》っ……！　ラルスのその絶対零度《れいど》の眼差《まなざ》しで射貫《いぬ》かれたら、再起不能になるよ。

　これには、さすがのエリクもビビったらしい。ラルスが手を放した瞬間《しゅんかん》、五メートルほど先までダッシュで逃《に》げた。しかし、そこで完全に立ち去らないのがエリクという男だ。

「薄汚い人間はラルス、おまえの方だろう？　俺は知ってんだぜ。おまえは本来、教会の騎士《きし》になれるような、ご立派な人間じゃないってな」

安全圏《けん》まで逃げたエリクが挑発《ちょうはつ》の言葉を投げかける。どうせまた適当なことを言っているんだろうと、私は思った。だけど、あれ？　それにしてはラルスの様子がおかしくない？

ラルスはエリクをにらんだまま、微動《びどう》だにしない。その表情がこわばって見えるのは、気のせいだろうか。エリクはそんな彼の反応に満足したのか、愉快《ゆかい》そうに続けた。

「その様子、やっぱり噂《うわさ》は本当だったのか。おまえの母親は旅の舞姫《まいひめ》なんだろう？　それが男《だん》爵《しゃく》に一夜限りの情けをかけられ、生まれたおまえを男爵家の前に捨てて消えた。そんな誰《だれ》からも望まれない人間が騎士として乙女《おとめ》候補のそばにはべっていいと……うわっ！」

「もう一度侮辱《ぶじょく》してみろ！　その口を二度と開けないようにしてやる！」

エリクとの距離《きょり》を一瞬にして詰《つ》めたラルスがその胸《むな》ぐらをつかんで叫《さけ》ぶ。

「ラルス、落ち着いて！　エリクさん、息できてますか⁉」

アナリーが慌《あわ》てて仲裁《ちゅうさい》に入る。ラルスは不本意そうだったが、それでも最後には理性が勝《まさ》ったのか、渋々《しぶしぶ》手を放した。その一瞬の隙《すき》をついて、今度こそエリクは完全に逃げてしまった。

あとで塩でもまいておこうかしら？　エリクにはもう二度と来ないでほしいわ。

ラルスの方を心配して見ると、彼はつらく苦しげな様子でエリクの去った先を見つめている。

彼の過去に何があったか知らないけど、相当なダメージを受けたらしい。

ただ、ラルスが傷ついていることはわかっても、私は踏《ふ》み込んで何かを言うことができなかった。その背中が一切《いっさい》の慰《なぐさ》めを拒絶《きょぜつ》しているように思えたから。

その後、私とアナリーはラルスが御者《ぎょしゃ》を務める馬車で薬屋巡《めぐ》りを開始した。幸い調合法の契《けい》約《やく》は順調に進んだものの、私たちのそばでラルスは一日中ずっと暗い顔をしていた。

私はその夜、疲《つか》れた身体を叱咤《しった》して、王宮の図書館へ向かった。

前世は庶民《しょみん》、今世は王女の私には、旅の舞姫と貴族の間に生まれた子の何が問題なのか、漠《ばく》然《ぜん》としか理解できていない。今後ラルスと接していく上で彼を傷つけないようにするためにも、この王国における舞姫の地位や立場を一度きちんと調べておきたかったんだ。

私は社会系の本棚《ほんだな》の中から『グランドール王国芸能辞典』と題された本を取ってきて、いつもの席で読み始めた。それなのに、おかしい。その辞典に載《の》っていたのは、宮廷《きゅうてい》で披露《ひろう》されるダンスや音楽の話ばかりで、旅の舞姫に関する項目《こうもく》が一つもなかったんだ。舞と言えば芸能の代表格なのに、どうしてだろう？

私が首をかしげた、その時、声をかけてくる人がいた。

「こんばんは、ヴィオレッタ様。こんな時間までお勉強ですか？」

ついさっきまで人の気配はなかったはずなのに、いつからそこにいたんだろう。振り向くと、すぐ後ろにニコニコ笑顔《えがお》のスヴェンが立っていた。

「スヴェン先生、こんばんは。実は今、ちょっと調べ物をしていまして」

「おや、それは芸能辞典ですか？　ヴィオレッタ様が芸能史にご興味を持たれるとは珍《めずら》しい。光の乙女候補を招いた舞踏《ぶとう》会の歴史についてでも調べていらっしゃるのでしょうか？」

「いえ、私は旅の舞姫について詳《くわ》しく知りたいのですが、この本には記載《きさい》がなくて」

困って、スヴェンの前に本を差し出す。それを見た彼は、意外そうに眉《まゆ》を少し持ち上げた。

「失礼ですが、ヴィオレッタ様、一般的に旅の舞姫のような下層階級の者たちが演じる芸は、芸能と言いません。それは単なる見世物《みせもの》です」

「本当ですか？　では、そういう舞姫と貴族の間に子どもが生まれた場合、その子はどういう扱《あつか》いになるのでしょうか？」

思わず質問した私を見て、スヴェンが珍しく困ったように顎《あご》をなでる。

「それはまた繊細《せんさい》な問題ですねぇ……。これもあくまで一般論ですが、相手の貴族に子どもがいない場合、旅の舞姫のような下層階級出身の女性が産んだ子を養子に迎《むか》えることはままあります。ですが、すでに跡取《あとと》りがいる場合は、その存在を無視されることが多いですね。子どもは教会かどこかに預けられ、養育費をもらえたら幸運な方です」

「そんな、ひどい！　同じお父さんを持つ子なのに……！」

前世でもそういう問題はあったけれど、階級社会のこの国ではその問題がより顕著《けんちょ》に表れているらしい。父親が同じでも、母親の身分によってそこまでの差があるなんて……。

「ひどいと感じられるのであれば、変えますか？　あなたの手で、この国を」

「え……」

一瞬、スヴェンが何を言ったのか理解できず、私はポカンとしてしまった。

この国を変えるって……まさか私、疑われているの？　ゲームのシナリオみたいに、いつか王位を簒奪《さんだつ》するんじゃないかって。冗談《じょうだん》じゃないわ！　やめてよね！

「失礼ですが、先生は何か誤解なさっているようです」

「誤解？　何がです？」

スヴェンがいつもの笑顔で聞いてくる。私の発言がゲームに変な影響《えいきょう》を与《あた》えないか心配でも、ここははっきりさせておいた方がいい。私は彼の顔を正面から見据《みす》え、きっぱりと告げた。

「昔の私と違《ちが》い、今の私は玉座を望んでいません。いずれ折を見て、私は王位継承《けいしょう》権の放棄《ほうき》を宣言するつもりです」

スヴェンの顔から初めて笑みが消えた。その目が信じられないと言うようにまじまじと私を見下ろす。どうしよう？　余計なことを言ったせいで、かえって怪《あや》しまれたかな？

無言の時間が不安を煽《あお》る。しかし、その沈黙《ちんもく》は長続きしなかった。

「今の言葉は聞かなかったことにします。国王試験の終了《しゅうりょう》までまだ十ヶ月以上ありますから、改めてよくお考えになって、結論をお出しください」

渋々うなずく私を見て、スヴェンの顔にいつもの笑みが戻《もど》る。彼はいったい何を考えているんだろう？　私が王位に就《つ》かなくても、なんの問題もないはずなのに。

本音の読めない笑顔と対峙《たいじ》していることが急に恐《こわ》くなって、私は早々に図書館を出た。

自分の部屋に戻って、いつものように明日《あした》の準備を整えてからベッドに入って考える。

ゲームのこと、国王試験の行方《ゆくえ》、ラルスの過去、場所代の問題……そのすべてが絡《から》まり合った糸のように頭の中でごっちゃになって、私はなかなか寝《ね》つけなかった。

翌朝、寝不足で重たい頭を抱《かか》えながら治療《ちりよう》院へ向かった私は、その先で見た光景に、さらに頭が痛くなった。爽《さわ》やかな朝だというのに、暗い！　暗すぎる……！

昨日エリクに言われたことを引きずっているのか、落ち込んだラルスが負のオーラをまとっていたんだ。彼のファンの女性患者《かんじゃ》さんたちも、今日は困って遠巻きに様子を眺《なが》めている。

昨夜スヴェンに教えてもらったことから察するに、ラルスの抱えている事情は私が想像している以上に重たいのだろう。それはわかるけど、大丈夫《だいじょうぶ》かな？　まぁ、午後になれば多少はよくなるでしょう。……と楽観視していた午前中の自分に、私は文句を言いたい。

その日の午後、カルテの整理を終え、窓の外を見た私は息を呑《の》んだ。薪割《まきわ》りの仕事を終えたラルスが近くの椅子《いす》に腰掛《こしか》け、ぼんやり掌《てのひら》を眺めている。その内側で、何かキラッと光るものが見えた。どうやらそれは大ぶりの指輪のようだった。

ラルスってば、指輪なんか見ちゃって、どうしたんだろう？　というか、誰の指輪？

私が王家の紋章《もんしよう》入りのネックレスを服の下に隠《かく》しているように、貴族の男性の中には家紋の彫《ほ》られた装飾品《そうしよく》を身につけている人もいる。でも、ラルスの事情を鑑《かんが》みると、そんなことをするようには思えない。なら、彼はどうして指輪を持ってるの？　まさかあれは……！

その時、私は前世でプレイしたゲームの内容を思い出して愕然《がくぜん》とした。そうだ、あれはきっとラルスのお母さんの形見よ！　ゲームが進むと、彼はアナリーにあの指輪をプレゼントするんだから。……って、ちょっと待って！　二人の関係って、もうそこまで進んでいるの？

窓からラルスを眺めているだけじゃ、何もわからない。私は意を決し、外に出た。

「ラルス、お疲れ様。少し一緒《いつしよ》に休憩《きゆうけい》しない？」

いつも通りに話しかけたつもりでも、内心のぎこちなさが出てしまったのかもしれない。ラルスが私の方を見て眉根《まゆね》を寄せる。私はためらいつつも、その隣《となり》に座って聞いた。

「ねぇ、さっき指輪を見てたでしょう？　誰か好きな人にプレゼントするの？」

「は？」

あ、いけない。直球すぎる質問にラルスが引いてるわ。前世でも今世でも私は恋《こい》バナが得意な方じゃないのに、無理するから……！　えっと、どうやってフォローしよう？

　私が内心で焦《あせ》っていると、ラルスが隣でフッと笑い、肩《かた》をすくめた。

「人の色恋沙《いろこいざ》汰《た》にご興味があるなんて、ヴィオラ様も年頃《としごろ》の女性だったんですね。ご期待に添《そ》えず申し訳ございませんが、この指輪は単なる形見ですよ。今は亡《な》き母に父が渡《わた》したという」

　やっぱり！　ゲーム通りの設定に、私の心臓はドクドクと脈打ち、興奮してきた。

「ヴィオラ様、どうかそんなキラキラした目で見ないでください。この指輪はそんなにロマンティックなものでも、美しいものでもありませんから」

　どうやらラルスは私の反応を勘違《かんちが》いしたらしい。その口からため息がこぼれる。

「俺の母は旅の舞姫《まいひめ》でした。この指輪は、母が男爵《だんしゃく》から一夜の情けをかけられた際、褒美《ほうび》にもらったものです。母は生まれたばかりの俺をこの指輪と一緒に男爵家の前に置き去りにして旅に出て、その後すぐに亡くなったといいます。母にとっては、この指輪も俺も大して価値のないものだったのでしょう」

　そう言うラルスの口調は淡々《たんたん》としていて、無感情なようにさえ聞こえる。それなのに、彼の顔を見ていた私は胸が締《し》め付けられるほど切なくなった。わずかに目を伏《ふ》せたラルスの横顔はつらそうで、今にも泣き出しそうだったんだ。

　こうしてお母さんが死んだあとも持ち続けているなんて、きっと大切なもののはずなのに。昨日エリクに侮辱《ぶじょく》されたことで嫌《いや》な過去を思い出し、自暴自棄《じぼうじき》になっているのだろうか。

「ラルス、そういうことを言うのは」

やめなさいよ……と続けようとした、その時だった。悲鳴が私たちの間に割り込んできた。

「ラルス様！　ヴィオラ様！　大変！」

何事かと思って、声のした方を見る。まだ十歳くらいの女の子――リーズが川辺の道を大急ぎでこちらに走ってくるのが見えた。彼女は今日もお母さんと一緒に治療院に来て、薬代を支《し》払《はら》う代わりに薬草畑の手伝いをしていたはずだけど……。

「そんなに慌《あわ》ててどうしたの？　まさか作業中にお母さんが倒《たお》れたとか？」

私が心配して聞くと、リーズは肩で息をしながら首を大きく横に振《ふ》った。

「畑が大変なことになってるの！　エリクっていう男の人が急に来て暴れて……」

「なんですって!?」

私とラルスは互《たが》いに目を見合わせ、その場にリーズを残して現場に急いだ。

走って五分ほどの場所に薬草畑はある。私たちは畑を前にして絶句した。その一部が無残にも踏《ふ》み荒らされていたんだ。近づいて見ると、潰《つぶ》れた薬草の上に一枚の紙が落ちていた。そこには荒々《あらあら》しい大きな字で「場所代を支払え」と書かれている。

「エリクの野郎《やろう》……！」

ラルスが怒《いか》りに肩を震《ふる》わせる。私は拾った紙を無言でくしゃっと握《にぎ》りしめた。

昨日ラルスに言い放った侮辱だけでも許しがたいのに、こうして実害まで出た以上、見逃《みのが》すわけにはいかない。問題がエスカレートする前に先手を打たなければ。……よし！

私は自分自身を落ち着かせるために深呼吸をしてから、横のラルスに話しかけた。

「ねぇ、ラルス。悪いけど、このあと少し私につき合ってもらえないかしら？」

「何をするんです？」

「元締《もとじ》めのダミアンとサシで話をつけに行くのよ」


それから一時間後、私とラルスの二人は王都の南に位置する港の中を歩いていた。

私が調べた情報によると、ダミアンとは王都の南部一帯を取り仕切っている元締めで、普段《ふだん》はこの港を拠点《きょてん》として活動しているらしい。

歩いていると、磯《いそ》の香《かお》りに混じって生臭《なまぐさ》い匂《にお》いが鼻をつく。どうやら漁師たちの中には市場で売れ残った魚を数カ所に集め、放置している人たちがいるようだ。

「あの魚、もったいないわね。なんとか捨てずに活用できないかしら？」

なんせ私の前世は日本人。もったいない精神を持つ国の人間としては、こういうムダを見ると、なんとかしたくなってしまう。しかし、この国では理解されない感情だったらしい。

「ずいぶん変わったことに興味を持つんですね。まさか次は魚の流通に手を出す気ですか？」

ラルスから真顔で心配され、私は「いやいや」と手を横に振った。

「漁業のことを何も知らない素人《しろうと》が手を出したって、失敗するだけよ」

「その言い方、漁業に詳《くわ》しい人と知り合えたら、そっちの商売にも参入するつもりですか？」

「うーん、まぁ、それは考えてもいいけど……あ、倉庫街はこの先みたいよ」

私は一度足を止め、道の先を見やった。紺碧《こんぺき》の海を右手に望む形で、船の積み荷を保管する石造りの建物がいくつも並んでいる。ダミアンの根城はこの倉庫街の奥に存在するらしい。

ここまで来て、私もさすがに緊張《きんちょう》してきた。元締めというからには、どんなごついオジサンが出てくるのだろう？　エリクと違って、話の通じる人だといいけど……。

「ヴィオラ様、大丈夫ですか？　さっきから表情がかなりきつくなっていますけど」

「え、本当？」

ラルスに指摘《してき》され、私は慌てて両頰《りょうほお》を手で押さえた。

いけない、いけない。ただでさえ私は悪役面《づら》なのに、険しい表情で根城に乗り込んだら、まとまる話もまとまらない。ここはやっぱりスヴェンの完璧な笑顔を真似《まね》て……。

「その悪人みたいな笑い方はやめてください。相手を威嚇《いかく》する気ですか？」

「……ごめんなさい。気合いを入れたら、なんか変な顔になったみたいね」

「あなたでも恐《こわ》いことがあるんですね」

「そりゃあ、あるわよ！　だから、ラルスに付き添ってもらってるんじゃない！」

ラルスが驚《おどろ》いたように目を見開く。あれ？　私、何か変なことを言っちゃったかな？

焦る私の顔をラルスは意外そうに見つめ、やがてその口元を皮肉げにつり上げた。

「そんなに俺を信じていいんですか？　今の俺は騎士《きし》の位にあるとはいえ、俺の母は所詮《しょせん》、旅の舞姫です。母が男たちに偽《いつわ》りの愛を見せ、子どもを捨てて行ったように、俺もあなたを騙《だま》し裏切るかもしれませんよ？」

まただ。ラルスは軽口をたたきながら、自分自身の発言に傷ついた目をしている。

「ねぇ、ラルス。そういうことを言うの、やめた方がいいと思うわよ」

「どうしてです？　あなたも汚《きたな》い現実にはフタをして見ないようにしたいのですか？」

「だから、もう！」

私は苛《いら》つき、ラルスの頬を両手でピシャッと挟《はさ》んだ。その突然《とつぜん》の行為《こうい》にラルスが言葉を失う。私は驚きに揺《ゆ》れる鳶色《とびいろ》の目をまっすぐに見上げ、きっぱりと告げた。

「そうやって自分で自分を傷つけるのはもうやめなさい。親とあなたは別の人間でしょう？」

「でも、俺は母親にすら捨てられるような人間で」

「そうね。お母さんがあなたを男爵家の前に置いて行ったことは、怒《おこ》っていいと思うわ。お母さんにどんな事情があったにせよ、子どものあなたにとっては迷惑極《めいわくきわ》まりないことだもの」

「え……」

「親の事情は親の事情よ。そのせいで、あなたが卑屈《ひくつ》になる必要はないわ。あなたの過去がどうであれ、私には関係ない。私は自分の目で見て聞いて、あなたが信じるに足る人間だと思ったからこそ、あなたに背中を預けているのよ。それじゃあ、ダメかしら？」

「…………」

ラルスは何も答えない。まるで珍《めずら》しい生き物に遭遇《そうぐう》したかのように、私の顔をまじまじと見下ろしている。その口元がフッと笑《え》みの形を作った。

「ヴィオラ様は変わっていますね。あなたと話していたら、今まで悩《なや》んでいた自分が馬鹿《ばか》らしく思えてきました」

それって褒《ほ》め言葉じゃないよね？　私の考えは単純すぎるってこと？

「ほら、行きますよ。急がないと、元締めに会う前に日が暮れてしまいます」

私が問い質《ただ》すより先に、ラルスが手を差し出してくる。私は息を呑《の》んだ。

何か吹《ふ》っ切れたのだろうか。ラルスの顔には晴れ晴れとした笑みが浮《う》かんでいたんだ。

これから敵の本拠地に赴《おもむ》くというのに、いまいち迫力《はくりょく》が足りない。でもまぁ、彼がこれ以上悩まずに済むのなら、いいか。

私はちょっと気が楽になって、差し出された手を取ろうとした。その瞬間《しゅんかん》、ラルスが私の手を身体《からだ》ごと自分の方に引き寄せた。

「あの、ラルス？」

「しっ！　気をつけてください。近くに誰《だれ》かいます」

「えっ……」

ラルスのささやきに息を呑む。その直後のことだった。倉庫の後ろから数人の男が現れた。

「騎士の兄ちゃん、さすがだな。俺たちが隠《かく》れていたのに気づくなんて」

男の一人がおざなりに拍手《はくしゅ》しながら、私たちの前に進み出る。

年の頃《ころ》は三十手前か。浅黒く焼けた身体は引き締まり、猛禽類《もうきんるい》を思わせる黒い目が油断なくこちらを見据《みす》えている。この迫力……この男が元締めのダミアンだろうか？

緊張する私の前にラルスが立ち塞《ふさ》がる。その動きに、男が「おや？」と眉《まゆ》を上げた。

「せっかく会いに来てくれたっていうのに、警戒《けいかい》されるとは悲しいね。俺はここら一帯を取り仕切っている頭で、ダミアンという。以後、お見知りおきを」

男が茶目《ちゃめ》っ気たっぷりに言って、大仰《おおぎょう》に芝居《しばい》がかった礼をする。やっぱり彼がダミアンか。見た感じ、相当食えない性格をしてるらしい。これは、気を抜《ぬ》いたらやられるかもしれない。

私は気合いを入れ、スカートの端《はし》を優雅《ゆうが》につまんで頭を下げた。

「ご挨拶《あいさつ》が遅《おく》れてしまい、申し訳ございません。私は治療《ちりょう》院でアナリー様の補助をしている、ヴィオラと言います。今日は治療院を代表し、あなたにお願いがあって参りました」

「ほぅ、話が早いじゃないか。で、お嬢《じょう》ちゃんのお願いってのはなんだい？」

「治療院への場所代の取り立てをやめていただきたいのです」

ダミアンの後ろに控《ひか》えている男たちがざわつく。凶悪《きょうあく》なご面相で一斉《いっせい》ににらまれ、恐くないと言ったら嘘《うそ》になる。でも、我慢《がまん》よ。ここでビビったら、なめられるわ。

必死で笑顔をキープする私を前にして、ダミアンがフッと表情を和《やわ》らげた。

「思い切りのいい女は嫌《きら》いじゃない。だが、場所代は耳をそろえて払《はら》ってもらう」

「なぜそこまで場所代にこだわるのです？　治療院から得られる収入など、ごくわずかに過ぎないと思いますが」

「そうだな。でも薬の転売ができなくなった今、それじゃ示しがつかないんだよ。治療院だけ理由もなく見逃したら、他《ほか》の連中もなめて場所代を払わなくなるだろう？」

やっぱり薬の転売もダミアンの指示だったらしい。彼には何か彼なりの理屈があって、資金を集めているのだろう。だけど、私たちまでその理屈に従う必要はないわ。

「失礼ですが、ダミアンさん、場所代の名目とはいったいなんなのでしょう？　一定の金額を納めたからといって、あなたたちは治療院のために何かしてくれるのですか？　場所代のように意味も用途《ようと》も不明なものに支払うお金など、治療院にはありません」

「このアマ、ダミアンさんに逆らう気か!?」

周りの男たちが一斉に殺気立つ。ラルスの全身にも緊張が走ったように見えた。

だが、この緊迫《きんぱく》した空気の中にあって、ダミアンだけは違《ちが》った。彼は騒《さわ》ぐ部下たちを一にらみで黙《だま》らせると、興味深そうに私の顔を眺《なが》めて、やれやれと肩《かた》をすくめた。

「お嬢ちゃんのようにまっとうな人生を送ってきた人間には、よくわからない理屈かもしれないな。だが、俺のやり方に文句があるなら、それは王侯《おうこう》貴族に言ってくれ」

どういうこと？　今は場所代の話をしているのに、なぜ王侯貴族が出てくるの？

静かに混乱する私に向け、ダミアンは淡々《たんたん》とした口調で話を続けた。

「なぁ、お嬢ちゃん。王侯貴族のように上に立つ者の本来の役目とはなんだと思う？」

「それは……戦時には先陣《せんじん》を切って民《たみ》を守り、平時には民の暮らしが成り立つよう、税金を使って隅々《すみずみ》にまで目を配ることではありませんか？」

「ああ、そうだな。だが、現実はどうだ？　王も貴族も、王都に住まう民の窮状《きゅうじょう》を見ようともしない。この一年間で行き倒《だお》れになったガキが王都に何人いたと思う？　家を失い、首をくった家族の数は？　王宮に籠《こ》もってばかりの連中は、どうせ何も知りやしないだろう」

私は言葉に詰《つ》まった。悔《くや》しいけど、ダミアンが言っているのは本当のことだから。前世を思い出す前の私がそうだったように、民を搾取《さくしゅ》の対象としか見ていない王侯貴族は多い。

「王宮の連中から見たらゴミみたいな人生でも、生きてさえいれば、そのうちいいことがあるかもしれないじゃねぇか。今苦しんでる連中にそう思わせるためには、まず連中を生かすための金がいる。王宮の奴《やつ》らが何もしてくれねぇというなら、代わりに俺が仕切るだけだ」

……ああ、そういうことか。ここまで話を聞いたことで、私にもようやくダミアンの言い分が理解できた。彼は国に何も期待しない。その代わり、国のルールにも従わない。自分の周りの人間を食べさせていくために、彼は自分にできることを精一杯《せいいっぱい》やっているだけなんだ。

ただ、ダミアンの主張や立場はわかっても、場所代の支払いにはやっぱり納得《なっとく》がいかなかった。人を助けるためのお金は、そうやって力ずくで徴収《ちょうしゅう》すべきではないと、私は思うから。

私とダミアンの双方《そうほう》が納得できる解決策はないかな？　例えば何か新しい収入源が見つかれば、彼も躍起《やっき》になって薬の転売や場所代の徴収をしなくなると思うんだけど……。

私は短い時間内で必死に答えを導き出そうとした。でも、なかなか集中できない。風向きが変わったのか、辺りを漂《ただよ》う魚の臭《にお》いがいっそうきつくなってきて、私の思考を邪魔《じゃま》したんだ。

この生臭《なまぐさ》さ、どうにかしてほしい！　いらない魚はちゃんと廃棄《はいき》処分して……って、魚か！

この港では、捕《と》れすぎた魚を持て余してるようだった。これは使えるんじゃない？

「どうだい、お嬢ちゃん？　納得したなら、おとなしく場所代を払ってくれないか？」

今までの怒《いか》りが嘘のように、ダミアンが愛想《あいそ》よく笑って手を差し出してくる。

きっとこれが最後のチャンスだ。私はゴクリとツバを呑み込み、「わかりました」と答えた。

「お、物わかりがよくて助かるね」

「はい。あなたの話を聞いていて、わかったのです。王都で暮らす人々の生活を向上させるためには、より多くの資金が必要だと。ですが、今のあなたのやり方では稼《かせ》げる額に限界があります。私なら、もっともうかる方法をご提案できますのに」

「へー。世間知らずのお嬢ちゃんに、いったい何ができるって言うんだい？」

ダミアンの顔からすっと笑みが消えた。危険を察したラルスが私を庇《かば》おうとする。でも、今ここで安全な場所に隠れるわけにはいかない。私はラルスの手を押しのけ、前に出て続けた。

「世間知らずでも、ご提案できることはあります。私があなたであれば、廃棄予定の魚を使って保存食を作り、新たな販路《はんろ》を開拓《かいたく》することで資金調達をしてみせます」

「ハッ！　そんなの、すでにやってる。魚を塩や酢《す》に漬《つ》けたり、干したり」

「私の方法は違います。塩や酢を極力使わずに魚を数ヶ月もたせてみせます」

　ダミアンが「本気か？」という目で私を見てくる。私は力強くうなずいて見せた。

　この時、私の脳裏《のうり》に浮かんでいたのは、前世の一人暮らしでお世話になった瓶詰《びんづ》めや缶詰《かんづめ》の数々だった。こういった長期保存食を作る上で大切なのは、加熱殺菌《さっきん》と密封《みっぷう》の二点だったはず。この二つを徹底《てってい》すれば、缶詰は難しくても、瓶詰めなら生産できるかもしれない。

「例えば一ヶ月間、私の提案する方法で魚を腐《くさ》らせずに済んだら、治療院の場所代を免除《めんじょ》してもらえないでしょうか？　ついでに、今後その生産方法で得る利益の一割を特許料として私に支払ってもらえたら嬉《うれ》しいのですが、いかがでしょう？」

　今後の生産について話すのは、さすがに飛躍《ひやく》しすぎかもしれない。だけど、将来の利益まで考えているとアピールすることで、私の本気が伝わると思ったんだ。

　案の定、ダミアンは利益の話が出た時点で、この提案を検討する態勢に入ってくれたらしい。彼はしばらくの間、腕《うで》を組み悩んでいたが、最後には鷹揚《おうよう》にうなずいてくれた。

「利益の一割を欲しがるとは、見た目に似合わず、ごうつくばりなお嬢ちゃんだな。だが、本当にそんな方法があるなら、得られるもうけはかなりのものになる。その話に乗ってやろう」

よし、釣《つ》れた！　一歩前進できたことを喜び、内心でガッツポーズを取る。そんな私を見下ろし、ダミアンがすっと目を細めて告げた。

「お嬢ちゃんの提案は、成功すればもうけもでかい。だが、失敗したらどうするんだ？」

「その場合は、おとなしく場所代をお支払い……」

「それじゃ足りないな。こっちもお嬢ちゃんの提案に乗って一定の労力を割《さ》く以上、それに見合った支払いは追加でもらわないと割に合わない。例えばだが、失敗した場合に備え、お嬢ちゃんが一ヶ月間ここにとどまって俺たちの下で働くってのはどうだい？」

やっぱりこの人は抜け目ない。ダミアンは私が途中《とちゅう》で逃《に》げないように見張りながら、その労働力を活用する気でいるのだろう。ただその考えはわかっても、従うわけにはいかなかった。

仮にも一国の王女が一ヶ月間も王宮から姿を消したら、どんな悪評を立てられることか。ただでさえ最悪な評判をこれ以上貶《おとし》めたくない。なら、どうやって彼の提案を断ろう？

悩《なや》む私の前に、その時急に今まで黙っていたラルスが進み出た。

「悪いがダミアン、あんたにヴィオラ様を預けることはできない」

「ほぅ？　なら騎士《きし》様、あんたがお嬢ちゃんの代わりにここで働くかい？」

「無理な相談だな。代わりに、あんたにはこれを貸そう。万が一計画が失敗したり、ヴィオラ様が途中で逃げ出したりしたら、これを売って、その金をあんたの懐《ふところ》に入れればいい」

ラルスがダミアンの前に手を差し出す。後ろから見ていた私は息を呑《の》んだ。彼の手の中にあったのは、お母さんの形見の指輪だったんだもの。

「ラルス、やめて。そんな大切なものを質草扱《しちぐさあつか》いするなんて」

「心配いりません。あなたは魚の長期保存を本気で実現させるつもりなんでしょう？」

「……ええ、まぁ」

「なら、あなたが俺を信じてくれたように、俺もあなたを信じるだけだ」

ラルスが驚《おどろ》くほど優《やさ》しい笑《え》みを顔に浮《う》かべる。こんな時だというのに、私は不覚にも胸が高鳴るのを感じた。ラルスって、こんな笑い方をする人だっけ？　急にどうしたんだろう？

「騎士の兄ちゃん、了解《りょうかい》だ。あんたの言う条件を呑もう。で、お嬢《じょう》ちゃん、あんたの言う魚の長期保存を実現するには、具体的に何をどうすりゃいいんだい？」

ダミアンがラルスから指輪を受け取り、私の方を向く。いけない。今はラルスのことを考えている場合じゃなかった。私は気を引き締《し》め、ダミアンに告げた。

「あなたの仲間に魚屋と瓶作りの職人はいる？　もしいたら、協力してもらいたいの」

私の頼《たの》みに、ダミアンは一瞬《いっしゅん》不可解そうな顔をしたが、深くは追求しないことに決めたらしい。彼はその日のうちに職人たちの手配をして、私たちと別れた。

いろいろ不安はあっても、宣言した以上は明日《あした》から全力で取り組むわよ！　よし！

こうして、まさかの魚を相手に、私の試行錯誤《さくご》の日々が幕を開けた。

「よぅ、お嬢ちゃん。いよいよ審判《しんぱん》の時が来たぜ」

ダミアンが漁港の一角に集まった関係者一同を見回し、そう告げたのは、最初に彼と出会ってから一ヶ月半が過ぎた頃《ころ》のことだった。

「それでお嬢ちゃん、今日は俺にどんなご馳走《ちそう》を食べさせてくれるんだい？」

「こちらをどうぞ」

私は緊張《きんちょう》しながら一本の瓶詰めをダミアンの前に差し出した。鮮《あざ》やかな黄緑色のオリーブオイルで満たされたその瓶詰めは、私と職人さんたちの努力の結晶《けっしょう》だった。

先日ダミアンに大見得《おおみえ》を切ったものの、私は瓶詰めの正確な作り方を知っていたわけじゃない。そこで、彼に紹介《しょうかい》してもらった職人さんたちの手を借り、実験を繰《く》り返したんだ。

具体的には、まず魚屋のおじちゃんに頼んで廃棄予定の魚に丁寧《ていねい》な下処理を施《ほどこ》してもらった。それを水やオリーブオイルと一緒《いっしょ》にガラス瓶に入れたら、次は瓶詰め職人の出番。

加熱処理と密封を徹底するため、封に使うコルクの種類や加熱殺菌にかける時間を少しずつ変えた上で、何パターンもの試作品を作ってもらった。私はそれらすべての製法を記録に取り、各製法に対する試作品の経過観察を行った。

プロの職人さんたちが的確な作業を行ってくれたとしても、実験がすべて成功するわけじゃない。試作品の中には一週間も経《た》たずに腐ってしまうものもあった。

そういったものは試食してお腹《なか》を壊《こわ》す前に匂《にお》いでヤバいとわかる。私は腐った瓶詰めの製法には大きくバツをつけて、同じ失敗を繰り返さないように気をつけた。

そうやって数日おきに瓶詰めの中身を確認《かくにん》してはダメだった製法にバツをつけ、腐っていない瓶詰めだけを残していった。その結果、最後まで残った瓶詰めが今、ダミアンの前にある。

「ほう、これが完成品か。ありがたくいただくぜ」

私が固唾《かたず》を呑んで見守る中、ダミアンが渡《わた》された瓶を開け、中の魚をフォークで突《つ》き刺《さ》す。

その仕上がりは、前世の一人暮らしでお世話になったツナ缶の味にオイルサーディンの食感を足したような出来だった。果たして、ダミアンは気に入ってくれるだろうか？

たった数秒の待ち時間が何倍にも引き延ばされて感じる。今にも緊張で心臓が止まりそうな私の前で、ダミアンが魚の匂いをかぎ、ゆっくりと口に入れた。そのたくましい喉仏《のどぼとけ》が上下する様を、手に汗《あせ》を握《にぎ》りながら眺《なが》める。

やがてダミアンは魚を飲みこみ、一言つぶやいた。「悪くないな」と。

よかった、腐ってない！　気に入ってもらえたんだ！

そばにいた職人のおじちゃんたちが満面の笑みで私に親指を立ててみせる。ホッとして座り込みそうになった私の肩《かた》を、ラルスが横から支えてくれた。

そんな私たちを見て、ダミアンは愉快《ゆかい》そうに笑いながら両手を上げた。

「お嬢ちゃんの勝ちだな。この指輪は約束通り返そう。こいつにはなかなか面白《おもしろ》い細工がしてあったな。もしよければ今度、どこで作られたものか教えてくれ」

ラルスのお母さんの形見だけあって、相当な値打ちものなのだろう。ダミアンが名残惜《なごりお》しそうにしつつも、ポケットから取り出した指輪をラルスに渡す。

それを見た私は、今度こそ本当に心の底から安堵《あんど》した。私のせいでお母さんの形見を換金《かんきん》されたらどうしようと、ずっと気が気じゃなかったんだ。

ダミアンは瓶詰めが意外と気に入ったらしい。残りの魚をひょいと口に入れて飲みこみ、改めて私の方を向いた。

「職人たちの手を借りたにしても、こうやって新種の保存食を作り出しちまうとはたいしたタマだぜ。見た感じ、いいとこのお嬢さんっぽいし、人生経験もあまりなさそうだから、ただのはったりで終わると思ってたのによ」

これでも人生二回目だから……とは口が裂《さ》けても言えない。私は代わりに「ありがとう」と言って、素直《すなお》に頭を下げた。

そんな私のことをダミアンはまじまじと見ていたが、ふとその表情が真剣味《しんけんみ》を帯びた。

「そういえば、あんたはあの極悪《ごくあく》王女と同い年だったな」

「え？」

私と同い年の極悪王女といえば、一人しか心当たりがない。つまり、私だ。

なんで今、私の話題が出るの？　まさか私がヴィオレッタ王女だと気づかれた？

ダミアンの意図が読めずに緊張する。そんな私に構うことなく、彼は話を続けた。

「どうせ同い年なら、あんなクソみたいな女じゃなくて、お嬢ちゃんが王女だったらよかったのにな。あの極悪王女、最近はお忍《しの》び歩きを覚えて、城下で遊び呆《ほう》けてるようだぜ」

ちょっと待って！　その情報、どこから出てきたの？　私の外出を知っている人はそれほど多くないのに。しかも、その情報の伝わり方に明らかな悪意を感じるんだけど。

私はダミアンを問い質《ただ》したい衝動《しょうどう》に駆《か》られた。だけど、実際には何もできなかった。

「あの極悪王女、街で会うことがあったら覚えておけよ！　八つ裂きにしてやる！」

ダミアンが拳《こぶし》をたたき合わせながら忌々《いまいま》しげに吐《は》き捨てる。その様子を見ていて、私は思い出したんだ。数あるヴィオレッタ王女の最期《さいご》の中でも、特にひどかったラストを。

王位簒奪《さんだつ》の末に玉座を追われたヴィオレッタ王女は町娘《まちむすめ》に変装して逃亡《とうぼう》する。その途中で民衆に正体を暴《あば》かれ、殴《なぐ》り殺しにされてしまうのだ。もしかしたら、そういった民衆の先頭に立つのは、ダミアンのような人間なのかもしれない。

「おっと、急に物騒《ぶっそう》な話をして悪かったな。お嬢ちゃんとあの王女は無関係なのによ」

硬直《こうちょく》している私を見て恐《こわ》がっていると勘違《かんちが》いしたのか、ダミアンが謝ってきた。

「お嬢ちゃんとは末永く仲良くしていきたいと思ってるよ。これからこの瓶詰《びんづ》めをたくさん作って一山当てなきゃならんしな。他《ほか》にもいい話があったら、いつでも相談に乗るぜ！」

「……ありがとうございます。今後とも、どうかよろしくお願いいたします」

「なんだよ、急に改まった口調になって。ま、よろしくな！」

ダミアンが笑顔で握手《あくしゅ》を求めてくる。私は恐《おそ》る恐るその手を取った。それは今まで様々な修《しゅ》羅《ら》場《ば》をくぐり抜《ぬ》けてきたことが容易に想像できる、固くて大きな男の人の手だった。

この手を敵に回したくない。そのためにも、正体がバレないように気をつけなきゃ。

「瓶詰めの生産、うまくいきそうでよかったですね」

ラルスがそう私に話しかけてきたのは、二人並んで帰り道を歩いている時のことだった。

「無事にここまで来られて、本当によかったわ。この一ヶ月間というもの、指輪を返してもらえなかったらどうしようと悩《なや》んでばかりいて心臓に悪かったもの」

「心配したのはそこですか？　あなたらしいですね」

ラルスが穏《おだ》やかに微笑《ほほえ》む。その横顔に、私はつい見とれてしまった。

初めて会った頃のツンツンした態度とは雲泥《うんでい》の差だ。治療《ちりょう》院や瓶詰めの問題を一緒に解決したことで、仲間意識が芽生えてきたのかな？　もしそうだとしたら、すごく嬉《うれ》しい。

特に会話はなくても、優《やさ》しい空気が私たちの間を満たす。私はこのまま治療院へ戻《もど》って、アナリーも含《ふく》めた三人でお祝いをしたい気分だった。だけど、今日はもう遅《おそ》い。

王都の中心を走る目抜き通りまで来たところで、私は足を止めた。今日も私は通りの端《はし》に馬車を待たせている。ここから先は一人で行かなければならない。

「じゃあ、私はここで。また明日《あした》ね！」

私はいつものように手を振《ふ》り、別れようとした。その手をラルスがつかんだ。その顔からは穏やかな笑《え》みが消え、ひどく真剣な様子で私を見つめている。急にどうしたんだろう？

ラルスが私をつかむ手に力を込める。ややあって、彼は何かを決意した顔で口を開いた。

「お願いです。どうか今日は最後まであなたを送らせてください。王宮へ帰るのでしょう、ヴィオレッタ様？」

「…………！」

全身から血の気が引いていった。

なんで？　王宮のことは一言も話していないはずなのに、なんでバレたの？

「その様子、やっぱり……。前に家までお送りしようと申し出て断られたことがありましたよね？　あの時、女性の夜歩きは危険だと思い、後ろからついて行ったんです。そうしたら、あなたは馬車に乗って王宮に入って行きましたので、もしかしたらと思って」

そういえば、初めて会った時にもラルスは私のことをヴィオレッタ王女ではないかと疑っていた。王宮に入る私を見たことで、その疑いが確信に変わってしまったらしい。

どうしよう？　ダミアンほどではないにしても、ラルスもまたヴィオレッタ王女に対して良い感情を抱《いだ》いていなかったはずよね。正体がバレた今、私はどうなるの？

恐怖《きょうふ》で口の中が乾《かわ》き、瞬《まばた》きすらできずにラルスを見つめてしまう。彼は震《ふる》える私の手を右手でつかんだまま、もう片方の手を伸《の》ばしてきて――その両手で私を優しく包んだ。

「……ラルス？」

「人の噂《うわさ》とは当てにならないものですね。噂の中のあなたはひどい悪女のようですが、俺は俺自身の目で見た、あなたという人間を信じることにします」

……嘘《うそ》。本当に？　私の正体がバレても、ラルスは私を仲間だと思ってくれるの？

「今後、何か困ることがあったら、真っ先に俺を頼《たよ》ってください。約束ですよ？」

握った手に力がこもる。ラルスの目は真剣そのもので、とても嘘をついているようには思えない。触《ふ》れた手の先からも彼の誠意が伝わってくる気がして、私は泣きそうになった。

「ラルス、ありがとう。私を信じてくれて」

「俺は何もしてません。ただ、あなたが俺にしてくれたことを返しているだけです」

ラルスの言葉が嬉しすぎて、胸が詰《つ》まる。私はこんな時にどんな顔をしたらいいかわからなくて、思わず下を向いてしまった。

そんな不器用な私のことを、ラルスはいつまでも静かに見守っていてくれた。

第三章　笑顔と信頼はプライスレス

　前世の記憶《きおく》を思い出してから、四ヶ月が過ぎようとしていた。

　その日の夕方も、私は治療院から帰るなり王宮の図書館に向かった。周りに人がいないのをいいことに、いつもの席に陣取《じんど》って持ってきたノートを開く。私はため息をこぼした。このノートには、前世の記憶と今世で私が経験したことがメモしてある。それらを何度見比べても、やっぱりわからない。今、一番好感度の高い攻略《こうりゃく》キャラは誰《だれ》なんだろう？たぶんラルスは違《ちが》う。彼のアナリーに対する思いは忠誠心のようだし、ぶっちゃけ最近は彼より私の方がアナリーといちゃついている。だってアナリー、かわいいんだもん。じゃあレナルドかと思いきや、それも違う。彼は光の乙女《おとめ》を探すべく、教会へ通って乙女候補たちに面談までしたらしいけど、そこにアナリーはいないんだよね。

　ゲーム中では、下町を散策中に怪我《けが》したレナルドの手当をアナリーがすることで、二人は出会うはず。しかし、そういった話はまだ誰からも聞いていない。残る攻略キャラは第二王子のリアムだけど、やっぱりこれも違うんじゃないかな？リアムは自分の部屋に引き籠《こ》もってばかりいて、同じ王宮住まいの私ですらあまり会うことがないんだもの。当然だけど、アナリーと出会わなければ、何も始まらない。

　このままアナリーが誰とも恋愛《れんあい》せずに分岐点《ぶんきてん》となる舞踏《ぶとう》会イベントを迎《むか》えたら、どうなるんだろう？　攻略キャラが決まらなくても、私は殺されちゃうの？　そんなの嫌《いや》だ！

　ノートをにらみながら、思わず頭をかきむしった。その時だった。図書館の奥の方で、ドサドサッと雪崩《なだれ》を打って本の落ちる音がした。え、誰？　というか今の音、大丈夫《だいじょうぶ》？

「あの、すごい音がしましたけど、平気ですか？……って、リアム？」

　秘密のノートを抱《かか》え、化学の棚《たな》を覗《のぞ》きに行った私は驚《おどろ》きに目を瞠《みは》った。

　本棚の上の方にある本を取ろうとして、失敗したのだろう。床《ゆか》に落ちた大量の本に囲まれ、涙目《なみだめ》になったリアムがダークブロンドの頭を押さえている。

「リアム、大丈夫？　怪我してない？」

　リアムがハッとして振り返る。長い前髪《まえがみ》の下から覗く顔は驚きに満ち、やがて今の失敗を見られて恥《は》ずかしくなったのか赤くなり、最後に私の顔を見て真っ青になった。

「ご、ごめんなさい。僕……」

「もしよければ、本の片付けを手伝うわよ」

「いえ！　大丈夫です！」

　リアムが勢いよく立ち上がる。彼はさっきの失敗が嘘のように機敏《きびん》な動作で落ちていた本を拾い集めると、私に向かってぺこりと頭を下げた。

「僕はこれで……その、失礼します！」

リアムはその礼儀《れいぎ》正《ただ》しい挨拶《あいさつ》と裏腹に、脱兎《だっと》のような勢いで図書館を飛び出して行った。

何もそこまで恐がらなくたっていいのに……。まぁ、今までの私の言動を思えば、リアムがそうなるのも仕方ないか。前世を思い出す前の私は他の多くの貴族たちと同じように、「リアムは王族にふさわしくない」と、彼の陰口《かげぐち》ばかりたたいていたからね。

次にリアムに会うのはいつになるだろう？　今度は少しでも普通《ふつう》に話せたらいいんだけど。

私はため息を呑《の》み込み、席に戻った。ノートに書いたリアムの項目《こうもく》を更新《こうしん》し、今後の破滅《はめつ》対策に思いを馳《は》せる。そうこうしているうちに、夜はだんだんと更《ふ》けていった。

「お姉様、お顔の色が優《すぐ》れませんが、大丈夫ですか？」

アナリーが心配そうに話しかけてきたのは、翌日の治療院でのことだった。

いけない。仕事中なのに、うっかり船を漕《こ》ぎそうになっていた。

「昨日は調べ物をしていたせいで、寝《ね》るのが遅くなっちゃって。あ、カルテの整理は終わったから安心して。今週は喉《のど》の痛みを訴《うった》える患者《かんじゃ》さんが多かったわね。乾燥《かんそう》してるからかしら？」

私は説明しながら、患者さんのデータをグラフや表にまとめたノートをアナリーに渡《わた》した。

アナリーが最新のページにざっと目を通し、感嘆《かんたん》の吐息《といき》を漏《も》らす。

「いつもありがとうございます。お姉様がこうやって患者さんのデータをまとめてくださるおかげで、薬草の在庫管理や準備もすごく楽になったんですよ」

「そう？　役に立てたのなら、嬉しいわ。私もあなたを過労で倒《たお》れさせたくないからね」

私がさらりと答えた、その瞬間《しゅんかん》、アナリーが不満そうに唇《くちびる》をとがらせた。

「その言葉、そのままお姉様にお返しします。お忙《いそが》しいのはわかりますが、どうか睡眠《すいみん》時間はしっかり確保なさってください。いくら私が元気でも、お姉様が倒れては困ります」

「うっ……うん、そうだよね。ごめん」

アナリーの言う通りだ。せっかく治療院《ちりょういん》も軌道《きどう》に乗ってきたのに、ここで私がダウンするわけにはいかない。私が今夜は早く寝ようと思っていると、アナリーがフフッと笑った。

「お疲《つか》れのお姉様に、今日はいいものがあります。少々こちらでお待ちください」

急にどうしたんだろう？　アナリーがいたずらっ子のように目を輝《かがや》かせながら、奥に引っ込んでいく。やがて戻《もど》ってきた彼女の手を見た瞬間、私は顔が引きつるのを感じた。

もしかして私、アナリーへの愛情を試《ため》されているのかな？　彼女が持ってきたグラスは縁《ふち》の際《きわ》まで青緑のねっとりとした毒々しい液体で満たされていたのだ。

「最近お疲れのようでしたので、疲労《ひろう》回復に効く薬草をブレンドしてみました」

アナリーが善意百パーセントのキラキラした目で見上げてくる。いや、待って。薬草にしても、この乾いた牧草のような匂《にお》いはヤバくない？　飲んで平気なの？

「お姉様、薬草は苦手でしたか？　なんか表情が険しくなっていらっしゃるような……」

「え、そんなことないわよ？　わーい、ありがとう。早速《さっそく》いただくわね」

アナリーが私のために作ってくれたものをむげに扱《あつか》えないでしょう。良薬は口に苦しと言うし、多少は我慢《がまん》して……うっ、何これ！　もったりとして青臭《あおくさ》く、まずさに隙《すき》がないだと!?

ちらっとアナリーの様子を窺《うかが》うと、彼女は聖女のように清い笑顔《えがお》で私を見守っている。

リバースだけは絶対にダメだ。アナリーを悲しませてしまう。ここは耐《た》えるんだ、自分！

私は足を踏《ふ》ん張って仁《に》王立《おうだ》ちになり、胸を張って腰《こし》に手を当てた。頭の中にあるイメージは温泉牛乳の一気飲み。この勢いで最後まで飲みきってみせる！

私が固く決意した、まさにその時、後ろで治療院の扉《とびら》の開く音がした。

「こんにちは……って、お嬢《じょう》ちゃん!?　何してんだ!?」

「ヴィオラ様？　その格好はいったい……」

ラルスがダミアンを連れて来たようだが、今の私に構っている余裕《よゆう》はない。

最後の一滴《てき》まで飲み干した私は力尽《ちからつ》き、近くの椅子《いす》にドサッと倒れ込むように座った。その手からカランと音を立ててグラスが転がり落ちる。ラルスはその音で我《われ》に返ったらしい。

「アナリー様！　まさかあの薬草ジュースをヴィオラ様に飲ませたのですか？」

「え、ええ。疲労回復にいいと思って」

「ダメじゃないですか！　あれは鍛錬《たんれん》を積んだ騎士《きし》でも卒倒《そっとう》するほどのまずさなんですよ！」

私はなんてものを飲まされたんだろう。道理で死ぬほどまずいはずだ。

かすかに目を開けると、ダミアンがこちらを見下ろしながらニヤニヤ笑ってるのが見えた。

「大の男が気絶するほどまずい薬を仁王立ちで一気飲みかぁ。ただもんじゃないと思っていたが、惚《ほ》れ惚《ぼ》れするほどの男前だねぇ」

「お姉様、ごめんなさい。私はこういう仕事をしているせいか、薬草に対する味覚が人とずれているのかもしれません」

アナリーがしゅんと肩《かた》を落とす。私は見ていられず、残った力を総動員して微笑《ほほえ》んだ。

「アナリーは私のためを思って行動してくれたんだから、気にしないで。今回のことは、私の舌が軟弱《なんじゃく》すぎただけの話よ」

「お姉様……！　本当にごめんなさい！」

アナリーが抱《だ》きついてくる。その背中を「よしよし」となでていると、ラルスが新しいグラスを私の前に差し出してきた。

「もしよければ、お口直しにどうぞ」

「ありがとう、ラルス。……はー、甘くておいしい。これはなんのジュースなの？」

「……ただの水ですが」

「え？」

硬直《こうちょく》する私を見て、ダミアンがゲラゲラと大声で笑い、ラルスとアナリーが苦笑《くしょう》する。

は、恥ずかしい！　水のおいしさが傷ついた心と舌に染《し》み渡《わた》ったとはいえ、まさかジュースと間違《まちが》えるなんて……！

「おかわり、いりますか？」

ラルスに聞かれ、私は首を横に振《ふ》った。気まずすぎて、残りの水も飲めやしない。無言でグラスを見つめる私を、ダミアンが爆笑《ばくしょう》しながら見ていたことはきっと一生忘れないわ。

「それでダミアン、今日はなんの用？　まさか私をからかいに来ただけじゃないでしょう？」

一息ついて落ち着いた私は治療院の外に椅子を出し、ダミアンと並んで座った。

「そうイライラすんなって。そんなに目をつり上げてちゃ、せっかくの美人が台無しだぜ」

「残念ながら、この悪役顔は生まれつきよ」

「それもそうか。悪い、悪い」

この男は……！　一度殴《なぐ》ってもいいかしら？

私の視線がきつくなったことを察したのか、ダミアンが笑いを引っ込める。

「冗談《じょうだん》はこのくらいにしておいて、今日は瓶詰《びんづ》めのことで相談に来たんだ」

「何？　大量生産を始める前の試作段階で、何か問題が生じたの？」

「いや、問題は納入先の方だ。思ったほど瓶詰めの注文が取れてなくて、困ってる」

「え……」

　ダミアンの答えを私は心底意外に感じた。瓶詰めのように便利で保存の利《き》く商品があったら、絶対にヒットすると思ったのに。

「売れない原因に心当たりは？　具体的にはどういう人たちに営業をかけて、どういった理由で購入《こうにゅう》を断られることが多かったの？」

「うちとつき合いのあるビストロを中心に声をかけたんだ。だが、『普通に魚屋で魚が売られてるのに、なんでわざわざ瓶詰めの魚を買う必要があるんだ』と馬鹿《ばか》にされたらしい」

「それは完全にターゲティングを間違えたわね」

「ターゲ……って、なんだ？」

　いけない。つい前世の専門用語を使ってしまった。そりゃあ、わからないわよね。

「えーと……ダミアンは、魚を瓶詰めにして売ることの最大の利点はなんだと思う？」

「そりゃあ、長持ちさせられることだろう？」

　珍《めずら》しく自信なげに答えるダミアンを見て、私は「そうね」とうなずいた。

「じゃあ次に、そういった保存食を必要としているのはどういう人たちだと思う？」

「身体《からだ》が悪くて、日々の買い物にも不自由してる奴《やつ》とか……あ！　新鮮《しんせん》な魚介類《ぎょかいるい》を入手しづらい内陸部の人間なんてどうだ？　王都で人気の魚だって宣伝すれば、きっと売れるぞ」

「その案、すごくいいわね。ただ、私はそれ以上にもっと大口の顧客《こきゃく》がいると思うの」

「そりゃあ、誰《だれ》だい？」

「軍よ」

ダミアンが息を呑む。その目が「本気か？」と尋《たず》ねている。私は確信を持ってうなずいた。

瓶詰めのように保存の利く食料は行軍や訓練時の携行《けいこう》にピッタリだ。さらに魚の摂取《せっしゅ》によって栄養バランスを改善できるし、城や砦《とりで》を攻《せ》められた時には籠城《ろうじょう》食にもなりえる。唯一《ゆいいつ》の難点は、瓶詰めは重く割れる可能性があることだ。この点はガラス瓶の強化・軽量化や缶詰《かんづめ》の開発によって改善が見込める。だから、十分に商機はあると思ったんだけど。

私の説明を聞いたダミアンは、顎《あご》をなでながら「なるほどなぁ」となった。

「お嬢ちゃんの戦略はわかったよ。で、俺たちの瓶詰めをどうやって軍に売り込むんだ？」

「ダミアンに軍関係の知り合いは」

「いるように見えるか？　どちらかと言やぁ、俺たちは軍に煙《けむ》たがられる存在だぜ」

意味もなく胸を張るダミアンを前にして、私は頭を抱《かか》えた。

顔の広いダミアンのことだから、軍に知り合いの一人もいるだろうと思い込んでいた。だけど冷静に考えてみれば、彼みたいな義賊《ぎぞく》タイプの人間と軍人の相性《あいしょう》がいいはずない。

一国の王女である私は一応軍につてがある。しかし、最近の私は貴族たちの間で「ヴィオレッタ様、国王試験のプレッシャーに耐えられずにご乱心」だの、「真面目《まじめ》に勉強する振りをして、裏で陰謀《いんぼう》を画策している」だのと好き放題に言われている。

　そんな私が軍に声をかけたら、どうなるか。ありもしない陰謀を疑われたあげく、王位簒奪《さんだつ》のゲームシナリオに突入《とつにゅう》してしまうかもしれない。そういう身を滅《ほろ》ぼしかねないリスクはできる限り避《さ》けたい。でも、瓶詰めは売り込みたいし……どうしよう？

悩《なや》む私の耳に、その時、ダミアンがぼそっとつぶやく声が聞こえた。

「ひょっとして、あいつなら軍につてがあるんじゃないか？」

「誰？　それってどういう人？　王都の商人？」

　とっさに食いついた私の反応が意外だったのか、ダミアンは軽く目を瞠《みは》り、苦笑した。

「俺の知り合いに、ちょっと面白《おもしろ》い奴がいてさ。噂《うわさ》では男爵《だんしゃく》家の次男だか三男だって話だが、とにかく顔の広い奴だから、軍に知り合いの一人や二人いてもおかしくねぇ」

「相手は貴族なのに、仲が良さそうね」

　貧富《ひんぷ》の格差に憤《いきどお》っているダミアンのことだから、てっきり「王侯《おうこう》貴族は全員滅びろ」くらいに考えていると思っていたのに。

　ダミアンにも私の疑問が伝わったのか、彼はちょっと照れくさそうに笑って答えた。

「あいつは特別さ。貴族の坊《ぼっ》ちゃんのくせに気さくで、俺たちともよく馬鹿話をしてくれる。そうと決まりゃ、善は急げだ。今日は水曜日だから、いつものカフェにいるはずだ」

「ちょっと待って！　まさか私も一緒《いっしょ》に行くの？」

「何言ってんだ？　こういう時、言い出しっぺが一緒に来ないでどうする？」

うっ、ごもっとも。ただ理屈《りくつ》はわかっても、私には同行したくない事情があった。男爵家の人なら私の顔を知ってるかもしれない。ダミアンの前で、私が王女だとバレたらどうしよう？

「相手は貴族でも本当にいい奴だから安心しなって。ただ、奴はかなりの美形だから、お嬢《じょう》ちゃんはうっかり惚れないように気をつけな」

ダミアンが茶目《ちゃめ》っ気たっぷりに笑って、私の肩をたたく。これは何があっても私を彼に引き合わせる気だ。ここで過度な拒絶《きょぜつ》を示せば、逆に怪《あや》しまれるかもしれない。

私は仕方なくダミアンと並んで治療《ちりょう》院をあとにした。今の私にできるのは、祈《いの》ることだけだった。その男爵家の人が、私を見てもヴィオレッタ王女だと気づきませんように、と。

ダミアンに連れて行かれた先は、目抜《めぬ》き通りから少し離《はな》れたところにあるカフェだった。木製の家具と白い壁《かべ》で統一された店内は落ち着いた見た目と裏腹に活気があり、商談や議論をしている人たちで昼からにぎわっている。

ダミアンはここの常連なのか、あちこちで知り合いに呼び止められている。その都度、彼は私のことを紹介《しょうかい》して奥へ進み、最後にニヤリと笑って言った。

「お嬢ちゃん、あいつだ。奥の席で本を読んでる奴。おーい、レナード！　元気してたか？」

ダミアンに大声で呼びかけられ、青年が顔を上げる。その瞬間《しゅんかん》、青年の整った顔が凍《こお》りついた。私も一緒になって息を呑《の》む。

嘘《うそ》でしょう？　まさかこんなところで会うなんて……。

「なんだ？　二人とも顔見知りだったのか？」

異変に気づいたダミアンが不思議そうに聞いてくる。実際には顔見知りどころの話じゃない。レナードと呼ばれた青年は、この国の第一王子にして従兄《いとこ》のレナルドその人だったのだ。

「悪いな、ダミアン。おまえが珍しく女を連れてるから驚《おどろ》いちゃってさ。こんな美人とどこで知り合ったんだよ？」

先に衝撃《しょうげき》から立ち直ったレナルドがいたずらっぽく笑う。

え、何これ？　人違い？　こんな砕《くだ》けた話し方をするレナルド、見たことないんだけど。

私はますます混乱したが、ダミアンにとってはいつものことだったのか、彼は上機嫌《じょうきげん》でレナルドの肩《かた》をたたきながら話を続けた。

「今度、売れ残りの魚を使って瓶詰めを作ることになったって話しただろ？　そのきっかけをくれたのが彼女——ヴィオラだったんだよ」

「へー。あんた、ヴィオラって言うんだ。いい名前だね。俺はダミアンの友人で、レナードって言うんだ。名前を覚えてもらえたら、嬉《うれ》しいな」

レナルドが席を立ち、笑顔《えがお》で手を差し出してくる。何も知らない第三者が見たら、彼が私を口説いているように感じたかもしれない。現に、ダミアンも「おや？」という顔をしている。

　しかし、レナルドの真意を知っている私は背筋が冷たくなった。彼は念を押しているのだ。自分は偽名《ぎめい》を使い、身分を隠《かく》しているのだから、決してダミアンに正体をバラすなよ、と。

　ここは逃《に》げるか？　いや、ダミアンの手前できない。なら、私の取る道は一つしかない。私は覚悟《かくご》を決め、差し出された手に自分の手を重ねて微笑《ほほえ》んだ。

「はじめまして、レナード。どうぞよろしく」

「こちらこそよろしく、ヴィオラ」

　レナルドが手の甲《こう》に口づけを落とす。上目遣《うわめづか》いに私を見上げる仕草はひどく色っぽいが、そこに甘さは微塵《みじん》も感じられない。これは、私たちの共犯関係が成立した証《あかし》の口づけ。私には、彼と共に最後までこの場を演じきるという選択肢《せんたくし》だけが残されたのだ。

　こうなったら、仕方ない。私もよそ行きの笑顔を装備して、レナルドに話しかけた。

「ダミアンから聞いていた通り、気さくで素敵《すてき》な方ね。あなた、誰に対してもこうなの？」

「いいや、俺は気になる女性に対してしか、こういう態度を取らないよ。君みたいに美しくて高貴な女性がダミアンの仕事のパートナーだなんて、妬《や》けるな」

　訳すと、「君のことが信用ならないから、警戒《けいかい》しているんだ。君みたいに平民を毛嫌《けぎら》いしている王女が、どうしてダミアンと一緒にいる？」ってところかしら？

　もちろん、この翻訳《ほんやく》はダミアンにだけ通じていない。

「おいおい、二人して何いい雰囲気《ふんいき》になってんだよ？　俺の存在も忘れないでくれよ」

「悪いな、ダミアン。気になる女性を紹介されたら、彼女のことをより深く知りたいと願うのは自然の流れだろう？」

ダミアンがヒューッと口笛を吹《ふ》く。これはどう見ても誤解されてるよね？

レナルドの芝居《しばい》に乗ったはいいけれど、あとのフォローが大変そうだ。今からでも遅《おそ》くない。

やっぱり「お花を摘《つ》みに」とでも言って、この場から逃げた方がいいかと思った、その矢先、レナルドが私のために椅子《いす》を引いてくれた。

「いつまでも立たせていて、すまない。どうぞこちらへ」

ずいぶん紳士《しんし》的な仕草だけど、本心では私を逃がしたくないだけだよね？

「なぁ、ヴィオラ。君はどこに住んでるんだ？　ダミアンと知り合ったきっかけは？」

えーと……一歩間違《まちが》えたらアウトみたいな、この事情聴取《ちょうしゅ》は何？　さすがに恐《こわ》いんだけど。

私は引きつりそうな口元を気合いで抑《おさ》えながら、こっそり深呼吸をして答えた。

「ダミアンとは、その……彼が治療院に来た時に知り合ったの」

「治療院？　そういえば、下町の方で聖女様が貧者のための治療院を開いたって聞いたけど、まさかそれのことを言っているのか？」

「ええ、まぁ……」

レナルドはまだアナリーと出会ってすらいない。今の段階で治療院のことをどこまで話していいものか……。悩んでうつむく私を見て、なぜかダミアンがクックッと笑った。

「いつも大胆不《だいたんふ》敵《てき》なお嬢ちゃんも、レナードの前じゃ年頃《としごろ》の娘《むすめ》らしく恥《は》じらうんだなー」

ちょっと！　誤解を招くような言い方しないでよ！　レナルドの視線が恐いじゃない！

私の焦燥《しょうそう》なんて、ダミアンには通じない。彼は私の肩を後ろから豪快《ごうかい》にたたいて言った。

「このお嬢ちゃんはな、見かけによらず、すごいんだぜ！　俺の手下が治療院に『場所代を払《はら》え』と迫《せま》ったことに激怒《げきど》して、俺の本拠地《ほんきょち》まで乗り込んできたんだから！」

「彼女が？　本当か？」

レナルドが目を丸くする。私は肩身の狭《せま》さを感じて、胃が痛くなった。

ダミアンは私が止める間もなく、瓶詰《びんづ》め勝負の件《くだり》まで、手振《てぶ》り身振りを交えながら生き生きと語った。彼が話すと、なんだか途方《とほう》もない武勇伝に聞こえるんだけど……！

「へー。ヴィオラは見かけによらず、剛毅《ごうき》な性格をしてるんだね」

「だよなー。俺もお嬢ちゃんの活躍《かつやく》には感心するのを通り越《こ》して笑っちまったぜ」

悪かったわね！　私もあの時は必死だったのよ！……と大声で抗議《こうぎ》できたら、どれほどスッキリするだろう。レナルドの前で、そんなことはできないけど。

悶々《もんもん》とする私とダミアンを見比べ、レナルドがふと真顔になった。

「あんたたちの関係はだいたいわかったよ。それで、今日は俺に何を頼《たの》みに来たんだ？　俺を訪ねてきたってのは、つまりそういうことなんだろう？」

「さすがレナード、話が早くて助かる。実は今、俺たちは瓶詰めの納品先を探していてさ。おまえ、軍につてはないか？」

「……軍？」

「ああ、長期保存の利《き》く瓶詰めは行軍の携行《けいこう》食にピッタリだし、籠城《ろうじょう》に備えての保存もできていいって、お嬢ちゃんが言ってたんだ。な？」

「へー、ヴィオラが軍とのつながりを求めていると」

こちらを見るレナードの目に不穏《ふおん》な光がよぎる。彼が警戒するのも当然だ。

私だって、前世を思い出す前の自分が軍と手を組んだら……と想像するだけで恐くなる。現に、ゲームの中のヴィオレッタ王女は軍を使って王位簒奪《さんだつ》を成功させてるわけだし。

「安心しな、レナード。軍の関係者を紹介してもらったところで、そいつとお嬢ちゃんの仲を取り持ちはしないから。それ以前に、お嬢ちゃんは普通《ふつう》の男の手に余るだろう」

ダミアン、あなたは変な勘違《かんちが》いをして、余計な気を回さなくていいから！

真面目《まじめ》な場面だというのに、私はがっくりテーブルにつっ伏《ぷ》しそうになった。こんなことになるなら、私が直接軍に声をかけた方がまだマシだったかもしれない。

レナルドはしばらくの間、気疲《きづか》れしている私と愉快《ゆかい》そうにしているダミアンを見比べ、悩《なや》んでいたようだったが、最後に何か吹っ切れたような表情で口を開いた。

「事情はわかった。ダミアン、あんたに軍の関係者を紹介することは構わない。だが、それ以前の話として、俺なんかよりヴィオラの方がよっぽど軍に顔が利くんじゃないのか？」

……そうきたか。腹の探《さぐ》り合いは、やっぱりまだ終わっていないらしい。

「何を言ってるんだ、レナード？　俺やお嬢ちゃんのような庶民《しょみん》に、軍人の知り合いなんているわけないだろう？」

何も知らないダミアンが困った顔で肩《かた》をすくめる。レナルドは動じることなく、テーブルに身を乗り出し、密談のように彼の耳元で話しかけた。

「いいか、ダミアン？　あんたは本当にヴィオラが普通の女だと思ってるのか？　普通の庶民の女が瓶詰めの開発を一ヶ月足らずで成功させるなんて、どう考えてもおかしいだろう？」

「……そりゃまぁ、お嬢ちゃんは驚くほど優秀《ゆうしゅう》だけど」

「ヴィオラ、君の真の目的はなんだ？　瓶詰めの売り先として、純粋《じゅんすい》に軍人を紹介してもらいたいだけなのか？　ここは正直に話してくれよ。なぁ、ダミアンだって気になるだろう？」

レナルドが私の方を意味ありげに見る。ああ、そういうことか、と私は納得《なっとく》した。

レナルドは、私に対する不信感をダミアンに植え付けることで、彼が私に近づくのを止めたいんだろう。でも、私だって今ここでダミアンに疑われるわけにはいかないのよ。せっかく軌《き》道《どう》に乗りそうな瓶詰めの販売《はんばい》計画を潰《つぶ》されちゃかなわないわ。

レナルドもダミアンも真剣《しんけん》な面持《おもも》ちで私の答えを待っている。私はスヴェンを真似《まね》た微笑《びしょう》で本心を隠しながら、ゆっくりと口を開いた。

「レナードが言うように、確かに私は普通の庶民の女性とはちょっと違うわね。ありがたいことに、私は十分な教育を受けさせてもらったから。だけど、瓶詰めの販売でダミアンを騙《だま》すつもりなんてこれっぽっちもないわ。そこのところは誤解しないでほしいの」

「その根拠は？」

「瓶詰めのもうけを独占《どくせん》するつもりなら、そもそも最初からダミアン抜《ぬ》きで工場の建設計画を立てたし、一割の特許料で満足なんてしないでしょう？　違う？」

「……そっか、それもそうだな」

ちょっと、ダミアン！　その顔はレナルドに扇動《せんどう》されて少し疑ってたでしょ！

あからさまにホッとした顔つきになるダミアンを見て、私はムッとした。けれど、今はそういう細かいことにいちいち構っている場合じゃない。

「ダミアンも考えてみてよ。そもそも軍に知り合いがいたら、私が他人に紹介《しょうかい》を頼むと思う？」

「思わないな。お嬢《じょう》ちゃんは見るからに自分からグイグイ行くタイプだもんな」

「そうでしょう？　わかってくれたのなら、嬉しいわ」

よし、これでダミアンの方は大丈夫《だいじょうぶ》だろう。

レナルドの様子を窺《うかが》うと、彼は誘導《ゆうどう》に失敗したことを悔《くや》しがっているのか、口の端《はし》を不満そうに曲げている。そんな彼を見て、ダミアンがまた愉快そうに笑い出した。

「俺がお嬢ちゃんの性格をよく理解してるからって妬《や》くなよ、レナード。なんなら、おまえも瓶詰め計画に一枚噛《か》むか？　そうしたら、いつでも好きな時にお嬢ちゃんに会えるぜ」

「……それも悪くないな」

は？　何この流れ！　二人のやりとりに、私はギョッとしたなんてものじゃない。

レナルドが瓶詰めの販売計画に加わったら、私は彼に始終監視《かんし》されてしまう。そんなことになったら、ゲームのシナリオにどんな影響《えいきょう》が出ることか！

でも私と一緒《いっしょ》の時間が増えるということは、レナルドに今の私をたくさん見てもらえるってことでもあるのよね。そうしたら、私が改心したことも伝わるかも。

いやいや、変な期待はよそう。相手はあのレナルドだもの。今までみたいに無視されるだけよ。だけど、もし本当にチャンスがあるのなら……。

「俺も瓶詰めの販売に携《たずさ》わるのであれば、軍の紹介は考えておく。それでいいか？」

「ああ。頼むぜ」

「ちょっと待って！　まだ話は決まってないのに！」

我《われ》に返った私が叫《さけ》ぶ。その発言を無視して、レナルドが席を立った。その顔はいかなる反論も許さない、絶対零度《れいど》の微笑に覆《おお》われている。え、ちょっと……。

レナルドは戸《と》惑《まど》う私の手を取り、ひどく芝居がかった仕草で口づけを落として言った。

「しばしのお別れです、姫。またお目にかかれる日を楽しみにしています」

うーわー、いくら顔がよくても、こんな性悪《しょうわる》の王子様には二度とお目にかかりたくないわ。

……と思っても、そんなわけにはいかないのは百も承知している。

レナルドは最後まで私に流し目という名の警告を与《あた》えて、カフェを去って行った。それを見たダミアンが「いやー、春が来たなー」などと余計なことを言っていたので、私はその足を思い切り踏《ふ》んづけてやった。それが、今の私にできるせめてもの腹いせだったから。

今ここでダミアンの誤解を解くわけにはいかない。そんなことをしたら、私とレナルドの身分まで話さなくてはならなくなってしまう。

本当のことを打ち明けられないもどかしさと今後の不安との間で板挟《いたばさ》みになり、どっと疲れた私は目の前のテーブルに力なくつっ伏した。

カフェでレナルドと遭遇《そうぐう》した日の夜、私は王宮の図書館で王国の地図を広げていた。

レナルドはダミアンのために軍の知り合いを紹介してくれるかもしれない。だけど、もしダメだった場合に備えて、他《ほか》の販路も私の方で考えておこうと思ったんだ。

ダミアンが言っていたように、魚の瓶詰めを内陸部に売るのはいい案だと思う。その場合、都市の産業構造や人口分布の特徴《とくちょう》から考えて、どの都市に売るのがベストだろう？

私は各都市の特徴をノートに書き出していき、ふと途中でペンを止めた。漠然《ばくぜん》とした不安が胸をよぎったんだ。私、このまま瓶詰《びんづ》めのことばかり考えていていいのかなって。

途中《とちゅう》退場を余儀《よぎ》なくされた前世と違い、今世では悔《く》いのない人生を全《まっと》うしたい。そのためにも、破滅《はめつ》フラグ対策にもっと本腰《ほんごし》を入れた方がいい気がする。しかしその一方で、一度引き受けたプロジェクトは最後までやり遂《と》げたいと願っている自分がいる。

前世の私はまだ駆《か》け出しの経営コンサルタントで、中途半端《ちゅうとはんぱ》な仕事しかできなかった。今世でこそ、胸を張って「プロジェクトをやりきった！」と宣言したい。それは所詮《しょせん》、私のエゴに過ぎないのかもしれないけど、でも……。

ダメだ。今日は頭が疲れてる。こういう時に考え事をしても、ろくな結果にならない。

時計を見ると、零時を過ぎていた。早く寝《ね》ないと、またアナリーに心配をかけてしまう。

私は荷物をまとめて席を立った。時間を意識した途端《とたん》にこみ上げてきたあくびをかみ殺しながら、図書館を出て行こうとする。次の瞬間《しゅんかん》、私の眠気《ねむけ》は一気に吹《ふ》き飛んだ。

「こんばんは、ヴィオラ。ずいぶん遅《おそ》くまで勉強しているんだな」

図書館の入口で待ち構えていたレナルドが、私を見て優雅《ゆうが》に微笑《ほほえ》む。

「ごきげんよう、レナード。あなたもこんな夜更《よふ》けに調べ物？」

「まぁ、そんなところだな」

レナルドはそう言うと、辺りに人がいないのを確認《かくにん》し、私の方に近寄ってきた。

「今日は思いがけずカフェで君に会えて嬉《うれ》しかったよ。まさか商家の娘《むすめ》に扮《ふん》した君を見られるなんて。これは一生の思い出になるな」

「私もよ。王宮の外でのあなたを見られて、とても新鮮《しんせん》だったわ。あっちの方が本当のあなたなの？　それとも、あれはすべて演技だった？」

「君にも同じ質問をしたいな。ダミアンの前で、君はいつも豪快《ごうかい》な商家の娘を演じているのか？　もしそうだとしたら、それはなんのためだ？」

　実はダミアンといる時の方が素《す》の私だと答えたところで、信じてもらえないだろう。

　答えに窮《きゅう》する私を見て、レナルドが軽く肩をすくめた。

「わかった、質問を変えよう。私が瓶詰めの計画に携わることを、君はどう思っている？」

「……とても頼《たの》もしいわね。あなたのように優秀な人が加わってくれたら、計画の実行力が増すというものよ。ダミアンもあなたのことを信用してるようだしね」

「なら、仲間として教えてくれないか？　君がなぜあの計画を始めたのか、その真意を」

　何があっても、最後はその質問に行き着くのね。カフェでダミアンが話したことを、レナルドは単なる作り話だと思っているらしい。

　ここで本音を打ち明けても、信じてもらえるかわからない。しかし、表面だけの受け答えはさらなる不信感を招き、プロジェクトの足を引っ張るかもしれない。そういう事態だけは避《さ》けたくて、私は覚悟《かくご》を決め、レナルドと対峙《たいじ》した。

「ダミアンが話した通りよ。廃棄《はいき》予定の魚を何かに活用できないかと考えた結果、私たちは魚を使った瓶詰めの大量生産という答えに行き着いたの」

「それで、瓶詰めを大量に作ってどうするつもりだ？」

「大切なのは瓶詰めを作ることより、瓶詰めを生産するための工場を作ることだと、私は考えているわ。もちろん瓶詰めが売れたら、それに越《こ》したことはないけど」

レナルドが私の真意を測りかねたのか、眉《まゆ》をひそめる。私はゆっくりと説明を続けた。

「あなたも知ってるように、今の王都には十分な働き口がないわ。そこへ瓶詰め工場を作れば、新たな雇用《こよう》を生み出せる。路頭に迷っている人たちに職を提供し、生活費を稼《かせ》ぐ仕組みが作れるのよ。それって大切なことじゃない？」

私を見下ろすレナルドの目が驚愕《きょうがく》と不審《ふしん》の間で揺《ゆ》れる。しばしの沈黙《ちんもく》ののち、彼は口元に皮肉げな笑《え》みを刻んで聞いてきた。

「それで、君は民《たみ》を工場で働かせて、どうするつもりだ？　民を使役《しえき》し、税金を搾《しぼ》り取るのが目的か？　何しろ君の中では、『民は生かさず殺さず』というのが常識らしいからな」

「…………」

私は目を逸《そ》らしたくなった。悲しいけど、覚えてる。それは前世を思い出す直前に私自身が言い放ったセリフだ。まさかこんなところで、あのイタい過去をつきつけられるなんて。

こういう時は下手《へた》に言い訳をしない方がいい。私は素直に「ごめんなさい」と頭を下げた。

「あの頃《ころ》の私はちょっと……ううん、かなりどうかしていたわ。私が急に改心したからといって、あなたが受け入れられない気持ちもよくわかる。だけど、どうかお願い。私のことは信じなくてもいいから、ダミアンや困窮している人たちのために、軍に瓶詰めを売る手伝いをしてくれたら、その、すごく嬉しい……です」

レナルドの視線が恐《こわ》すぎて、後半の方はささやくような小声になってしまった。それでも、彼には最後まで聞こえていたらしい。

「なるほどな。君の言い分は一応筋が通っている。しかし、なぜだ？　なぜ君はこうも急に民のことを考えるようになったんだ？」

「殺されたくないからよ」

「……は？」

あ、まずい。つい余計な本音までダダ漏《も》れになってしまった。

「私はその、今まで税金で贅沢《ぜいたく》の限りを尽《つ》くしてきたわ。民がそのお金を捻出《ねんしゅつ》するのにどれほど苦労してきたか、街に出て初めて気づいたのよ。だから、十六年分の償《つぐな》い……とまではいかなくても、せめて自分が今までに使った分くらいはきちんと働いて返したいの」

「それが君の設定というわけか」

うっ、やっぱり信じてもらえないか。一瞬、前世を思い出したことを正直に打ち明けて、私の性格が変わった理由を一から説明したいと願ってしまった。しかし、それはさらなる混乱を招くだけだ。

「まぁ、いい。今しばらくは君の芝居《しばい》につき合おう。明日《あした》から瓶詰め計画の仲間としてよろしくな、ヴィオラ。どうかよい夢を」

レナルドが私の髪《かみ》を一房《ひとふさ》すくい取り、口づけを落とす。その仕草は、見る者の心を奪《うば》うほど色っぽくて素敵なのに、当の私は背筋が凍《こお》りつく思いでその様子を眺《なが》めていた。

明日からずっとこの腹黒王子に監視《かんし》されるなんて、冗談《じょうだん》じゃないわ。レナルドが加わることで瓶詰めプロジェクトは……私の未来はどうなってしまうの？

レナルドという予想外の因子が加わった今、プロジェクトがこの先どう転ぶかわからない。

せめて内陸部への売り込みだけでも、私の手で成功させなくちゃ。

そう考えた私は、その日、寝落ちするまでずっと自分の部屋で王国の地図を眺めていた。

レナルドがプロジェクトに加わってから二週間が過ぎた。その日の夕方、私は自分の部屋のベッドで珍《めずら》しく撃沈《げきちん》していた。

四六時中レナルドと一緒《いっしょ》にいたストレスで胃に穴が空いたわけじゃない。彼は毎日のように瓶詰め工場の建設予定地に来ては私やダミアンといろんな相談をしていったけれど、役に立つアドバイスもたくさんもらえたから、それはいい。問題は別にある。

私はよりにもよって失敗してしまったんだ。地方への瓶詰めの売り込みに。

今日の午後、私は貴族のご令嬢《れいじょう》たちを招いてお茶会を開いた。その目的は、地方出身のご令嬢たちに魚の瓶詰めを使った軽食を試食してもらい、地方への販路《はんろ》を切り開くことだった。

しかし、私が料理人に頼んで作ってもらった渾身《こんしん》のカナッペやテリーヌは、ご令嬢たちから見向きもされなかった。私がいくら勧《すす》めても、彼女たちは遠慮《えんりょ》するばかりで、どこの誰《だれ》が素敵だとか、誰に恋人《こいびと》ができたとかいう浮《うわ》ついた話に花を咲《さ》かせていたんだ。

いろんな男性の名前が挙がる中、一番人気は正統派王子のレナルドだった。同じ王子でも、リアムの方は引き籠《こ》もりである点が敬遠されたのか、あまり話題に上らなかった。

そんな中、ダークホースとして名を連ねたのが、あのラルスだった。若いイケメンは王宮の外でもチェックする。そんなご令嬢たちの熱意と執念《しゅうねん》に私は舌を巻いたが、その噂話《うわさばなし》の精度は当てにならなかった。なんと彼女たちの間で、ラルスは女たらしとして有名だったのだ。

確かにラルスはモテるよ。一見無骨でありながら、意識せずにレディーファーストをやってのける点がたまらないのか、中には彼に会うため、治療《ちりょう》院に通っている女性たちまでいる。

その筆頭は、差し入れをしに来たアナリーの同僚《どうりょう》——光の乙女《おとめ》候補ね。この間なんて、ちょうど私がラルスと話していた時に彼女が来たせいで、思い切りにらまれて恐かったんだ。

ラルスの方は特定の女性とつき合う気もなさそうだけど、優《やさ》しくされたご令嬢たちが勝手に誤解したせいで、女たらしの悪評が立ったのかもしれない。かわいそうに。

まぁ、そんな風にご令嬢たちがゴシップに熱中していたせいで、私は瓶詰《びんづ》めを売り込む機会を逸《いっ》してしまった。これからどうしよう？　またお茶会を開くわけにもいかないし……。

先の読めない不安に駆《か》られ、ベッドの上で足をバタつかせた。その時、扉《とびら》がノックされた。

「ヴィオレッタ様、今よろしいでしょうか？」

「ちょっと待って」

侍女《じじょ》に聞かれ、私はベッドから起き上がった。仮にも一国の王女がだらしない姿を見せるわけにいかないものね。乱れた髪を手櫛《てぐし》で直し、スカートのシワを伸《の》ばして準備完了《かんりょう》。

「もう大丈夫《だいじょうぶ》よ。どうぞ入って。……って、どうしたの？　顔色が真っ青だけど」

「申し訳ございません。実は先ほどレナルド様がお見えになりまして。応接間の方にお通ししたのですが、よろしかったでしょうか？」

レナルドが相手じゃあ、熟練の侍女だって困惑《こんわく》するわ。彼と私は今まで犬猿《けんえん》の仲のように噂されていたのだもの。それが急にお部屋訪問なんて、どうしたんだろう？

「レナルドを案内してくれて、ありがとう。あとは私が対応するわ」

私はそう言うと、すぐに部屋を出た。果たして、レナルドは本当に応接間にいた。

「突然邪魔《とつぜんじゃま》して、悪かったな。君と急ぎで話したい用件ができたんだ」

「何？　瓶詰めのことで緊急《きんきゅう》の問題でも起きたの？」

「いや、君に関することで奇妙《きみょう》な噂を聞いたから、その真相を確かめに来たんだ」

私はレナルドの向かいに座りながら、思わずげんなりした。

どうせ「ヴィオレッタ様、ご乱心」のような、ろくでもない噂を聞いたんでしょう。今さら追加で何を噂されても動じない自信が私にはあった。それなのに……。

「君が魚信仰《しんこう》を始めたというのは、本当のことか？」

「は？　魚……何？」

「魚信仰だよ。国王試験のプレッシャーでおかしくなった君は、魚を食べることで頭がよくなるという俗信《ぞくしん》を妄信《もうしん》し、貴族の令嬢たちにも魚を食べるよう強要したと噂になっている」

何それ！「ヴィオレッタ様、ご乱心」の進化形にしても、心が乱れすぎでしょ！

「不本意そうだな。だが、火のない所に煙《けむり》は立たないと言う。君は何をやったんだ？」

別に何も……と答えたところで、レナルドは納得《なっとく》しないだろう。私は過去の記憶《きおく》を慌《あわ》てて呼び起こし、途中《とちゅう》で「あっ！」と叫《さけ》んだ。もしかして、お茶会でのことかしら？

「その様子、やっぱり心当たりがあるんだな」

「待って、誤解よ！　私はお茶会で内陸部出身のご令嬢たちに魚の瓶詰めを使った軽食を勧めただけで……」

レナルドの疑惑《ぎわく》に満ちた眼差《まなざ》しは言い訳を許してくれそうにない。今日の出来事を渋々《しぶしぶ》報告する私を彼は厳しい表情で見つめていたが、最後には呆《あき》れたような顔になって言った。

「瓶詰めをどうにかして売りたいという君の熱意は伝わった。だが、そういうことなら、なぜ君の正体を知っている私にも事前に相談をしなかったんだ？」

「……ごめんなさい」

レナルドの批判はもっともだ。プロジェクトでの独断専行を責められ、私は謝ることしかできなかった。しかし同時に、そんな彼の態度を少し意外にも感じた。

この二週間ほど一緒に仕事をしてきたことで、仲間としての意識が芽生えたのだろうか？

私に事前相談を求めるなんて……いや、単に余計なことをされて怒《おこ》っている可能性もある。

レナルドの表情から、その真意を読み取ることはできない。彼は困惑している私を見下ろし、小さなため息をこぼした。

「今回、君は明らかに宣伝相手を間違《まちが》えたな」

「どうして？　試食さえしてもらえれば、瓶詰めの良さを実感してもらえると思ったんだけど……やっぱりご令嬢相手には果物の瓶詰めを作って宣伝した方がよかったかしら？」

「そういう問題じゃないだろう？　貴族たちは一般《いっぱん》的に瓶詰めのような保存食を避《さ》ける傾向《けいこう》にある。新鮮《しんせん》な魚や果物を買う財力があるのに、なぜ庶民《しょみん》の瓶詰めを好んで食べるんだ？」

「言われてみれば、確かに」

ビストロで瓶詰めの納入を断られた時と同じ理屈《りくつ》だ。ダミアンのターゲティングを批判しておきながら、同じ轍《てつ》を踏《ふ》むなんて……。

静かに落ち込む私に、レナルドがさらなる追い打ちをかけてきた。

「君はお茶会で内陸部出身の令嬢たちに声をかけたそうだが、その反応はどうだった？　彼女たちは、今まで君から歯牙《しが》にもかけてもらえなかったような下級貴族の出身だろう？」

「……ええ、そうだけど。それが何か？」

「君がその令嬢たちをいじめたと噂になっている」

なんでそんなことに⁉……もしかして、あの時のあれか！

私が地方出身のご令嬢たちにカナッペを勧めた時、横で見ていた公爵《こうしゃく》令嬢たちがなぜかクスクス笑っていたんだよね。彼女たちの目には、私が「田舎《いなか》者は王都の珍しい魚でも食ってろ！」と言っているように映っていたのかもしれない。そんなつもり、全然なかったのに！

今度あの地方出身のご令嬢たちに会う機会があったら、謝ろう。でも、それで許してもらえたとしても、彼女たちを通じて瓶詰めを地方に売り込む計画はもう絶望的だろうな。

「今後、どうやって内陸部に魚の瓶詰めを売ろう？　他《ほか》につてはないのに……」

地方に住む貴族たちに手紙を書くことはできても、その中で瓶詰めの紹介《しょうかい》をするのはさすがに怪《あや》しすぎるもの。王女直筆のダイレクトメールなんて、誰ももらいたくないだろうし……。

「君は、王侯貴族が瓶詰めを買い取り、それを内陸部の市場に卸《おろ》していく方向を想定しているようだが、その販売方法や販売先にこだわりはあるのか？」

悩《なや》む私を見かねたのか、レナルドが聞いてくる。私は一瞬《いっしゅん》考え込み、首を横に振《ふ》った。

「私には貴族以外のつてがなかったというだけで、売り方や売り先にこだわる必要はないわ。

最終的に需要《じゅよう》のある場所に瓶詰めを供給できれば、それで満足よ」

「なら明日、私と一緒に来るか？　君さえよければ、知り合いの商人を紹介しよう」

「えっ……」

私は驚《おどろ》きのあまり、何も言えなくなってしまった。

やっぱりレナルドは私のことを少しは仲間として認めてくれるようになったのかな？　知り合いまで紹介してくれるなんて、今までの彼であれば絶対になかったことだ。

私がまじまじと顔を見つめていると、レナルドが不満そうに口の端《はし》を曲げた。

「私だって計画に関《かか》わった以上、本気で瓶詰めを売りたいと願っている。だが、君が貴族以外の人間を相手にするのが嫌《いや》だと言うのなら、別に」

「ううん、そんなことないわ！　ぜひお願い！」

私はレナルドの変化に戸惑《とまど》いつつも、彼の提案に一も二もなく飛びついた。


翌日、レナルドに連れて行かれた先は、この間と同じカフェだった。

レナルドもこの店の常連なのか、にぎわっている店内を歩いているだけで、あちこちから声をかけられる。彼はその一人一人と挨拶《あいさつ》を交《か》わしながら奥へ進み、とあるテーブルの前で足を止めた。そこでは、いかにも目端の利《き》きそうな男たちが四人でテーブルを囲み、談笑《だんしょう》していた。

「よっ、マチュー。元気してたか？」

レナルドが声をかけると、中の一人が振り返り、彼を見て相好を崩《くず》した。

「レナードじゃないか。女連れとは珍《めずら》しいな。どうした？」

「あんたに相談したいことがあるんだけど、ちょっといいか？」

「おお、なんだい？」

こういう飛び込みの商談はよくあることなのか、他の男たちが席を外す。レナルドは彼らに会釈《えしゃく》をすると、マチューと呼んだ男の向かいに私と並んで座り、一気に話を切り出した。

「マチュー、知ってるか？　コルト地方で、今年も豚《ぶた》の伝染病《でんせんびょう》が流行《はや》るかもしれないんだ」

……は？　豚？　瓶詰めの話をしに来たはずなのに、急にどうしたの？

私はレナルドの正気を疑って、彼の顔をまじまじと見てしまった。一方、向き合うマチューの顔からはさっきまでの笑《え》みが消え、真顔になった。

「レナード、おまえはどこでその話を聞いたんだ？　まだ商人の間でも噂《うわさ》になってないのに」

「簡単なことだよ。毎年の天気を見ていれば、だいたい予想がつく」

レナルドはニッと笑い、持ってきたノートをテーブルの上で開いた。横から覗《のぞ》き込んだ私は軽く息を呑《の》んだ。まさか昨夜のうちに一人で調べたのだろうか。そこには、過去五十年間のコルト地方における天候の変化や豚肉の生産量などが細かく記載《きさい》されていたんだ。

「この記録からもわかるように、寒く乾《かわ》いた冬を越《こ》し、夏前にイナゴの増えた年は、豚の間で伝染病の流行る可能性が高い。今年も用心するに越したことはないだろう」

「で、コルト地方に強い商人の俺にそんな話をして、おまえは何が言いたいんだ？」

半ばあきらめ気味に聞くマチューを見て、レナルドは満足そうに笑った。

「あんたさ、前にダミアンのところで作っている瓶詰《びんづ》めに興味を示していただろう？　豚肉の生産量が落ちて代わりのタンパク源が求められる場合に備え、瓶詰めを扱《あつか》ってみないか？」

「……悪くない話だな。だが、伝染病が流行らなかったら、どうする？　俺は大量の在庫を抱《かか》えて、路頭に迷うぞ」

冗談《じょうだん》めかして言うマチューの前に、レナルドが今度は王国の地図を出してきた。

「あんたも知ってる通り、コルト地方には大きな港がある。長期の船旅にも、瓶詰めのような保存食は役に立つぜ」

「俺に瓶詰めを売り込めって言うのか？　でも、魚だろう？　船旅にはちょっと……」

「あの、魚だけとは限りません」

マチューとレナルドが、急に話に割り込んできた私に注目する。二人の邪魔《じゃま》をしては悪いと思い、今まで黙《だま》っていたけど、ここはやっぱりちゃんと補足しておいた方がいい。

「私はダミアンと一緒《いっしょ》に瓶詰めの生産を手がけている者で、ヴィオラと言います」

「へぇー、お嬢《じょう》ちゃんがあの噂の」

マチューが興味津々《きょうみしんしん》といった顔つきで私を見る。あの噂ってなんだろう？　ダミアンがまた余計なことを言ってないといいけど……。気になるが、今大切なのはそこじゃない。

私はコホンと咳払《せきばら》いをして、真面目《まじめ》な顔で話を続けた。

「私たちが今工場で生産を考えているのは魚の瓶詰めだけですが、ゆくゆくは肉や果物の瓶詰めも開発する予定でいます。そういったものは、船旅に向きませんか？」

「うーん、肉や果物の保存食なら需要はあると思うが……」

やっぱりダメだろうか。渋《しぶ》るマチューに、その時、レナルドがぼそっと耳打ちをした。

「マチュー、これはあんたの好きな先行投資ってやつだよ。今のうちからコルト地方に瓶詰めの販路《はんろ》を築いておいて、損はないだろう？　まぁ、あんたが興味ないなら、他の連中に」

「待て待て！　俺はまだやらないとは言ってないだろう！」

席を立とうとしたレナルドを、マチューが慌《あわ》てて引き留める。

「多少の不安は残るが、おまえの持ってきた話なら間違いないだろう。明日《あした》の午後、ダミアンも連れてうちの事務所に来てくれないか？　瓶詰めの詳細《しょうさい》について、話を聞きたい」

「了解《りょうかい》！　マチュー、あんたが話のわかる男で助かったよ」

レナルドが笑ってマチューの肩《かた》をたたく。それからほどなくして、私たちはカフェを出た。

「次はダミアンのところに行こう。軍関係でも進展があったから、報告をしておきたい」

レナルドが港へ向かう道を率先《そっせん》して歩きながら、事もなげに言う。え、軍関係って……。

私は一瞬言葉の意味が飲み込めずに、ポカンとしてしまった。あ、いけない。

「その話、本当なの？　まさかもう軍にも話をつけたなんて言わないわよね？」

「そのまさかだ。こんなことで嘘《うそ》をついて、なんになる？」

そりゃそうだけど、私はまさかのスピード展開に頭が追いつくのがやっとだった。地方への販路を昨日の今日で見つけただけでもすごいのに、軍の方も同時進行していたなんて……。

「すごいわね……。本当にすごい」

「何がだ？」

「あなたがよ」

レナルドが足を止め、怪訝《けげん》そうに私を振り返る。この様子、やっぱり気づいてなかったんだ。

そう思ったら、なんだかもったいない気がして、私は素直《すなお》に胸の内を告げた。

「最初に謝っておくわ。あなたが定期的にお忍《しの》びで街を視察してるって聞いていても、まさかここまでの人脈と社交術を獲得《かくとく》してるとは思ってなかったの」

「別に……これくらい普通《ふつう》だろう？」

「そんなことないわ。単に街をぶらついていただけじゃ、マチューのような商人にあれほど信用してもらえないわよ。それにね、あなたが今日やったみたいに需要と供給の一致《いっち》する相手を一発で引き合わせるのって、意外と難しいことなのよ。それができるなんて、あなたはそれだけ人をよく観察して、状況《じょうきょう》を把握《はあく》する能力に長《た》けてるのよ。すごい才能だわ」

「……君は本気でそう思っているのか？」

「ええ、もちろん！」

両手を握《にぎ》りしめ、勢いよくうなずく。

私はハッとした。まずい。つい熱く語りすぎたせいで、レナルドが引いているわ。

「あの、レナルド……」

レナルドは焦《あせ》る私を不思議そうに見下ろし、不意にその口元をフッとつり上げた。

「今の発言は少し……いや、かなり意外だった。王位継承《けいしょう》者でありながら平民とつき合う私のことを、君も内心では軽蔑《けいべつ》してると思っていたから」

何それ？　瓶詰めプロジェクトを一緒にやってる間中、ずっとそんな誤解をしていたの？

まぁ、身分制度の根付いたこの国では、レナルドのように様々な身分の人とつき合う人間のことを快く思わない貴族も多いけど。現に、前世を思い出す前の私は、平民との交流なんて天地がひっくり返ったって断っていたと思う。だけど、今は違《ちが》う。

「今の私はあなたと同じ気持ちよ。生まれついた身分に関係なく、気の合う人や優秀《ゆうしゅう》な人たちとつき合いたいと思ってる。だからこそ、私は治療院《ちりょういん》の運営や瓶詰めの製造販売にも携《たずさ》わっているのよ。そんな人間が、あなたのことを軽蔑すると思う？」

「……それもそうだな」

レナルドの顔に困ったような、それでいて嬉《うれ》しそうな、複雑な表情が浮《う》かぶ。きっとこの感情は演技じゃない。少しは私の本音を認めてくれるようになったのかな？

そう思うと、私も気持ちがちょっと楽になった気がして、自然と笑みがこぼれた。

「私、あなたと一緒に仕事ができてよかったわ。これからもよろしくね、レナルド」

「…………ヴィオレッタ、君は」

レナルドが何か言いかけた、その時だった。私は驚いて足を止めた。

今、悲鳴が聞こえたよね？　それも女の子の。

声のした方を向く。通りの中程《なかほど》に、杖《つえ》をついた初老の男が立っていた。お忍びの貴族か、それとも裕福《ゆうふく》な平民なのか、ふんぞり返った姿はすごく偉《えら》そうに見える。その前に、まだ十歳ほどの女の子が泣きながらしゃがんでいた。あの子、リーズじゃない！　どうしたの？

「まだ幼いくせに、スリだってよ」

「うわー、危ないな。俺も財布《さいふ》に気をつけなきゃ」

リーズを遠巻きに眺《なが》めている野次馬《やじうま》の間で、ひそひそとささやく声が聞こえる。

「ヴィオラ、顔色が真っ青だぞ。どうした？　まさかあの子、知り合いなのか？」

レナルドに聞かれ、私はリーズの方を向いたままうなずいた。

「治療院に通ってる患者《かんじゃ》さんの子なのよ。いつも畑の手伝いをしてくれるいい子で……」

それなのに、なぜスリに間違われているんだろう？　このまま放《ほう》っておけない。私が事情を聞きに行こうとした、まさにその時、男が半泣きのリーズに向かってヒステリックに叫《さけ》んだ。

「いい加減にしろ！　今すぐ盗《と》った財布を返すんだ！」

「あ、あたし、何もぬすんでません！　さっきは本当にぶつかっただけで」

「こいつ……！　まだ言うか！」

男が怒《いか》りで顔を真っ赤にしながら杖を振《ふ》り上げる。まずい！

「ヴィオラ！」

レナルドが私を止めようとして手を伸《の》ばす。その手をすり抜《ぬ》け、私は飛び出していた。目を見開き固まっているリーズの上に覆《おお》い被《かぶ》さり、その小さな身体《からだ》を抱《だ》きしめる。

鋭《するど》い痛みが背中に走ったのは、その直後のことだった。辺りで悲鳴が上がる。

「……ヴィ、ヴィオラ様？」

「大丈夫《だいじょうぶ》？　怪我《けが》はない？」

痛みをこらえて聞くと、腕《うで》の中のリーズがこくりと小さくうなずいた。よかった、無事で。

しかし、これでめでたしめでたしとはならなかった。

「おい、そこの小娘《こむすめ》。その子どもを置いて、今すぐ下がれ」

不快感も露《あら》わな声に顔を上げると、男と目が合った。リーズを打てなかったことで、逆ギレしたのかもしれない。その顔は怒りに引きつっている。

これは、かなりまずい気がする。でも、ここで引き下がるわけにはいかない。

私は怯《おび》えているリーズを庇《かば》いながら、努めて冷静に男に話しかけた。

「この場はどうかお引き取り願えないでしょうか？　この状況で冷静な話し合いができるとは思えません。後日、改めて警吏《けいり》も交えた上で両者の言い分を確認《かくにん》して」

「何を言ってる？　警吏がおまえらのような平民を相手にすると思うのか？」

男がフンッと鼻で嗤《わら》う。私は一瞬《いっしゅん》きょとんとして、すぐに状況を理解した。

前世の感覚が抜けきっていないせいで、間違えた。この国では、警吏は弱い者の味方じゃない。警吏の組織もバッチリ腐敗《ふはい》していて、王侯《おうこう》貴族にしっぽを振ってばかりいるんだ。

「警吏が出るまでもないな。おまえたちのようなゴミは、私が直々に排除《はいじょ》してやる！」

えっ!?　ちょっ！　この人、どうしてこんなに血気盛《さか》んなの!?

私に反論の隙《すき》を与《あた》えず、男が杖を振り上げる。これじゃ、唐辛子《とうがらし》スプレーも間に合わない！

私はきたる衝撃《しょうげき》を覚悟《かくご》して身体を硬《かた》くした。が、先ほどのような痛みは襲《おそ》ってこなかった。

何？　どうしたの？　反射的に閉じていた目を恐《おそ》る恐る開ける。私は息を呑《の》んだ。レナルドが男の杖を横から奪《うば》い取っていたのだ。

「何をする!?　私が誰《だれ》か知った上で、このような暴挙に出ているのか!?」

「暴挙と言うなら、あなたの行いこそがそうでしょう。どれほど身分の高い人であろうと、年《とし》端《は》のいかない少女に暴行を働いていい道理はありません。皆《みな》さんもそう思いますよね？」

レナルドが周囲に問いかけた、その途端《とたん》、野次馬の間から次々に賛同の声が上がった。

「あの子がスリだとしても、子ども相手に杖はないよな！」

「お貴族様だからって、無関係な女の子まで殴《なぐ》るんじゃないよ！」

ちょっとレナルド、これは煽《あお》りすぎじゃない？　私は辺りを満たすヤジに少し不安になった。

案の定、侮辱《ぶじょく》されたと感じた男の顔がみるみるうちに怒りでどす黒く染まっていく。

「平民風情《ふぜい》が何を言う⁉　子爵《ししゃく》の私に楯突《たてつ》く気か⁉」

男が口角泡《あわ》を飛ばしながら、レナルドに殴りかかる。その時だった。私は目を疑った。

なんと野次馬の間から男に向かって石が投げつけられたのだ。見ると、まだ十歳くらいの男の子が険しい表情で男をにらんでいた。しかも、投石はその一発で終わらなかった。

「兄ちゃんを助けるんだ！」

「貴族なんか、死んじゃえ！」

最初の子に続いて、周りにいた子どもたちが次々と男に向かって石を投げ始めた。周囲の大人たちはいかめしい顔つきをしていても、誰も止めようとしない。

気づけば、男の顔は蒼白《そうはく》になっていた。石が当たったわけでなくとも、絶対に逆らわないと思っていた平民から石を投げられたこと自体が相当ショックだったらしい。

私は息苦しくなって、腕の中のリーズを抱きしめた。恐《こわ》かった。これはまさにゲームの中で見た光景そのものに思えたから。ゲームがシナリオ通りに進んだ場合、こうやって石を投げられる相手は悪役王女の私かもしれないんだ。

私の震《ふる》えにも怯えにも、レナルドは気づいていない。彼は石を投げ続ける子どもたちに向かって軽く手を上げ、やめるように合図すると、氷のように冷たい目で男に語りかけた。

「あなたの行いがどう評価されるものであったか、ここにいる皆の反応こそがその答えです。それでもまだ続けるつもりですか？」

「……財布に入っていたのは、たいした金でもない。くれてやるわ！」

男は真っ青な顔で吐《は》き捨てると、足の悪さが信じられないスピードで去って行った。その途端、さっきまでの張り詰《つ》めていた空気が嘘《うそ》のように、辺りが安堵《あんど》の吐《と》息《いき》で満たされた。

「ヴィオラ様、お背中、大丈夫？」

リーズが心配そうに聞いてくる。我《われ》に返った私はうなずこうとして、思わず顔をしかめた。さっきまで緊張《きんちょう》していたせいで気づかなかったけど、肩甲骨《けんこうこつ》の辺りが地味に痛い。とりあえず現状を確認するため、背中に手を伸ばす。そこへレナルドが近づいてきた。

「あ、レナード。さっきはあり……」

私はお礼の言葉を途中で呑み込んだ。なんかレナルド、すごく怒《おこ》ってない？　どうして？

「ヴィオラ、君という奴《やつ》は……！」

レナルドが苦々しげにこぼす。その時だった。

「そこにいらっしゃるのは、お姉様ですか？　それに、リーズも？」

急に後ろから話しかけられ、私は心臓が止まりそうになった。この声はまさか……。

恐る恐る振り返る。ああ、やっぱり！　そこにいたのはアナリーとラルスの二人連れだった。

ちょっと待ってよ！　今、私の隣《となり》にはレナルドがいるわけで、この状況《じょうきょう》はもしかして……。

「お姉様もリーズも道の真ん中に座り込んで、どうなさったのですか？」

近づいてきたアナリーが不思議そうに聞いてくる。それに答えたのはリーズだった。

「ヴィオラ様ね、あたしをかばって、貴族のおじいさんにぶたれたの」

「えっ⁉　お姉様、どこを殴られたんです⁉　痛みはありませんか⁉」

「……え、ええ。背中を少し杖でつつかれただけだから大丈夫よ、たぶん」

「早く手当てをしないと！　万が一、痕《あと》が残ったら大変です！」

「え、でも……」

私はレナルドのことをどうしたらいいか迷って、彼に視線を向けた。アナリーはこの時になって初めて彼の存在に気づいたらしい。

「そちらの方は、お姉様のお知り合いですか？」

心臓がドクンと跳《は》ね上がる。どうしよう？　こういう時はどう答えるのが正解なの？

フリーズする私に構うことなく、レナルドが颯爽《さっそう》とアナリーの前に進み出る。彼はその端整《たんせい》な顔に王子様らしいよそ行きの笑《え》みを浮《う》かべて言った。

「はじめまして。私はヴィオラの友人で、レナードと申します」

「まぁ、お姉様の！　私は下町の治療《ちりょう》院で働いている薬師《くすし》のアナリーです。お姉様にはいつも仕事を助けていただいています」

「治療院ですか……ヴィオラは本当に治療院の手伝いをしていたのですね」

「ええ！　今やお姉様なくして、治療院の仕事は回りません」

アナリーは治療院のことを聞かれて嬉《うれ》しかったらしい。私との出会いを喜々《きき》としてレナルドに話している。横で聞いている私は内心穏《おだ》やかでいられなかった。

　ゲームの中では、街中で怪我したレナルドのことを、偶然《ぐうぜん》通りかかったアナリーが治療院に連れて行って手当てをしたはずだ。でも、今実際に怪我をしてるのは私の方だし、せっかく出会った二人の態度はよそよそしいし、どうなってるの？

　内心で首をひねる。私はハッとした。私だけじゃない。ラルスもまた厳しい表情でアナリーとレナルドの二人を見ていることに気づいたんだ。

なんでラルスが？……あ、彼はアナリーの護衛だものね。知らない人――それも王女である私の友人を名乗る男がアナリーに近づいたら、警戒《けいかい》するか。

　私が観察していると、視線に気づいたアナリーがハッとした様子でこちらを向いた。

「つい話し込んでしまい、失礼しました。早く治療院に戻《もど》って、お姉様の手当てをしないと」

「どうか彼女のことをお願いします。ヴィオラ、私はこれからダミアンのところへ行く。話し合いの結果はあとでまとめて報告するから、君は怪我の治療に専念してくれ」

「へ？　あの……！」

私が止める間もない。レナルドは颯爽と身を翻《ひるがえ》すと、港のある方に向かって歩き始めた。

まさかこれで出会いイベントは終了《しゅうりょう》？　こんなにあっけなくていいの？

疑問に思っても、答えてくれる人はこの場にいない。この時の私には、モヤモヤとした疑問を抱《かか》えたまま、アナリーたちと一緒《いっしょ》に治療院へ行く選択肢《せんたくし》しか残されていなかった。

その晩、治療院から帰った私は自分の部屋で前世の記憶《きおく》を書き留めたノートを広げた。

何度見返しても、やっぱり違《ちが》う。レナルドはアナリーと再会の約束をしなかったし、お互《たが》いにときめいた様子もなかった。ゲームとは少しずつ違う展開になってきてるんだ。

これがいいことかどうか、現段階で私には判断できないし、二人の出会いをなかったことにもできない。この先、私はどう動いたらいいんだろう？

漠然《ばくぜん》とした不安に襲われつつも、私は今日あった出来事をノートに書き加えようとした。その時、部屋の扉《とびら》が控《ひか》えめにノックされた。「どうぞ」と答えると、侍女《じじょ》が昨日と同じように青ざめた様子で中に入ってきた。嫌《いや》な予感。まさか今日も……。

「お休みのところ、失礼いたします。レナルド様がお見えになりました」

勘弁《かんべん》してよ。まだ頭の中が整理できていないのに……。

「あの、お疲《つか》れのようでしたら、レナルド様にお引き取り願いますが」

「……ううん、大丈夫《だいじょうぶ》よ。すぐに行くから、応接間でお待ちいただいて」

私は侍女に指示を出すと、一人に戻った部屋の中で頬《ほお》をピシャリとたたいた。いつまでも動《どう》揺《よう》していられない。ゲームのシナリオが動き出したのなら、なおのことしっかりしなくちゃ！

応接間に向かうと、レナルドは昨日と同じように椅子《いす》に腰掛《こしか》けていた。私は挨拶《あいさつ》をしようとして、はたと動きを止めた。

なんかレナルド、怒ってない？　街で別れる前にも思ったけど、なんで？

「急に遅《おそ》い時間に来て、すまない。傷の調子はどうだ？　治療院には行ったのか？」

レナルドに聞かれ、私は「あ、うん」と曖昧《あいまい》にうなずきながら、彼の向かいに座った。

「傷は大丈夫よ。アザにはなっていたけど、痕が残ることもないだろうって」

「それはよかった。なら、本題に入るが」

本題？……って、まさかアナリーのことじゃないよね？

つい過剰《かじょう》反応して、身構える。そんな私に、レナルドは実に冷え冷えとした口調で告げた。

「ヴィオレッタ、君は馬《ば》鹿《か》なのか？」

……は？　なんで私、急に罵《ば》倒《とう》されてるの？

唖然《あぜん》としている私の前で、レナルドが「はぁー」と深いため息をこぼす。

「その様子、やっぱりわかってなかったか。なぜあの時、君は一人で飛び出したんだ？」

「あの時って、リーズを庇《かば》った時のこと？」

「そうだ。それ以外にないだろう？」

そこまで言われて、私はようやくレナルドの言いたいことが理解できた。あの時の行動を私は後悔《こうかい》していない。ああでもしなきゃ、リーズが怪我《けが》していたから。でも……、

「ごめんなさい。一国の王女として、冷静さが足りなかったと反省してるわ」

「私が隣にいただろう？　飛び出す前に、なぜ私に助けを求めなかった？」

「そうだったわね、ごめんなさい。無我夢中で忘れていたわ」

「…………」

レナルドがなぜか難しい表情で黙《だま》り込む。

あれ？　素直《すなお》に謝ったつもりなのに、なんかまずいことを言っちゃったかな？

困惑《こんわく》していると、レナルドが額に手を当て、さっきよりいっそう深いため息をこぼした。

「あの男は君のことを平民だと思っていた。庇った少女ごと、君は大怪我を負うまで杖《つえ》で殴《なぐ》られていたかもしれないんだぞ。わかっているのか？」

「そんな……でも、あり得るわね」

私は自分の言葉にゾッとした。そうだ、この国で平民の訴《うった》えが受け入れられることはまずない。だからこそ、ゲームのように溜《た》まりに溜まった不満が革命につながるわけで……。

「あんな危険なことはもうやめてくれ。見ていて、寿命《じゅみょう》が縮むかと思った」

「……本当にごめんなさい」

今回のことは自分が悪かったと心から反省して、うなだれる。そんな私を前にして、レナルドがふっと表情を緩《ゆる》めた。

「冷静な状況判断は必要だが、個人的にはああいうあんたの心意気は嫌《きら》いじゃない。あの時、あんたが飛び出さなかったら、きっと俺が動いていた」

「優《やさ》しいのね。私のことも、リーズのことも心配してくれるなんて」

「困っている民《たみ》を守るのは、王族として当然の務めだろう？」

私は「そうね」と同意しようとして、ふと首をかしげた。

前世でゲームをプレイしている時にはさして気にならなかったことだけど、この王国にあって、やっぱりレナルドは異質な存在だと感じたんだ。

リーズを殴ろうとした子爵《ししゃく》や昔の私のように、平民なんて虫けら同然だと思っている王侯《おうこう》貴族が主流の世界にあって、なぜ彼だけが異なる価値観を持っているんだろう？

急に黙り込んだ私を怪訝《けげん》に思ったのか、レナルドが眉《まゆ》をひそめる。私は前々から感じていた疑問を口にすべきかどうか悩《なや》んで……でも聞くなら今しかない気がして、思い切って尋《たず》ねた。

「ねぇ、レナルド。どうしてあなたは平民のことをそこまで大切に思えるの？」

レナルドが意表をつかれたように目を瞠《みは》る。あ、まずい。これは聞いちゃいけないことだったかな、と焦《あせ》っても、一度口にした質問をなかったことにはできない。

レナルドは私の方をちらっと見て、何を思ったのか、急に無関係なことを聞いてきた。

「ヴィオレッタ、あんたには友と呼べる存在がいるか？」

「え？……まぁ、王宮にはいないわね。昔仲の良かった公爵令嬢《れいじょう》は裏で私の悪口を言ってたみたいだし。でも、アナリーやダミアンのことは友達だと思ってるわ。……少なくとも、私は」

自分で言っていて悲しくなる。静かに落ち込む私を見て、レナルドがクスッと笑った。

ちょっと！　何も笑うことないでしょ！

抗議《こうぎ》しようとした私の言葉を遮《さえぎ》り、レナルドがふと真顔に戻った。

「昔、俺には大切な友人がいたんだ。彼は下働きの男の息子《むすこ》だった」

「え、いたって……」

過去形よね？　ということは、今その友達はいないの？

戸惑《とまど》う私を見て、レナルドが悲しげに微笑《ほほえ》む。彼は落ちてきた前髪《まえがみ》をかき上げ、伏《ふ》し目がちに告白を続けた。

「先代の王であった父が亡《な》くなったあと、俺はまだ幼かったリアムと母と共に、一時的に離宮《りきゅう》に移り住んだ。そのことは、あんたも知ってるだろう？」

私は黙ってうなずいた。今から十年ほど前のことだ。お父様が王位に就《つ》いたあと、先王の妻子であるレナルドたちの存在を疎《うと》ましく思った私のお母様は周りの貴族たちに工作をして、彼らを離宮に追いやってしまった。

レナルドたちはその離宮時代に母を亡くし、私のお母様が三年前に亡くなったことで、ようやく王位継承《けいしょう》者として王宮に戻ってくることができたのだ。

「離宮での生活は、別にあんたが想像してるほど寂《さび》しくなかったよ。奴《やつ》がいたから」

私の沈《しず》んだ表情から心の内を読んだのか、レナルドがわざと明るく言う。

「俺たちは離宮の庭で出会い、毎日のように二人で遊んだ。しかし、ある日そのことを快く思わない家庭教師に見つかって、ひどく叱《しか》られたんだ。『王位継承権を持つ者が下々の子と遊ぶとは何事か』ってね」

レナルドが目を伏せ、唇《くちびる》を嚙《か》みしめる。そりゃあ、そんなことを言われたら悔《くや》しいよね。子どもの目からしたら、大切な友達を侮辱《ぶじょく》されたわけだもん。

「俺は納得《なっとく》できなくて、奴のことを友人だと主張し続けたよ。その結果、どうなったと思う？」

「……想像つかないわ。いったいどうなったの？」

「あの家庭教師は奴を部屋に呼び出し、その前で鞭《むち》をちらつかせながら、俺に言ったんだ。『私は今から彼のことを鞭で打ちます。それは、彼が不遜《ふそん》にもレナルド様の友人だと言い張るからです。レナルド様、彼の言っていることは本当でしょうか？』って」

「ひどい！　そんな脅《おど》しみたいなこと……！」

「ああ。あの時の俺もそう感じたせいで、何も言えなくなってしまったんだ」

レナルドの顔に、今にも泣きそうな表情がよぎる。彼は過去を直視することに耐《た》えきれなくなったのか、その整った顔を手で覆《おお》い、静かに続けた。

「動けずにいる俺を見て、家庭教師は満足そうだったよ。『レナルド様の友人でないなら、彼を鞭打つ必要はありませんね』と言って、奴を解放してくれた。だが、そのことがきっかけとなって、奴は前のように俺と口をきいてくれなくなった。俺は大切な友人を永遠に失ったんだ」

私は聞いていて胸が痛くなった。その友達は、レナルドが家庭教師から自分を庇ってくれたことに気づかなかったのかな？

ううん、きっと違《ちが》う。彼はレナルドの優しさに気づいていたからこそ、友達である彼に二度と迷惑《めいわく》をかけたくなくて、身を引いたんだと思う。本当は彼もレナルドのことが好きだっただろうに。友達でい続けたかっただろうに……。

「もしもあの時、俺が家庭教師の脅しに屈《くっ》せず、奴のことを友人だと言い続けていれば……俺に奴を守るだけの力があれば、俺たちの友情は今も続いていたのかもしれないのに……」

「後悔、してるの？」

「少しだけな。だから、俺は誓《ちか》ったんだ。目の前で不条理なことが起きたら、今度は目を逸《そ》らさずに必ず抵抗《ていこう》しようと」

そう言うレナルドの顔には、心を決めた人特有の清々《すがすが》しいまでの凜々《りり》しさが浮《う》かんでいる。

ああ、やっとわかった。レナルドが民を大切に想《おも》ったり、王族としての務めを必死で果たそうとしたりする背景には、過去の後悔が色濃《いろこ》く影響《えいきょう》を与《あた》えていたんだね。

　ひたむきなレナルドの姿を見ていたら、なんだか彼のことを応援《おうえん》したくなって、私はその背中をパシッとたたいた。

「なっ！　急に何をするんだ⁉」

「やっぱりあなたはすごいな、と思って」

「は？」

「私、あなたの考え方が好きよ。あなたなら、今に王侯貴族と民の架《か》け橋になれるわ。あなたの頑張《がんば》り次第《しだい》では、今後あなたの子ども時代のようにつらい思いをする人がいなくなるのよ。それって、すごいことじゃない？」

　レナルドは王に向いている。この真面目《まじめ》で一生懸命《いっしょうけんめい》で、だけどどこか危《あや》うさを感じる青年のことを、私はゲームのキャラとしてではなく、一人の人間として尊敬できると思ったんだ。

「離宮の時のように、もしまた迷うことがあったら、いつでも言って。私でよければ、あなたの背中を全力で押すから」

　レナルドが私の顔を見つめたまま、もの言いたげな様子で黙り込む。

　あ、まずい。過去を打ち明けてもらえたことが嬉《うれ》しくて、調子に乗りすぎたかもしれない。

　今さら私に「背中を押す」と言われても、簡単には信じられないよね。最悪の場合、「背中を刺《さ》される」と誤解されたとか……いや、まさかね。

　答えを聞くのが恐《こわ》くて、私はレナルドと距離《きょり》を取ろうとした。それなのに、逃《に》げ腰《ごし》になった私の手は彼につかまれてしまった。

「あの、レナルド？」

「俺の背中を押してくれるんだろう？　なら、そんなに離《はな》れるなよ」

　戸惑う私の手を、レナルドが自分の方にぐいっと強く引き寄せる。

「明日《あした》からまたよろしくな、ヴィオレッタ」

　レナルドが微笑む。私は目を瞠った。その顔はダミアンたちに向けるものと同じ、ごく自然な笑顔《えがお》だったから。しかも、いつの間にか一人称《いちにんしょう》まで「俺」に変わってるし。

「どうしたんだ、ヴィオレッタ？　顔が赤くないか？」

「………それ、気のせいだから」

　そう答えるのが精一杯《せいいっぱい》で、うつむいたまま目を合わせることすらできない。まさかレナルドの笑顔に見とれていたなんて、死んでも言えないもの。

　レナルドが楽しそうに笑う。ちらっと盗《ぬす》み見たその横顔は年相応の青年らしくて……いつもの王子様らしい彼より、今の自然な彼の方が断然好きだと思った。それは私だけの秘密だ。

第四章　破滅イベントは全力回避！

日々の仕事に追われているうちに季節は巡《めぐ》り、風に夏の匂《にお》いを感じるようになった。

その日も朝から治療《ちりょう》院に詰《つ》めていた私は、窓際《まどぎわ》の席で持ってきたノートに目を通していた。油断するとつい口元がにやけて、悪役面《づら》になってしまう。この二冊のノートはいわゆる帳簿《ちょうぼ》というやつで、治療院と瓶詰《びんづ》め販売《はんばい》における収支がそれぞれ記録されている。

治療院では最近、街の薬屋と結んだ調合法のライセンス契約《けいやく》が功を奏し、少額ながらも安定した収入を得られるようになった。さらに、薬の在庫管理を徹底《てってい》したおかげで無駄《むだ》な支出を抑《おさ》えられ、ついに自転車操業を脱《だっ》したのだ。

他方、瓶詰めの方は先日、港の一角で工場を稼働《かどう》させることに成功した。軍や地方への納入も確定したし、私の懐《ふところ》にも少しずつ特許料が入ってきている。実にいい傾向《けいこう》だ。

今世でこそ私はしっかりお金を稼《かせ》いで、人の役にも立って、経営コンサルタントとしての手《しゅ》腕《わん》を発揮するのよ！　もちろん、殺される未来も回避《かいひ》してね。

心の中で「えいえいおー！」と叫《さけ》びたくなった、まさにその時、私は視線を感じて顔を上げた。さっきまでの楽しい気分から一転して、「げっ……」とうめきそうになる。開いた窓越《ご》しに覗《のぞ》く緑のさめた瞳と、もろに目が合ってしまったのだ。

「レ、レナルド、いつからそこにいたの？」

「あんたがにやついたり、キリッとした顔をしたりしてる間、声をかけづらくて困ってた」

そんな！　見ていたのなら、声をかけてくれればよかったのに！　恥《は》ずかしい……。

「もうすぐ昼だろう？　差し入れを持ってきたから、みんなで食べよう」

レナルドはそう言うと、私の恨《うら》みがましい視線などものともせず、入口の方へ回って行った。

彼がいなくなった途端《とたん》、私は一気に疲《つか》れてしまい、ヘナヘナと上半身を机に投げ出した。

アナリーと初めて会った日から、レナルドはこうしてよく治療院に顔を出すようになったんだよね。それこそ、まるでゲームのシナリオにあるように。しかも、アナリーの方も彼の訪問を喜んでいるらしく、今もまた入口の方で歓声《かんせい》が上がるのが聞こえた。

「まぁ、レナード様！　いつもお気遣《きづか》いいただき、ありがとうございます。ですが、こうも毎日のように治療院にいらっしゃって、お仕事に差し障《さわ》りはございませんか？」

「ああ、それなら大丈夫《だいじょうぶ》だ。俺の仕事相手なら、あそこにいるから」

私が奥から顔を出すと、ちょうどレナルドが待合室の一角を指さしたところだった。その先には、治療を終えた患者《かんじゃ》さんたちと談笑《だんしょう》しているダミアンの姿がある。

「よっ、レナード！　今日もお疲れ様！」

笑顔で片手を上げるダミアンを見て、レナルドが正反対の苦りきった表情になる。

「ダミアン、あんたも工場長になったんだから、あまり周囲に迷惑をかけるなよ。今日も困り果てた部下たちから、あんたを連れ戻《もど》して来てくれって、泣きつかれたんだぞ」

「わかってないなー、レナード。俺はおまえのためを思って、治療院に来てやってるのに。俺を連れ戻すって口実でもなきゃ、おまえはお嬢《じょう》ちゃんに会いに来られないだろう？　いわば、俺は恋《こい》のキューピッドってわけだ。感謝したっていいんだぜ？」

　ダミアンよ、どうやったらそんな盛大《せいだい》な勘違《かんちが》いをできるんだ？　レナルドが会いに来てる相手はアナリーなのに。彼女に誤解されて、ゲームに変な影響が出たらどうする？

「レナード様は、やはりお姉様のことがお好きなのですか？」

　ああ、ほら！　心配したそばから、アナリーがすねたように唇《くちびる》をとがらせている。彼女のストレートすぎる質問にレナルドは押し黙《だま》り、ダミアンは顔に嫌《いや》なニヤニヤ笑いを浮かべた。

　レナルドの性格からして、気になる子の前で素直《すなお》に本音を打ち明けることはきっとできないよね。なら、ここは私が出しゃばるしかない。

　私は不服そうにしているアナリーの前に立ち、その肩《かた》に両手を置いて諭《さと》した。

「安心して、アナリー。私とレナードは、そもそも互《たが》いを異性として意識してないから」

「そうなんですか？　では、お姉様とレナード様のご関係は」

「他人より近い、仕事仲間ってところね」

　血縁《けつえん》的には従兄《いとこ》に当たるから、と心中でつけ加える。私の回答にアナリーはホッとしたのか、花のほころぶような笑みを浮かべた。よかった、誤解が解けて。

私はやれやれと肩をすくめた。その後ろで、なんだか疲れたようなダミアンの声が上がった。

「お嬢ちゃん、そのくらいにしておいてやれよ。レナードが遠い目をしてるから」

え？　なんで？　振《ふ》り向くと、レナルドがすごく微妙《びみょう》な表情でこちらを見ていた。

アナリーとの仲を邪魔《じゃま》していないのに、どうしたんだろう？

不思議に思っていると、服の裾《すそ》を後ろからつんつんと引っ張られた。見ると、アナリーがすごくかわいらしい顔で微笑《ほほえ》んでいる。

「お姉様や私に恋愛《れんあい》は早いです。私たちには、恋より大切な仲間と仕事があるんですもの」

いや、アナリーはヒロインなんだから、普通《ふつう》に恋愛していいんだけど。

それにしてもアナリーがこんなことを言うなんて、レナルドに対する恋心はまだ十分に育ってないのかな？　このゲームって、そんなスローペースのシナリオだっけ？

私が首をひねっていると、治療院の外から声をかけてくる人がいた。ラルスだ。薪割《まきわ》りの仕事が終わったらしく、整った顔にうっすらと汗《あせ》を浮かべている。

「皆《みな》さん、雑談はそのくらいにして、お昼にしませんか？　午後も仕事が控《ひか》えてますよね？」

ラルスの発言に、皆が「そうだった」と我《われ》に返る。最近はこのメンバーでいると、しっかり者のラルスが自然とまとめ役になっている気がする。

「会話を止めてくれて、ありがとう。あのままだと収拾《しゅうしゅう》がつかなくなるところだったわ」

私が近づいてお礼を言うと、ラルスは軽く肩をすくめて苦笑した。

「別に礼を言われるほどのことじゃありません。さぁ、昼食の準備をしますよ」

ラルスは本当にいい人だな。そういえば、彼とアナリーの仲はどうなってるんだろう？

五ヶ月後の舞踏《ぶとう》会で攻略《こうりゃく》キャラのルートが確定されることを考えると、そろそろアナリーは誰《だれ》かと恋愛を始めてもよさそうなのに、その気配すらない。

他《ほか》にも私の治療院での仕事のように、本来のゲームとは異なる要素が少しずつ生じてきている。しかし、その一方で、レナルドの治療院訪問のようにゲームと一致《いっち》している部分もあるんだよね。様々な要素が複雑に入り組む中で、私たちはこれからどうなるんだろう？

みんなと一緒《いっしょ》に昼食のテーブルを囲みながら、私は誰にも打ち明けられない不安をサンドイッチと一緒に飲みこんだ。


その日の午後、私は治療院の奥でカルテの整理をすることにした。最近は瓶詰めの仕事が忙《いそが》しかったせいで、治療院の仕事が溜《た》まっているんだよね。

私はカルテを棚《たな》から持ってきて、机の上に積んだ。各カルテから咳《せき》や熱などの項目《こうもく》を拾っては、その数を正の字でちまちまとカウントしていく。正直、エクセルが欲しい。でも、ないものは仕方ないので、地道に作業を続けていると、突然《とつぜん》後ろから抱《だ》きつかれた。

「こんにちは、ヴィオラ様！」

「へっ？　リーズ？」

振り向いた先で、リーズが嬉《うれ》しそうに笑う。先日、老年の貴族から庇《かば》ったことで、なつかれたらしい。あれ以来、彼女は私を見かけると、こうしてくっついてくるようになったんだ。

「ヴィオラ様、アナリー様のお手伝いをしてるの？」

「うん、そうだよ。リーズは今日もお母さんの付き添《そ》いで来たの？」

「ううん！　今日はあたし、一人でお薬をもらいに来たんだ！」

リーズがえっへんと胸を張り、自慢《じまん》げに答える。

「お母さん、今日はお熱があって、おなかが痛いんだって」

「そうなんだ。季節の変わり目って体調を崩《くず》しやすいから、気をつけてね」

「うん！　ヴィオラ様もね！」

リーズはそう言うと、元気に手を振りながら待合室に戻って行った。かわいいなー。

私には、リーズのお母さんのために薬を作ることはできない。それでも、病気の治療が少しでもうまく進むように、こうやってカルテのデータを整理して、サポートすることはできる。

面倒《めんどう》な作業でも、エクセルがなくても、人の役に立てるなら頑張《がんば》るしかない。

私はそれからも作業を続け、症状《しょうじょう》を年齢《ねんれい》・性別・居住区で分けた表にしてみた。この表を元に、次はグラフを作成して……あれ？　ちょっと待って。これ、なんか変じゃない？

私は一瞬《いっしゅん》、自分が疲れているせいで数字を見間違《みまちが》えたのかと思った。でも、何度見直してもその数字に変わりはない。じゃあ、変なのはこの集計結果の方だというの？

今月の後半に入ってから、腹痛と発熱の症状を同時に訴《うった》える患者さんの数が急増していたんだ。しかも、彼らの住所は港近くに集中している。

ここってリーズの家がある地区よね。リーズのお母さんにも腹痛と発熱の症状が出てるって言っていたし、そういう風邪《かぜ》が流行《はや》ってるのかな？

いや、でもそれなら、王都の他の地区でも同じように流行ってるはずだよね？　どうしてこの地区にだけ患者さんが集中してるの？

なんだか胸騒《むなさわ》ぎがする。ここで表とにらめっこを続けていても、これ以上の情報は得られない。私は嫌な予感に突《つ》き動かされるようにして、待合室に向かった。

「あ、ヴィオラ様！　どうしたの？」

気づいたリーズが嬉しそうに声をかけてくる。まだ残っていてくれて、よかった。

私はリーズの前まで歩いて行くと、しゃがんで彼女と目線を合わせながら尋《たず》ねた。

「ねぇリーズ、急な話で悪いけど、お願いがあるの。あなたが今日おうちへ帰る時、私も一緒に連れて行ってもらえないかしら？　あなたの住んでいる地区を見てみたいの」

「ヴィオラ様がうちに来てくれるの？　もちろん、いいよ！」

疑うことを知らない笑顔《えがお》で、リーズが快諾《かいだく》する。私はなんだか騙《だま》しているようで気が引けたけど、彼女の案内を得られたことに感謝して、出かける準備を始めた。

私は医者でも学者でもないから、しっかりとした調査ができるわけじゃない。でも、アナリーに異変を報告する前に問題の現場を確認《かくにん》して、少しでも情報を集めておきたかったんだ。


一時間後、私はリーズの案内で港近くの居住区に向かった。隣《となり》には、ラルスが護衛の騎士《きし》としてついてきている。

「私とリーズの二人だけでもよかったのに。ラルスは午後も仕事があるんでしょう？」

「こう言ってはリーズに悪いのですが、彼女の住んでいる地区はお世辞にも治安がいいとは言えません。ヴィオラ様はご自身のお立場をもう少し考えて、行動なさってください」

「……そうね、ごめんなさい」

先日もレナルドに叱《しか》られたばかりなのに、またやらかすところだった。一国の王女とはいえ、普段《ふだん》から護衛がつかないせいで、感覚がずれてきているのかもしれない。気をつけないと。

「ヴィオラ様、こっち！　あたしの家、もうすぐだよ！」

前を歩いていたリーズが、大きく手を振りながら叫《さけ》んだ。先生のお宅訪問みたいな感覚で、張り切っている姿が微笑ましい。

私たちはリーズのあとについて、建物の密集している狭《せま》い路地を奥の方へと進んで行った。

その直後のことだった。私は顔が引きつるのを感じた。なに、この臭《にお》い？　生臭《なまぐさ》さを通り越《こ》し、気持ち悪くなるような空気が辺りに立ちこめている。

「ヴィオラ様、大丈夫《だいじょうぶ》ですか？」

隣を歩いていたラルスが、よろめいた私の腕《うで》を支えてくれた。

「ありがとう、ラルス。この臭いって、もしかして……」

「汚物《おぶつ》の臭いですね」

ラルスに断言され、私は頭が真っ白になった。何それ、私の知ってる話と違う。

「確か王都では、先王の時代に上下水道の整備が行われたはずよね？　それなのに、なんで」

「こういった下層階級の人々が住む地区では、共有の水場にしか下水道が通っていません。トイレの方も依然《いぜん》としてくみ取り式の汚水槽《おすいそう》が採用されています」

「……個々の家庭にまでまだ下水道が行き渡《わた》っていないのね。じゃあ、上水道の方はどう？　この辺りの人たちは、毎日きれいなお水を飲めているの？」

「そうですね。洗い物には雨水をためて使うことも多いようですが、飲み水の方は」

「ヴィオラ様、のどがかわいたの？　お水なら、そこにあるよ」

私たちの会話を聞いていたリーズが、笑顔で壁《かべ》の一角を指す。ちょうど腰《こし》の高さの辺りにライオンのレリーフがついていて、その口から水が流れ出ていた。

これは先王の時代に設置された給水泉だ。王都の近くを流れる河から水を引いている。民《たみ》は給水泉の水を自由に使えるが、その水は前世のように消毒されていない。

万が一にも下水や汚物を溜めておく槽から漏《も》れ出た汚水がこの給水泉の水と混ざったら、どうなるだろう？　まさか……！

「ねぇリーズ、あなたのご近所で、お母さんの他にお腹《なか》が痛くなった人はいない？」

私の嫌《いや》な質問にも、リーズは元気に「いるよ！」と答えた。

「お向かいのおじちゃんも、お隣のおばちゃんも、この前、おなかが痛いって言ってた」

「やっぱりみんな、ここの給水泉からお水を汲《く》んで飲んでいるの？」

「うん。だって、ここが一番近いんだもん」

私はゾッとした。まさかと思ったけど、この地区でだけ発熱や腹痛が多いのは、この給水泉が汚染されていることが原因なんじゃないかな？

今のところ、問題の症状はこの地区でしか見られていないようだけど、何も知らない保菌者《ほきん》が今後移動したらどうなるだろう？　前世の歴史で習った疫病のように、あっという間に王都中……いや、王国中に広がるかもしれない。そうなったら、もう取り返しがつかない。

ここはアナリーたちに相談して対策を……ちょっと待って！　この状況《じょうきょう》ってまさか……、

「シナリオと同じ……？」

「ヴィオラ様？　シナリオとは、なんですか？」

ラルスが怪訝《けげん》そうに聞いてくる。私はハッとして、「なんでもないわ」と答えた。

ラルスに詳細《しょうさい》を話すわけにはいかない。なぜなら、私が考えていたのはゲーム内での出来事だったから。レナルドのルートに入った場合、王都で疫病が流行するのよ。

ただ、それは舞踏《ぶとう》会のあとだったはず。なら、私が直面しているこの状況は疫病発生の初期段階に当たるの？　流行が本格化するのは舞踏会が終わったあとだと考えれば、今からその兆候が見られてもおかしくはないけど……。

「ヴィオラ様、どうしたの？　のど、かわいてなかった？」

急に黙《だま》り込んだ私を見上げ、リーズが心配そうに声をかけてくる。

「ごめんなさい、リーズ。今日はやっぱりあなたのおうちに行けなくなってしまったわ」

「ええ？　なんで？」

「今すぐ調べなくてはいけないことが出てきてしまったの。おうちには、また今度お邪魔《じゃま》させてもらえないかしら？　本当にごめんね」

「……うん、わかった。約束だよ」

聞き分けのいい言葉と裏腹に、ほっぺたをぷっくり膨《ふく》らませたリーズが小指を差し出す。私と指切りをしてから、彼女は走り出した。その背中を私はとっさに呼び止めていた。

「リーズ、待って！　あなたにお願いがあるの」

「なぁに、ヴィオラ様？」

「私がいいって言うまで、あの給水泉のお水は使わないようにしてもらいたいの。それから、食事の前と、トイレのあとには必ず石鹸《せっけん》で手洗いを」

「ヴィオラ様」

ラルスが私の肩《かた》に手を置く。何かと思ったら、彼は悲しそうな顔で首を横に振《ふ》った。

「石鹸は高級品です。健康を維持《いじ》するために石鹸が役立つことは広く知れ渡っていても、下層階級の者が日常的に使うことはできません」

「…………」

自分の至らなさが恥《は》ずかしかった。前世ではもちろん、今世でも私は日常的に石鹸を使っている。それが贅沢《ぜいたく》の部類に入ると、意識したこともなかったなんて。

「ねぇ、ヴィオラ様。お水を飲んじゃいけないの？」

リーズが不思議そうに尋ねてくる。私は詳《くわ》しく話したい衝動《しょうどう》をこらえ、首を横に振った。

「急に変なことを言って、ごめんね。さっき言ったことはあまり気にしないで」

「変なヴィオラ様。ま、いいや。またね！」

リーズが元気よく手を振りながら去って行く。

まだ給水泉が汚染されていると決まったわけじゃない。病気のお母さんと同じ水を飲んだリーズはあんなに元気なんだもの。でも、汚染の可能性がゼロでない以上、無視もできない。

私は路地の端《はし》に寄り、治療《ちりょう》院から持ってきた紙を広げた。そこには、この地区で問題の症《しょう》状《じょう》を訴《うった》えた患者《かんじゃ》さんの住所がリストアップしてある。彼らを訪ね、給水泉を日常的に使ってい

るかどうか、聞いてみよう。すべてはそこからだ。

私はラルスに自分の考えを話し、聞き取り調査の手伝いをしてもらうことにした。そうしてその日の午後いっぱい在宅中の患者さんを訪ねて回った。その結果、果たして彼らはほぼ全員が問題の給水泉を使っていることが判明した。

その日の夕方、私は図書館に向かって王宮の廊下《ろうか》を足早に歩いていた。

治療院への報告はラルスに任せた。今頃《いまごろ》、アナリーと今後の相談をしていることだろう。私も私にできることをしないと。

私が図書館に入ると、気づいたスヴェンが笑顔《えがお》のまま眉《まゆ》だけ器用にひょいと持ち上げた。

「こんばんは、ヴィオレッタ様。血相を変えて、いかがなさいましたか？」

「スヴェン先生、相談があるんです。港近くの居住区で疫病が発生した可能性があります」

「……それは本当ですか？」

スヴェンが珍《めずら》しく息を呑《の》む。私はその反応に少し安心した。突拍子《とっぴょうし》もない話すぎて、信じてもらえなかったらどうしようと心配していたんだ。

私はスヴェンの向かいに座り、今日の調査結果と私の推測を話して聞かせた。彼はこんな時でも笑みを顔に貼《は》り付けたまま、眼鏡の奥の眼光だけが鋭《するど》さを増していった。

「疫病の発生が事実だとしたら、大変なことですね。すぐ陛下にご報告しないと」

「お願いします。まずは汚染《おせん》の可能性がある給水泉の使用を禁止し、代替《だいたい》となる生活用水の手配をしてください。それから、下水道と汚水槽《おすいそう》の整備を急務として、お父様にご相談を」

　意気込む私を前にして、スヴェンが苦しそうに首を横に振る。

「前者は可能ですが、後者の即日実施《そくじつじっし》は難しいですね。上下水道の整備には莫大《ばくだい》な費用と時間がかかります。疫病の流行は、工事の完了《かんりょう》を待ってくれないでしょう」

　そんな……！　でも、スヴェンの言う通りだ。インフラの整備は、前世でも今世でも一大事業。一朝一夕《いっちょういっせき》でどうにかできるものじゃない。

「なら、せめて石鹸による手洗いを普及《ふきゅう》させたいのですが。石鹸は高級すぎて下層階級の手に渡りづらいというのは、本当でしょうか？」

「そうですね。石鹸作りにはそれなりの費用と時間がかかります。一度の作業で作れる個数にも限りがあるため、早急《さっきゅう》に石鹸を行き渡らせることは難しいと思います」

　え、そうなの？　石鹸の大量生産って、そんなに難しかったっけ？

「石鹸について詳しくお調べになりたい場合は、あちらの化学の棚《たな》にある本をご参照ください。わからない箇所《かしょ》がございましたら、リアム様に質問なさるのがよろしいでしょう」

「リアムに、ですか？」

一瞬《いっしゅん》、聞き違《ちが》いかと思った。まだレナルドの名前が出てきたのなら、わかったんだけど。

「リアム様はまだ十四歳の若さでありながら化学に造詣《ぞうけい》が深く、様々な学術論文も発表なさっておいでです。石鹸のことも、私よりはるかに詳しくご存知です」

スヴェンにそこまで言わせるなんて、どれだけだろう。図書館でたまにリアムを見かけることはあっても、彼がそこまで化学を究《きわ》めていたなんて知らなかった。

「では、私は陛下に報告に参りますので、お先に失礼いたします」

スヴェンは私に向かって会釈《えしゃく》すると、すぐに図書館を出て行った。

さて、と。私は私で、石鹸について勉強した方がいいよね。私はスヴェンに言われた通り、石鹸関連の本を化学の棚から取ってきて、いつもの席で読み始めた。

その結果、この国で石鹸が普及していない理由をすぐに理解した。この世界では苛性《かせい》ソーダのような基礎《きそ》化学品がまだ発明されてないんだ。石鹸を作る工程で不可欠な化学反応には、苛性ソーダの代わりに輸入品の特殊《とくしゅ》な灰を大量に使っているため、コストがかかるらしい。

灰より安く生産できて、苛性ソーダと似た効果を持つ物質はないのかしら？

私は読んでいた本を脇《わき》に置き、再び化学の棚に向かった。その瞬間、思わず「あっ！」と叫《さけ》んでしまった。これぞまさに天の助け。書棚の前で、本を手にしたリアムがビクッと振り返る。

いけない、いけない。リアムは私に苦手意識を抱《いだ》いているんだっけ。

私は彼を恐《こわ》がらせないよう、極力フレンドリーな笑みを浮《う》かべながら近づいた。

「急に呼び止めて、ごめんなさい。今、少し時間ある？　もしよければ」

「……ぼ、僕には無理です」

え、まだ何も話してないのに。

「ちょっと話を聞いてもらうだけでいいんだけど、無理かしら？」

リアムが怯《おび》えた様子でふるふると首を横に振る。ダメだ、完全に警戒《けいかい》されている。

どうしよう？　石鹸作りについて、アドバイスをもらいたいだけなのに。

私が対応に困って目を離《はな》した、その一瞬のことだった。

「ちょっ！　リアム⁉」

リアムが私の横をすり抜《ぬ》け、図書館を飛び出していく。なんでこういう時だけ素早《すばや》いの⁉

私は当然、リアムを追いかけた。でも、ドレスを着ていてはなから勝負にならない。

私たちの距離《きより》は次第《しだい》に広がっていき、リアムは巣に飛び込む小動物のように自分の部屋に逃《に》げおおせた。ガチャッという音を立てて、中から丁寧《ていねい》に鍵《かぎ》までかけられてしまう。

「リアム、お願い。少しでいいから、ここを開けてもらえないかしら？」

私が扉《とびら》をノックしても、返ってくるのは沈黙《ちんもく》だけ。

ああ、せっかく化学に詳しい人を見つけたのに、何も聞けないなんて。リアム以外の人を探した方がいいかな？　でも、彼はスヴェンに太鼓《たいこ》判《ばん》を押されたほどだし……。

「ヴィオレッタ、こんなところで何をしてるんだ？」

私があきらめきれずにいると、後ろで怪訝《けげん》そうな声が上がった。レナルドだ。そういえば、彼の部屋はリアムの部屋の隣《となり》だった。

「どうした？　俺に何か用なのか？」

いや、私が話したい相手はあなたの弟の方で……あ、待てよ。仲の良い兄弟のことだ。レナルドに頼《たの》めば、リアムに口利《くちき》きをしてもらえるかもしれない。よし！

私は心を決め、レナルドに近づいた。急な動きに、レナルドが戸惑《とまど》った様子で身を引く。私は辺りに人がいないのを確認《かくにん》してから、小声で彼にお願いをした。

「私をあなたの部屋に招いてもらえないかしら？　二人きりで話したいことがあるの」

レナルドが一瞬、言葉に詰《つ》まる。一拍《いっぱく》おいて彼は私に顔を近づけ、静かに尋《たず》ねてきた。

「瓶詰《びんづ》めのことで相談があるのか？　それなら、あとでダミアンも一緒《いっしょ》に」

「ううん、私が話したいのはもっと個人的なことよ」

「…………」

レナルドがまじまじと私を見下ろす。その口から「へー」と意地悪そうな声が発せられた。

「あんたにとって俺は他人より近い、ただの仕事仲間じゃなかったのか？　そんな俺に、どんな相談があるって言うんだよ？」

もしかして治療院での発言を根に持ってる？

確かにあの時、レナルドは微妙《びみょう》な表情をしてたけど、私たちの関係は従兄妹《いとこ》であって、仲の良い友人ではないよね。それなら、「他人より近い」という表現も適切だと思うのに……。

「俺のことをずっと敵視してたくせに、ある日突然懐《ふところ》に入り込んできて、今度は他人扱《あつか》いとかなんなんだよ……」

「え？　何か言った？」

「別に」

よく聞こえなかったから聞き返しただけなのに、レナルドは不機嫌《ふきげん》そうだ。理由はわからないけど、こんな状態で口利きを頼んでもいい結果にはならない気がする。

「ごめんなさい。今日は都合が悪いというのなら、出直して」

「待てよ。別に嫌《いや》とは言ってない。とりあえず、中に入れよ」

本当に今日はどうしたんだろう？　いつも冷静なレナルドらしくない。

「それで、俺に個人的な相談とはなんだ？」

部屋に入り、扉を閉めたレナルドが緊張感《きんちょうかん》をはらんだ様子で聞いてくる。私は周囲に誰《だれ》もいないことを改めて確認してから、彼と向き合った。

「お願い、レナルド。私にリアムのことを教えてほしいの」

「……は？　リアム？」

「ええ。私は今までリアムにひどい態度を取ってきたわ。これからはそのことを反省して、彼と普通《ふつう》に話せるようになりたいの。そのためには、どうしたらいいかしら？」

「ちょっと待ってくれ。そもそも、なぜあんたは急にリアムに興味を持ったんだ？」

あ、いけない。気がせいて話をはしょりすぎた。弟思いのレナルドとしては、弟の個人情報を理由もなく他人に話すわけにはいかないわよね。

「実は、石鹸《せっけん》作りでリアムに協力を求めたいの。それというのも、港近くの居住区で……」

王位継承《けいしょう》者のレナルドが相手であれば、疫病《えきびょう》発生の可能性を隠《かく》すこともない。私の話に、彼は最初こそ疑わしげな顔をしていたが、話が進むにつれ、その瞳《ひとみ》に真剣《しんけん》な光が宿っていった。

「なるほど。それは確かにリアムの領域だな。あいつは下手《へた》な学者よりよほど化学に詳《くわ》しい」

「あなたもスヴェン先生と同じ意見なのね。それほどの知識を持っているなんて、リアムはどこで化学を学んだの？」

それは私の素朴《そぼく》な疑問だった。いくら化学が好きだといっても、図書館の本から得られる知識には限りがある。化学のように実験を必要とする学問を、引き籠《こ》もりのリアムはいったいどうやって究めたんだろう？

不思議がる私を見て、レナルドは少し寂《さび》しそうな顔つきになって答えた。

「あんたも知ってるように、俺とリアムは幼い頃《ころ》、離宮《りきゅう》に住んでいた。そこでリアムについた家庭教師が化学実験の楽しさをあいつに教えてくれたんだ」

「え？　家庭教師って、前に、その……あなたの友達をいじめた人じゃ」

「違う。あの家庭教師に代わって、王立学院の学者が俺たちのもとに新しく派遣《はけん》されてきたんだ。その人はスヴェン先生の兄弟子《でし》で、俺たち兄弟が興味を持ったことにはなんでも応《こた》えてくれた。そのおかげで俺は街歩きを覚えたし、リアムも化学を好きになったんだ」

「素敵《すてき》な先生だったのね。今は王立学院にいるの？」

「いいや、今は客員の学者として各国を渡《わた》り歩いているはずだ」

それはリアムも寂しいだろうな。きっとその人は彼にとって一番の理解者だっただろうに。

「あ、もしかしてリアムが引き籠もるようになったのは、その先生がいなくなったから？」

「正確には少し違う。あいつが部屋からあまり出てこなくなったのは、先生と別れて母さんが亡《な》くなり、この王宮に戻《もど》ってきてからだ」

「この王宮で、いったい何があったの？」

「それは、あんただってよく知ってるだろう？」

皮肉のこもった返しに、私は言葉を呑《の》みこんだ。

そうだ。宮廷《きゅうてい》の人間関係や社交に一切《いっさい》興味を示さず、部屋に籠もって実験ばかりしているリアムのことを、私や貴族たちは「王族らしくない」と陰《かげ》で嘲笑《あざわら》っていたんだ。

たとえ正面から否定されることはなくても、自分が何か言うたびにクスクスと笑いが沸《わ》き起こる。その環境《かんきょう》は、リアムにとってどれほどつらかっただろう。

「ごめんなさい。私はリアムに対して今まで本当にひどいことをしてきたのね」

「そのセリフは俺じゃなくて、本人に直接言ってくれ。リアムの学問を応援《おうえん》してきた母さんも先生ももういない。俺一人じゃ、この宮廷で心ない言葉からあいつを守りきれなかったんだ」

そっと目を伏《ふ》せたレナルドの表情は悔《くや》しそうでもあり、苦しそうでもある。

「あんたがリアムに石鹸の話を持ちかけるのは、あんたの勝手だ。だが、もしまたあいつを傷つけるようなことがあったら、あんたでも許さない」

「……わかったわ。気をつける」

兄弟の絆《きずな》を感じると同時に加害者として責任を思い出し、胸が重くなる。

レナルドの方で、この話題を引きずる気はなかったらしい。私たちはそれから瓶詰め工場のことを軽く話して別れた。

図書館に向かって王宮の廊下《ろうか》を歩く。レナルドのおかげで、リアムの情報を得ることはできた。それなのに、私の心はモヤモヤとした未消化な想《おも》いでいっぱいだった。

前世の記憶《きおく》を取り戻したからといって、私がリアムを嘲笑った過去が消えるわけじゃない。自分を馬鹿《ばか》にした相手から石鹸作りへの協力を頼まれたら、彼はどう思うだろう？

私だったら、許して協力できるかな？……ちょっと難しい気がする。何を急に都合のいいことを言ってるんだと感じて、怒《おこ》るかもしれない。

そう思うと、リアムに声をかけるのはためらわれた。だけど、石鹸の大量生産を実現するためには、彼のように化学に詳しい人の協力が絶対にいる。

この世界で、病気は常に死と隣《とな》り合わせだ。今回はたまたま助かったからといって、次も必ず生きながらえる保証はない。そんな中、石鹸による手洗いが普及《ふきゅう》すれば、病気にかかるリスクを減らせる。この国の死亡率を下げられる。

言葉にすればシンプルな目標なのに、その道のりは果てしなく遠いように思えて、私は歩きながらため息をこぼした。


それから二週間後、腹痛と発熱の訴《うった》えで治療《ちりょう》院に来る患者《かんじゃ》さんの数は少し落ち着いた。

スヴェンが王立学院に掛《か》け合い、問題の地区で聞き取り調査を行った結果、やはり給水泉が怪《あや》しいという結論に至り、その使用を禁止してくれたおかげらしい。だけど、まだ油断できない。こういう疫病は繰《く》り返し襲《おそ》ってくるものだと、前世の記憶を持つ私は知っている。

私は今のうちに下水道や浄水《じょうすい》場の整備を進めたいと、お父様に訴えた。しかし、我が国の財政は私が思っている以上に悪いらしく、認められなかった。

それなら五ヶ月後にある舞踏《ぶとう》会の予算を削《けず》って、その分をインフラ整備に回せばいいと思ったけど、この舞踏会には国の威信《いしん》がかかっているため、それも無理だと言われた。そこで私は石鹸の普及による感染症予防という基本へ立ち返り、リアムとの接触《せっしょく》を図《はか》るようになった。

リアムは基本引き籠もりでも、王宮の敷地《しきち》内にある図書館と王立学院には意外と頻繁《ひんぱん》に通っているらしい。私は彼を見かけたら、すかさず声をかけるようにした。

最初の頃、リアムは私の姿を見かけただけで一目散に逃《に》げて行った。それはもう、野生動物も恥《は》じ入るほどの素晴らしい逃げっぷりで、私は何度も心が折れそうになった。

それでもめげずに挨拶《あいさつ》を続けていると、リアムは一週間目にして、ようやく少し離《はな》れた場所からこちらを見てくれるようになった。私は無害さをアピールしたくて、全力で笑いかけた。でも悪役面《づら》の微笑《びしょう》は恐《こわ》かったのか、リアムは顔をこわばらせ、素早く身を翻《ひるがえ》してしまった。

この顔、本当にどうにかしたい。たぶん無理だけど。

その後、さらに一週間ほど頑張《がんば》って声かけを続けた結果、ついにリアムが挨拶を返してくれた。その時の私の心境は、ヘレン・ケラーから「ウォーター」の単語を引き出したサリバン先生そのもの。思わず感動して、泣きそうになったもの。

それから、リアムは三回に一回くらいの頻度で定期的に挨拶を返してくれるようになった。それでも目が合うことはほとんどなく、会話の成立には遠く及《およ》ばない。

遅々《ちち》として縮まらない距離《きょり》に、さすがの私も焦《あせ》った。このままでは、リアムと石鹸の話をする前に疫病が流行《はや》ってしまうかもしれない。だけど、ここで対応を誤ったら、きっとリアムは一生口をきいてくれなくなる。その展開だけは絶対に避《さ》けたい。

そうやって私が焦燥感《しょうそうかん》と無力感の間でもがいている間にも季節は巡《めぐ》り、夏も盛《さか》りを迎《むか》えた頃のこと。図書館での勉強に疲《つか》れた私は、外の空気を吸いに庭に出た。

王宮の庭には噴水《ふんすい》がいくつもあり、その周りでは貴族たちが夕涼《ゆうすず》みをしている。

私は庭をフラフラ歩き、とある噴水の手前で足を止めた。げっ、あそこにいるのは……。

緑の木立を背にした日陰で、貴族のご令嬢《れいじょう》たちがグラスを片手に談笑している。その中心にいるのは、「ヴィオレッタ様、ご乱心」の噂《うわさ》を率先《そっせん》して流している公爵《こうしゃく》令嬢だった。

ただでさえ疲れてる時に、嫌《いや》な人に会っちゃったよ。今は社交をする気分じゃないのに。

私は無言で回れ右をしようとした。それなのに、こういう時に限って間が悪い。私に気づいた公爵令嬢が「あら」と声を上げ、近寄ってきたんだ。

「ヴィオレッタ様、ごきげんよう。最近はあまりお目にかかれず、寂しゅうございましたわ」

いやいや、私がいなくなって、あなたが陰で私の悪口大会を開いていたの、知ってるから！

……と思っても、口に出してはいけない。それが社交界のルールというやつだ。

私は気を抜《ぬ》くとうっかり引きつりそうな顔に微笑を浮《う》かべ、ご令嬢たちに向き合った。

「夏でも、夕暮れの空気は涼しくて気持ちいいですね。皆様《みなさま》も夕涼みですか？」

「私たちは新作の飲み物を試《ため》していましたの。ヴィオレッタ様もご一緒《いっしょ》にいかがですか？」

公爵令嬢が持っていたグラスを掲《かか》げてみせる。シュワシュワとはじけるその液体はスパークリングワインのように見えたけど、色がちょっと違《ちが》う。水のように透明《とうめい》だ。

近くにいた使用人が私の分をグラスに注ぎ、渡してくれる。私はせっかくなので、お礼を言ってグラスに口をつけた。その途端《とたん》、夏のけだるさを吹《ふ》き飛ばすほど爽《さわ》やかな酸味と甘みが口の中いっぱいに広がった。

　これ、レモンスカッシュだ！　今世では初めて飲んだ。

「こちらのお飲み物は、リアム様が最近発明なさったそうですよ」

「え、リアムが？　本当に？」

　私は驚《おどろ》いてグラスの中身を二度見してしまった。よくよく考えてみれば、不思議じゃない。こうやって人工的に炭酸を作る技術は化学の領域だもの。

「ヴィオレッタ様に気に入っていただけて、リアム様も喜ばれますわ。そのお飲み物は、私たちにはちょっと受け入れがたかったものですから。ねぇ？」

　公爵令嬢が顔に底意地の悪そうな笑《え》みをひらめかせ、取り巻きのご令嬢たちを見る。

ん？　どういうこと？　私には意味不明だったけど、他《ほか》のご令嬢たちには通じたらしい。

「仮にも王位継承《けいしょう》権をお持ちの方が飲み物作りに熱中なさるなんて……そんな平民まがいの姿を他国の特使などに見られたら、どうなさいます？　我が国の権威《けんい》も地に落ちますわ」

「そういった方が万が一にも王になられたら、臣下として恥ずかしいですわ」

「そうですわ。やはり王として戴《いただ》くのは、ヴィオレッタ様のような方でないと」

　公爵令嬢が媚《こ》びるような流し目をよこす。その仕草に私はカチンときた。

　このご令嬢たちは……！　私の悪評なら、百歩譲《ゆず》ってまだあきらめがつくよ。前世を思い出した前後で私の性格は大きく変わったから、ご乱心を疑われても仕方ない。だけど、リアムの悪口はダメだ。あんな熱心に化学の研究をしてる子を悪く言うなんて。

社交的には、ここでご令嬢たちの悪口に同意した方が、波風が立たなくていいとわかっている。でも、それは私の心が許さなかった。だから、私はご令嬢たちに告げたんだ。

「残念ながら、皆様の意見には同意しかねますわ」と。

まさか反論されるとは思っていなかったのだろう。ご令嬢たちの間に動揺《どうよう》が走る。

私は残っていたレモンスカッシュを飲み干し、彼女たちの目を見て続けた。

「リアムは化学に造詣《ぞうけい》が深く、こうした飲み物以外にも様々な発明や発見をしています。彼が今後も化学を究《きわ》めていけば、この国の発展にどれだけ貢献《こうけん》してくれることでしょう」

「ですが、リアム様は王族で」

「学問に身分は関係ありません。リアムが化学を好きでい続ける限り、彼はその道を究めるべきです」

ご令嬢たちが絶句する。そりゃまぁ、今までリアムの批判ばかりしていた私が急にこんな発言をしたら驚くよね。明日《あした》にはまた変な噂が王宮中を飛び交《か》っているかもしれない。

だけど、後悔《こうかい》はなかった。今言ったことは、まぎれもない私の本音だったから。

もうここに用はない。私は空になったグラスを使用人に渡《わた》し、その場を離れようとした。が、その前に公爵令嬢が立ち塞《ふさ》がった。彼女は訝《いぶか》る私を見て、ニヤリと笑いながら言った。

「ヴィオレッタ様のご覚悟《かくご》、しかと受け止めましたわ。具体的には、どうやってリアム様に王位継承権を放棄《ほうき》させるおつもりですの？」

……は？　この人、何を言ってるの？

私は、この暑さで公爵令嬢の頭がおかしくなったんじゃないかと疑った。しかし、他のご令嬢たちはみんな彼女の発言に納得《なっとく》したらしい。

「ヴィオレッタ様ったら、回りくどい言い方をなさって。私たちは味方ですのに」

「そうですわ。リアム様には王位継承権を放棄していただいたあとに、化学でもなんでも、お好きに勉強していただけばよろしいのです」

「ちょっと待って！　さっきの発言はそういう意味じゃないから！」

冗談《じょうだん》じゃない。ご令嬢たちの勘違《かんちが》いのせいで、私がリアムを蹴落《けお》としてでも王になりたがっていると噂されたら、どうしてくれるの？　最悪、ゲーム通りの展開に……。

嫌な想像に胃が痛くなる。ご令嬢たちは、私が何を言っても「わかっていますわよ」という生暖かい視線を返してくるばかりで話にならない。あー、もう本当に嫌だ！

私が頭を抱《かか》えた、まさにその時、後ろの植え込みがガサガサと揺《ゆ》れた。

「リアム様⁉　いつからそこに⁉」

えっ？　リアム⁉　振《ふ》り返った私は全身の血液が凍《こお》りつくのを感じた。怯《おび》えた緑の双眸《そうぼう》が木々の間からこちらを覗《のぞ》いていたんだ。そういえば、ここは王立学院への通り道だった。

「あの、リアム」

私が声をかけた。その途端、リアムは飛び上がるようにして逃げ出した。

まずい。非常にまずい。今すぐ誤解を解かないと、二度と心を開いてもらえない気がする。

……ああ、もう仕方ない！

「ヴィオレッタ様!?　いったい何を」

「お先に失礼いたしますわ！　皆様はどうぞごゆっくり！」

私はスカートをたくし上げると、唖然《あぜん》としているご令嬢たちを置いて全力で駆《か》け出した。

「リアム、待って！」

木立の間をすり抜け、先を行くリアムの背中に呼びかける。

リアムは肩越《かたご》しに私の方を振り返り、ギョッとした様子で足をもつれさせた。危ない！

私はよろめいたリアムの身体《からだ》をとっさに後ろから支えた。我《われ》に返ったリアムが壊《こわ》れたおもちゃのようにとびすさり、驚愕《きょうがく》と怯えの入り交じった目で見上げてくる。

私は「ごめんなさい！」と叫《さけ》んで、盛大《せいだい》に頭を下げた。

「私、今までにあなたのことをたくさん傷つけたわ。私が無知だったせいで、根も葉もない噂を流すのに加担してしまったの。今日もご令嬢たちの悪口を止められなくて、ごめんなさい！」

リアムは何を言われたのか、一瞬《いっしゅん》理解できなかったらしい。前髪《まえがみ》の間から覗く目が驚愕に見開かれている。

「ごめんなさい、リアム。あの……」

「気にすること、ないのに」

「え？」

「僕が王族らしくないのは、本当のことだもん。だから、ヴィオレッタも気にし……」

「気にするわ！　思いっきり！」

　せっかくの発言を遮《さえぎ》って悪いけど、私はたまらず叫んでいた。

「リアムを臣籍《しんせき》に降下させたいとか、私はこれっぽっちも思ってないから！　今の私は王位にまったく興味がないの。今私が一番心惹《こころひ》かれている対象は、他でもないあなたなのよ！」

「え……」

　リアムが口をポカンと半開きにし、フリーズする。

　あああ、ついまた調子に乗って言いすぎた！　だけど、ここまで来たら引き返せない。

　私は硬直《こうちょく》しているリアムの手を取り、必死に続けた。

「あなたが書いた論文を図書館で何本も見かけたわ。私に化学の知識はなくても、それがどれほどすごいことかはわかっているつもりよ。しかも、あなたは化学の力を応用して、さっきの飲み物みたいに人を喜ばせるものまで発明できるなんて。それってすごい才能じゃない」

　リアムの頬《ほお》が赤く染まる。しかしそれは一瞬のことで、その瞳《ひとみ》はすぐ寂《さび》しげに陰《かげ》った。

「ヴィオレッタはどうして僕にかまうの？　僕は兄さんと違って、落ちこぼれなのに……」

「レナルドと違ってもいいじゃない。あなたには、あなたにしかない才能があるんだから」

「…………………」

リアムが困ったように目を逸《そ》らす。しかし、彼は逃《に》げずにじっとこの場にとどまっている。

私は、ふとチャンスが巡《めぐ》ってきたことを感じた。私たちの心の距離《きょり》はまだ十分に縮まっていない。でも、今なら話を聞いてもらえる気がする。

私は緊張《きんちょう》で乾《かわ》いた唇《くちびる》をなめ、握《にぎ》っている手に力を込めて続けた。

「ねぇ、リアム。今まであなたの陰口をたたいてきた私がこんなことを言うのもどうかと思うけど、どうしても折り入ってあなたにお願いしたいことがあるの」

「……お願い？　僕に？」

「ええ。私と一緒《いっしょ》に石鹸《せっけん》を作ってほしいの」

私は怪訝《けげん》そうにしているリアムに、彼の助けが必要な理由を説明した。彼は逃げることなく、そのたどたどしい話に耳を傾《かたむ》けてくれた。そして、最後に困惑《こんわく》した顔で私を見て言った。

「石鹸の必要性はわかったよ。だけど、そんな大それたこと、僕には……」

「どうかお願い！　私にできることなら、なんでも協力するから！」

リアムが目を伏《ふ》せる。彼は視線を左右にさまよわせ、やがておずおずと口を開いた。

「僕からも、あなたに質問があるんだけど……」

「うん、何？」

「さっき、言ってたよね。学問に身分は関係ないって……それは、あなたの本心？」

え？　なんでいきなりそこに話が飛ぶの？　というか、リアムはそんな前の方から私とご令《れい》嬢《じょう》たちの会話を聞いていたのか。

ちょっとビックリしたけど、リアムにとっては大切なことなのか、私の答えをじっと待っている。私はその思いに応《こた》えるべく、はっきりとうなずいてみせた。

「王族であろうと、平民であろうと、せっかくの才能を活《い》かさない手はないわ。みんながそれぞれに得意な分野で才能を伸《の》ばしていけば、この国はもっと豊かになると、私は信じてるの」

「……そっか」

リアムの本心はわからない。彼は何かを考え込むようにうつむき、私の手を放した。

「あの、リアム、あなたの答えは」

「少し、考えさせて」

リアムがつぶやくように答える。それは短くても明らかな拒絶《きょぜつ》の言葉に思えた。

私、何か間違ったことを言っちゃったのかな？

後悔しても、一度口にした言葉を取り消すことはできない。リアムは私に背を向け、王宮に向かってとぼとぼと歩き始めた。その背中を追う勇気は、さすがの私にもなかった。

王宮の庭でリアムと話した日から一週間が過ぎた。しかし、まだ返事はもらえていない。

その間、私は毎日のように治療院《ちりょういん》へ顔を出しては、その日に来た患者《かんじゃ》さんの症状《しょうじょう》をアナリーから聞き取り、スヴェンに報告した。一時は落ち着いたかに思えた患者さんの数が最近また増えつつあるのが気になる。

リアムから色よい返事をもらえなかった場合、他《ほか》の学者さんに協力を求める必要が出てくるかもしれない。万一の場合に備え、私自身も化学の勉強をしておいた方がいいだろう。

そう考えた私は、その日も夜遅《おそ》くまで図書館で化学の本を読んでいた。頑張《がんば》らなきゃと思うのに、見慣れぬ単語の羅列《られつ》はだんだんと眠気《ねむけ》を誘ってきて……。


夢を見た。その夢の中で、私は治療院の待合室にいた。

板張りの冷たい床《ゆか》は、苦しそうにうめく患者さんたちで埋《う》まっている。アナリーが一生懸命《いっしょうけんめい》診察《しんさつ》に当たっているものの、その数は一向に減らず、残りの薬だけがどんどん減っていく。

「お姉様、私、もう……」

アナリーが涙《なみだ》ながらに訴《うった》えてきた。それなのに、私は立ち尽《つ》くしていることしかできない。

患者さんの一人が私をにらんで、恨《うら》みのこもった声を上げた。

「誰《だれ》のせいでこんなことになったと思う!?　あんたたち王族がしっかりしてないからだろう!?」

「そうだ、そうだ！　俺たちから税金を搾《しぼ》り取るくせに、その金を何に使ったんだ!?」

「役立たずの王族も貴族もいらない！　みんな滅《ほろ》びちまえばいいんだ！」

痩《や》せ細った患者さんの手が私の首に向かって伸びてきた。

お願い、やめて！　疫病《えきびょう》の流行を防げなかった私が悪かったわ！

まさかここまでひどいことになるとは思わなくて……ごめんなさい！　ごめんなさい！

空気を求め、両手で喉《のど》をかきむしる。私は苦しくて、苦しくて……。

ハッとして顔を上げる。そこはいつもの図書館だった。

今のは夢か……。よかった。だけど、まだ完全に夢だとは言い切れない。あの夢は、私が辿《たど》るかもしれないルートの一つなんだ。

前世でゲームをプレイしていた時には、疫病のシーンでも動揺《どうよう》することなく、出てくる選択《せんたく》肢《し》を適当に押していた。ゲームの中でなら、何度でもやり直しがきいたから。

だけど、ここは現実だ。疫病が流行ってしまったら最後、取り返しのつかないことになる。

流行が本格化する前に、少しでもできることをしないと……。

私は汗《あせ》で頬にへばりついた髪をはがし、手元のノートに視線を落とした。そこには、私が今までに勉強した化学のまとめや疑問が書かれていて……あれ？

私は目をこすった。ノートの端《はし》に、私のものじゃない字が書かれている。どうやらそれは、私の疑問に対する回答のようだった。

スヴェンじゃないよね、この筆跡《ひっせき》は。他に化学に詳《くわ》しい人って……まさかリアム？

その答えに辿り着いた瞬間《しゅんかん》、私の中で何かがストンと腑《ふ》に落ちた。あれ以来、なんの進展もないせいで、リアムの協力は半ばあきらめていた。でも、まだ期待していていいんだね？

本当は今すぐリアムの部屋に行って、彼の気持ちを確かめたい。しかし、ただでさえ私を恐《こわ》がっている相手にそんなことをしてはダメだ。もっと別の方法で確認《かくにん》しないと。

私は悩《なや》んだ末、ノートの切れ端にお礼を書いて、それを化学の本棚《ほんだな》の目立つ場所に置いた。ついでに、お礼の下に新しい質問を加え、感謝を示すキャンディーも添《そ》えておく。

これでよし。私はひとまず満足して、その日は自分の部屋に戻《もど》った。

翌日、そわそわしながら化学の本棚を見た私は、ついにんまり笑ってしまった。そこにあったキャンディーは消え、代わりに質問の答えと、それに関連する文献《ぶんけん》が置かれていたんだ。

なんでもっと早く気づかなかったんだろう？　リアムは人と話すのが苦手なだけで、論文は書いていたんだもの。こういう手紙形式のやりとりなら、応じてくれるかもしれない。

すっかり味を占《し》めた私は、その晩も化学の質問・キャンディー添えを本棚に置いて帰った。

果たして、翌日には答えが返ってきていた。よしよし、いい感じ。

私は治療院で得たデータと、石鹸の大量生産を急務だと考える理由をレポートにまとめて、本棚に置いた。すると、翌日には石鹸関連の書籍《しょせき》と、わかりやすく要点をまとめたメモが返ってきた。ここまで来たら、もう一息だ。

それからというもの、私とリアムは顔を合わせることなく、図書館の本棚を通じて石鹸に関するやりとりを続けた。そうして、三週間が過ぎた頃《ころ》のこと。

いつものように図書館を訪《おとず》れた私は、一枚の紙に目が釘付《くぎづ》けになった。そこに書かれていたのは、とある基礎《きそ》化合物の製造方法だった。この世界ではまだ誰も目にしたことがない。その化合物は苛性《かせい》ソーダに代わる可能性を秘《ひ》めていたんだ。よかった、これでついに……！

「あの、ヴィオレッタ、それ……」

後ろから声をかけられ、振《ふ》り返る。リアムがギョッとした様子で硬直《こうちょく》した。あ、いけない。私は慌《あわ》てて頰《ほお》を拭《ぬぐ》った。安心したせいで、自分でも気づかぬうちに涙がこぼれてたらしい。

「変なとこを見せちゃって、ごめんなさい」

「う、ううん、別に……」

リアムが慌てて目を逸らす。私は近づいて行って、その手を取った。

「ヴィオレッタ……？」

「ありがとう、リアム。本当にありがとう……！　あなたのおかげで、石鹸の大量生産を安価で実現できそうよ」

リアムは何も答えない。それでも真っ赤になって照れている姿は、私の気持ちを受け入れてくれたように思えて嬉《うれ》しかった。

よし、次は私の出番ね。この基礎化合物を大量に作ってくれる人と、それを使って石鹸の大量生産をしてくれる職人さんたちを探して、すべての人に石鹸を普及《ふきゅう》させるのよ！

触《ふ》れた手を通じ、私の決意が伝わったのかもしれない。リアムはいつものように逃げることなく、私の涙が乾くまでそばにいてくれた。

リアムの協力を得てから二週間後の夕方、私は軽さと重さが半々の複雑な足取りで王宮の廊《ろう》下《か》を歩いていた。正直、緊張《きんちょう》してる。でも、ここはしっかりけじめをつけておきたい。私は衛兵たちの敬礼を受けながら廊下を進み、西翼《さいよく》の一角で足を止めた。大きく息を吸い、思い切って目の前の扉《とびら》をノックする。……反応なし。

今の時間なら部屋にいると思ったのに、違《ちが》ったのかな？

私は一気に緊張が解けて、落胆《らくたん》混じりの吐《と》息《いき》をこぼした。その時だった。

「あの、どちら様でしょうか？」

扉の向こうから少し震《ふる》えた声が返ってきた。リアムだ。

「こんばんは、ヴィオレッタよ。どうしてもあなたに直接伝えたいことがあって来たの。もしよければ、部屋に入れてもらえないかしら？」

「…………」

扉越《ご》しの沈黙《ちんもく》に、心臓が鼓動《こどう》を速める。やっぱりお部屋訪問はまだ早かったかと、肩《かた》を落とした、その時、扉がゆっくりと開いた。扉の間から、リアムのオドオドした顔が覗《のぞ》く。

「ど、どうぞ」

「ありがとう、リアム。お邪魔《じゃま》し……」

部屋に足を踏《ふ》み入れた瞬間、私は言葉を失った。なに、ここ！　すごい！

内装を極力シンプルにしたその空間には試験管や秤《はかり》などの実験道具が並び、奥にはなんと小さな竈《かまど》まで設置されていたのだ。

「あの、それで、僕に話って……」

ためらいがちに声をかけられ、我《われ》に返る。見ると、リアムが困った顔で眉尻《まゆじり》を下げていた。

いけない。このすごすぎる空間に圧倒《あっとう》されて、つい本題を忘れるところだった。

私はコホンと咳払《せきばら》いをすると、緊張しているリアムに向かって満面の笑《え》みを浮《う》かべた。

「リアム、聞いて！　あなたの発明品を使って石鹸《せっけん》を作ることに成功したの！　あなたのおかげで、今後は石鹸を安く大量生産できるわ！」

そう。私は先週、王立学院の学者さんに頼《たの》んで、リアムのメモにあった基礎化合物を作ってもらい、それをダミアンの知り合いの石鹸工場に持ち込んだのだ。

長年同じ製法を貫《つらぬ》いて石鹸を作ってきた職人さんたちは最初、「こんなものが灰の代わりになるのか？」と半信半疑だった。だけど、試《ため》しに使ってみたところ、従来の石鹸より良質のものを短期間で作れたらしく、今後は灰の代わりにその化合物を使うと約束してくれた。

「リアム、本当にありがとう！　あなたに協力してもらえたおかげで、王都中に石鹸を行き渡《わた》らせることができるわ！」

「……そうなんだ、よかった」

　リアムがわずかに微笑《ほほえ》みながら、さらりと答える。

え、それだけ？　てっきり私は一緒《いっしょ》に喜んでもらえると思っていたのに……。

「ごめんなさい。私、無我夢中であなたを計画に巻き込んじゃったけど、本当は迷惑《めいわく》だった？」

　思い返してみれば、リアムはずっと石鹸作りへの協力をためらっていた。疫病の流行を回避《かいひ》するためとはいえ、悪いことをしちゃったかもしれない。

「今日はお礼を言いに来ただけだから。もし迷惑なら、もう」

「迷惑、じゃないよ。ただ、僕は何かを新しく始める時、いつも最初に嫌《いや》なことを考えちゃうんだ。だから、素直《すなお》に喜べないだけで……」

「嫌なことって？　石鹸の普及に失敗するんじゃないかって、心配してるの？」

　リアムがためらいがちにうなずく。その不安はわからないでもなかった。だって、このプロジェクトが成功する保証はどこにもないもの。でも、プロジェクトの牽引《けんいん》役である私まで一緒になって心配するわけにはいかない。

「大丈夫《だいじょうぶ》よ、リアム。あなたの努力は無駄《むだ》にしないわ。今後数ヶ月のうちに石鹸を安く大量に作って、王都中に普及させてみせるから」

「うん。……でも、ごめん。やっぱり僕、期待はできないや」

「なんで？　私たちが信用できない？」

「ううん。僕、何かを期待したあとに裏切られるのは、もう嫌なんだ」

「裏切られるって、どういうこと？　前にも何か嫌なことがあったの？」

「……ごめん、今のは気にしないで」

　うっかり口をすべらせたというように、リアムが口元を手で覆《おお》う。その表情はつらく悲しそうで、見ている私まで胸が痛くなった。

　せっかくリアムのおかげで助かったのに、なんで彼はこんな顔をするんだろう？　ううん、今だけじゃない。どうして彼はいつも何かに怯《おび》えているようなんだろう？

　この宮廷《きゅうてい》の貴族たちは、リアムのことを王族らしくないとけなしては、その言動を陰《かげ》でクスクス嗤《わら》っている。多感な年頃《としごろ》のリアムにとって、それはすごくつらいことだろう。だけど、彼の引き籠《こ》もりやコミュ障は、それだけが原因じゃない気がしたんだ。

「ねぇ、リアム。あなたはそれほどの才能を持ちながら、何に怯えているの？　周りの貴族たちの視線が恐いの？」

「……違う」

「じゃあ、いったい何が」

「ヴィオレッタにはわかんないよ！　僕みたいなできそこないの気持ちなんて！」

リアムが全身で拒絶《きょぜつ》を示し、奥の部屋へ逃《に》げ込もうとする。

いけない！　今ここで別れたら、きっと二度と本音を聞けなくなる。

私は逃げるリアムの腕《うで》をとっさに後ろからつかんだ。

「ヴィオレッタ、放して」

「嫌よ！　あなたの言う通り、今のままじゃ、私にはあなたの気持ちが永遠にわからないままなんだもの。ねぇリアム、教えて。あなたは誰《だれ》に期待を裏切られたせいで、そこまで傷ついているの？」

　こちらに背を向けているせいで、リアムの表情を窺《うかが》い知ることはできない。しかし、それでも彼が悩《なや》んでいることだけは伝わってくる。

　二人きりの空間に重たい沈黙が広がった。やっぱり私が相手では無理かと思った、その矢先、リアムがぽつりとこぼした。

「母上、だよ」

「え？」

「僕と母上は、お互《たが》いの期待を裏切ってしまったんだ」

　予想外の答えに、私はとっさに何も反応できなかった。リアムたちのお母さんは病弱で優《やさ》しく穏《おだ》やかな人だった。そんな人が息子《むすこ》に心ない言葉を投げかけたっていうの？　本当に？
戸惑《とまど》う私の表情は、リアムから見えていない。彼は何度も話そうとしてはためらった末に、ぽつりぽつりと語り出した。

「僕がまだ小さかった頃のことだよ。僕は覚え立ての化学の実験が楽しくて、毎日何かしらの実験をしては、その結果を母上に見せに行ってたんだ」

子どもの頃のリアムを想像する。きっと無邪気でかわいかった彼は、褒《ほ》めてもらいたい一心でお母さんにまとわりついていたのだろう。そして、お母さんもそんな息子の才能を認め、その成長を微笑ましく見守っていたんだ。

「でもね、そういう幸せな時間は長く続かなかったんだよ」

リアムの声のトーンが低くなる。思わず身構えた私の前で、彼は静かに続けた。

「ある日、母上が僕に言ったんだ。『王位継承《けいしょう》権を持っているからといって、必ずしも玉座を目指す必要はないわ』って。母上は、王族らしくできずに実験ばかりしてる僕に失望して……」

「ちょっと待って！　あなたのお母さんは、あなたの学問を応援《おうえん》していたのよね？」

話の腰《こし》を折って悪いと思いつつも、つっこまずにいられなかった。だって、それは私がレナルドから聞いていた話と大きく違ったから。

レナルドとお母さん、それに当時の家庭教師の三人は、リアムにとって最大の理解者だったはずよね？　それが、どうして突然《とつぜん》リアムに失望するの？

つかんだ手の先で、リアムの身体《からだ》が小刻みに震《ふる》える。もしかしたら互いの顔が見えないことで、普段《ふだん》は言えない本心をさらせているのかもしれない。リアムは噛《か》みしめるようにゆっくりとその気持ちを言葉に換《か》えていった。

「僕もね、母上は化学が好きな僕の気持ちを尊重して、王にならなくていいって言ってくれたんだと思ってたよ。でも、違《ちが》ったんだ。母上は、僕に王族は務まらないと思っただけで……」

「だから、どうしてその解釈《かいしゃく》に辿《たど》り着いたの？　お母さんは実験に没頭《ぼっとう》するあなたを見て、嬉《うれ》しそうにしてたんでしょ？」

「うん。でも、離宮《りきゅう》から王宮に移り住んだ時に、みんなが言ってるのを聞いたんだ。化学に熱中する僕のことを、母上も陰では『王族らしく生きられない子で困る』と嘆《なげ》いていたって」

「それは所詮《しょせん》、人の噂《うわさ》に過ぎないでしょう？　なんで信じるの？」

「うん、噂かもしれない。でも最近、よく思い出すんだ。離宮にいた頃、時々僕を見ては、『あなたは人と違うのね』と悲しそうにつぶやいていた母上の横顔を」

過去を思い出すことに耐《た》えられなくなったのか、リアムの言葉が涙《なみだ》混じりに震える。

「僕、王族らしくしようと思ったよ。だけど、やっぱり兄さんみたいにはできなくて……」

だからこそリアムは部屋に閉じこもり、化学の世界に没頭していったのだろう。そこだけが自分らしくいられる、自分を否定されない、唯一《ゆいいつ》の安全な場所だったから。

リアムの抱《かか》えているつらさや悲しさが、私にもやっと理解できた気がした。しかし、同時に彼の話を聞いていて、どうしても拭《ぬぐ》えない違和感《いわかん》が生じるのを覚えた。

故人の胸の内はわからないけど、やっぱり違う気がする。子ども思いの母親が子どもを見て悲しそうな顔をする時って、どんな時だろう？　もしかして……。

「ねぇ、リアム。あなたのお母さんは身体が弱かったのよね？」

「うん。心臓に持病があって、三年前に他界したよ」

「なら、お母さんはあなたの将来を心配して、そういうことを言ったんじゃないかしら？」

「……どういう意味？」

リアムの心が不安に揺《ゆ》れているのがわかる。私は触《ふ》れた手に力を込め、続けた。

「お母さんはまだ幼いあなたを残して、先にこの世を去らなければならなかったわけでしょう？　人と違うことは、この王宮では攻撃《こうげき》の対象になるわ。たとえその人が王位継承権を持っていたとしてもね。お母さんはそのことを知っていたからこそ、特別な才能を持つあなたのことを心配して、そばで守ってあげられないことを悲しんでいたんじゃないかしら？」

「…………」

「お母さんの本当の気持ちはわからないわ。でも私が母親だったら、きっとそう思う」

兄のレナルドは社交的でそつがないから、一人だけ残してもなんとかなる気がする。だけど、不器用で才能の塊《かたまり》のようなリアムの方は本当に心配だっただろうな。

「母上……」

リアムの口から嗚咽《おえつ》混じりの声がこぼれる。私はいても立ってもいられず、その身体を後ろから抱《だ》きしめた。

「大丈夫よ、リアム。あなたはあなたのままでいいの。あなたの特別な才能が私は好きだわ」

……ああ、そうだ。私はこの不器用でありながら一生懸命《いっしょうけんめい》な従弟《いとこ》のことを、いつの間にか大好きになっていたんだ。

「ありがとう、ヴィオレッタ。……優しいんだね」

「そう言ってくれるのは、あなただけよ」

互いの顔は見えなくても、互いの心は手に取るようにわかる。私はリアムを抱きしめる腕に力を込めた。

石鹸《せっけん》の大量生産は元々疫病《えきびょう》の流行を回避《かいひ》するために始めたことだ。しかし、リアムの話を聞いた今、彼のためにも石鹸の普及《ふきゅう》を成功させたいと私は思った。彼の傷ついた自信を今回の成功が少しでも癒《い》やしてくれるようにと、願わずにいられなかったんだ。

「ねぇ、ヴィオレッタ。こんな格好をして、どこへ行くの？」

馬車の中で、リアムがオドオドしながらそう問いかけてきたのは、街中の木々が黄色や赤に色づき始めた頃《ころ》のことだった。

リアムが戸惑うのもわかる。何しろ私は今朝、半ば強引《ごういん》に彼を商家風のお忍《しの》び衣装《いしょう》に着替《きが》えさせ、馬車に乗せてしまったのだから。

「もうちょっとで着くから、待っていて。あ、ほら、ここからは歩くわよ」

私は目抜《めぬ》き通りの端《はし》で率先《そっせん》して馬車を降りると、ビクビクしているリアムを背中に庇《かば》うようにして、石畳《いしだたみ》の道を歩き始めた。

リアムと二人で出かけることに不安がなかったと言えば、嘘《うそ》になる。でも、万一の場合に備えて唐辛子《とうがらし》スプレーを用意したし、スヴェンに緊急《きんきゅう》時の対応もお願いしておいたから大丈夫《だいじょうぶ》。ラルスは怒《おこ》るかもしれないけど、今日だけはどうしても二人きりでここへ来たかったんだ。

「あの、ヴィオレッタ、この臭《にお》いは……」

路地を進むにつれ濃《こ》くなっていく臭気《しゅうき》に、リアムの顔が不安そうに歪《ゆが》む。三ヶ月前に来た時よりだいぶマシになっているとはいえ、初めて経験するリアムには驚《おどろ》きだろう。

「ごめんね、リアム。あとちょっとだから、我慢《がまん》して」

私はそう言うと、入り組んだ路地をさらに奥へと進んだ。密集している建物も、所々に水たまりの残る石畳も前と変わらない。だけど、その先には明らかに以前と違う光景があった。

「あ、ヴィオラ様！　本当に遊びに来てくれたんだね！」

水場で洗濯《せんたく》の手伝いをしていたのだろう。服を濡《ぬ》らしたリーズが私を見て顔を輝《かがや》かせ、走り寄ってくる。その後ろには彼女のお母さんもいた。ううん、それだけじゃない。その水場には、石鹸を使って手洗いをしている人たちの姿もあったんだ。

「ヴィオラ様にはなんとお礼を言ったらいいか……。ヴィオラ様が石鹸を広めてくださったおかげで、病気にかかる人も減りました。本当にありがとうございます」

リーズのお母さんが私の前まで来て、深々と頭を下げる。私は首を横に振《ふ》った。

「むしろ感謝するのは私の方です。私一人ではきっと何もできませんでしたから」

それは照れ隠《かく》しでもなんでもない、私の本音だった。

この三ヶ月間の苦労を思い出すと、今でも冗談《じょうだん》抜きで胃が痛くなる。

リアムの発明してくれた基礎《きそ》化合物のおかげで、私たちは石鹸の大量生産に成功したものの、最初の頃は思ったように石鹸が普及せずに焦《あせ》った。下層階級の人々には、安全や健康をお金で買うという意識が薄《うす》かったせいで、なかなか石鹸を買ってもらえなかったんだ。

そんな中、アナリーが治療《ちりょう》院に来た患者《かんじゃ》さんたちに石鹸のサンプルを渡《わた》したり、ダミアンが石鹸を日常的に使っている人たちに優先的に仕事を回したりしてくれたおかげで、少しずつ石鹸の存在は下層階級の間でも認知《にんち》されていった。

そして、手洗いを続けることで感染《かんせん》予防の効果を実感できるようになってからは、比較的《ひかくてき》速いスピードで石鹸は人々の間に普及していった。

「皆《みな》さんが私たちを信じ、石鹸を使った手洗いを頑張《がんば》ってくれたからこそ、病人も減ったんです。皆さんのご協力に感謝します」

「そんな、ヴィオラ様……」

お母さんが目を潤《うる》ませ、私の手を取る。私も感極《きわ》まって、その手を握《にぎ》り返した。

もちろん、まだ完全に安心できるわけじゃない。二ヶ月後に開かれる舞踏《ぶとう》会でアナリーがレナルドを相手に選んだ場合、疫病が流行する可能性もゼロじゃない。それでも今この手を失わずに済んでよかったと、私は心の底から思ったんだ。

「ねぇ、お兄ちゃんはヴィオラ様のお友達？」

私たち大人の会話に飽《あ》きたのだろう。声のした方を見ると、リーズが私の後ろに隠れているリアムの服をくいくいと引っ張っていた。あ、いけない。リアムのこと、放置してたわ。

リーズからニコッと笑いかけられ、人見知りをするリアムは完全に硬直《こうちょく》している。私はお母さんの手を放し、リアムの後ろに回った。彼の両肩《りょうかた》に手を置いて告げる。

「あのね、リーズ。このお兄ちゃんは、私たちの石鹸作りに協力してくれたんだよ。お兄ちゃんの発明がなかったら、みんなに石鹸を渡すこともできなかったんだ」

「そうなんだ！　お兄ちゃん、ありがとう！　お兄ちゃんのおかげで、あたしもお母さんも、近所のおじちゃんもおばちゃんも、みーんな元気だよ！」

「…………」

リアムはリーズを見つめたまま動かない。その頬《ほお》を一筋の涙がこぼれ落ちた。

「えっ？　お兄ちゃん、どうしたの？　おなかいたいの？　えっと、せっけん……」

「ううん、僕に石鹸は必要ないよ」

慌《あわ》てるリーズの前で、リアムが彼女と目線を合わせるようにしゃがむ。まだあどけなさの残るその顔に、晴れ晴れとした透明《とうめい》な笑《え》みが浮《う》かんだ。

「みんなが元気でいてくれて、僕も嬉《うれ》しいよ。石鹸を使ってくれて、ありがとう」

リーズの頰がポッと赤く染まる。小さくても女の子だな。リアムみたいな王子様に微笑《ほほえ》みかけられたら、そりゃあ照れちゃうよね。

急にもじもじしだしたリーズを、リアムは不思議そうに眺《なが》めている。このままどうなるのかと観察していたら、リーズが真っ赤な顔でリアムを見上げて言った。

「あのね、お兄ちゃんも来てくれる？　うち、こっちなの！」

「こら、リーズ！　ヴィオラ様もお兄さんもお忙《いそが》しいのに、ダメでしょう？　リーズ！」

お母さんが止めようとした時には、リーズはもう家の方に向かって走り出していた。

「すみません、ヴィオラ様。もしよければ、このあと少し……」

「はい、喜んでお招きにあずかります」

私の答えに、お母さんがホッとしたような、でもどこか照れくさそうな顔で微笑む。彼女は「ちょっと家の中を片付けてきますので」と言い、先に家に戻《もど》って行った。

よかった。これで私もあの時の約束を果たせる。リーズにこの地区の案内をしてもらったあとも何度か視察には来たけど、そのたびに時間がなかったり、タイミングが合わなかったりして、なかなかリーズの家にお邪魔《じゃま》できなかったんだよね。

「ねぇ、ヴィオレッタ。僕なんかがお呼ばれしちゃって、本当にいいのかな？」

リーズ親子がいなくなるのを待って、リアムが途方《とほう》に暮れた様子で話しかけてきた。

「もちろん、いいに決まってるじゃない。あなたも一緒《いっしょ》に呼ばれたんだから」

「でも僕、変わってるから。僕と一緒にいたら、あの人たちも嫌《いや》な気持ちになるんじゃ……」

この子は、またそんな心配をして！

私はついため息をこぼしてしまった。気づいたリアムがビクッと震《ふる》え、あとずさる。私は彼を逃《に》がさず、その目をまっすぐに見て告げた。

「いい、リアム？　あなたも自覚しているように、あなたは王宮で浮いているかもしれない。でも、それは全然ダメなことじゃないわ。あの王宮に収まりきらないくらい、あなたの才能が大きかったってだけの話よ。外の世界には、あなたの才能を理解し、評価してくれる人たちがたくさんいるわ。だから、自分を卑下《ひげ》しないで。もっと自信を持って」

「……みんな、許してくれるの？　僕が王族らしくなくても」

「私はね、あなたほど王族らしい人もいないって思うわよ」

「え……」

リアムが言葉を失う。私は少し迷ってから、今まで思ってきたことを口にした。

「そもそも王族らしさって、なんだと思う？　この国に暮らすすべての人々の幸せを願い、そのために力を尽《つ》くすことが王族の務めだとしたら、あなたはそれを立派に果たしたじゃない。リーズやここに暮らす人たちの笑顔が、その答えよ」

リアムがハッとした様子で辺りを見回す。その目の縁《ふち》に、みるみる涙《なみだ》が溜《た》まっていった。

「ヴィオラ様、お支度《したく》が調《ととの》いました。もしよろしければ、どうぞ」

お母さんが家から顔を出し、声をかけてくる。私はリアムの前に手を差し出した。

「行きましょう、リアム。ほら！」

私の手を前にして、リアムは困ったように視線をキョロキョロさまよわせていた。しかし、最後には覚悟《かくご》を決めた様子で、その手を取ってくれた。

触《ふ》れた手は化学者のものらしく、薬品で少し荒《あ》れている。私はそのことに愛《いと》おしさを覚えて、握る手に力を込めた。その瞬間《しゅんかん》のことだった。私は驚きに目を瞠《みは》った。なんとリアムが自分から手を握り返してくれたのだ。

「ありがとう、ヴィオレッタ。ありがとう……」

そんな、いつも助けられているのは私の方なのに……。

触れたぬくもりに若干《じゃっかん》の照れくささを感じる。それでも、私たちが互《たが》いに手を放すことはなかった。二人の間に芽生えた信頼《しんらい》を少しでも長く感じていたかったから。

第五章　陰謀と選択の舞踏会

私、このままでいいのかな？

人間というのは、少し時間が経《た》ったくらいでは進歩しない生き物らしい。その晩も私はいつものように図書館でノートを広げ、はぁぁぁと深いため息をこぼしていた。

沈《しず》んだ気持ちの原因はわかりきっている。ついに来月、光の乙女《おとめ》候補たちを招いた舞踏会が開かれるのだ。この会が終われば攻略《こうりゃく》キャラのルートが確定し、私の最期《さいご》も決まる。

一番嫌なのは疫病《えきびょう》が発生するレナルド・ルートだけど、石鹸《せっけん》がある限り、流行は未然に防げるだろう。でも、まだ油断ならない。彼のルート以外でも嫌なイベントは山ほどあったはずだし、何より今の私には、それとは別に心配でたまらないことがあったんだ。

今回の舞踏会には、乙女候補のアナリーも護衛のラルスと一緒に招待されている。つまり、このままだと私の正体が舞踏会で確実にバレるんだ。

アナリーとは十分に信頼関係を築いてきたつもりだけど、私が王女だとわかったせいで嫌《きら》われたらどうしよう？　やっぱり舞踏会が始まる前にきちんと説明しておいた方がいいかな？

いや、でもそれだと貴族嫌いのダミアンにまで芋《いも》づる式に正体がバレるだろうし……。

はぁー、どうやったら傷が一番浅くて済むだろう？

「あの、ヴィオレッタ？」

手元のノートに影《かげ》が差す。私は反射的にノートを閉じ、振《ふ》り返った。

いつの間に来たのだろう。途方に暮れた様子のリアムがすぐ後ろに立っていた。

「忙しいところ、ごめんなさい。何度も声をかけたんだけど、気づいてもらえなくて……」

「ううん。こっちこそ、ぼーっとしててごめんなさい。今日はどうしたの？」

石鹸の一件以来、こうしてリアムの方から私に話しかけてくれる機会も増えた。とはいえ、この時間に彼が図書館に来るのは珍《めずら》しい。私がさりげなくノートをテーブルの端《はし》に移動させつつ微笑みかけると、リアムは少し言いにくそうに視線を下向け、もじもじしながら続けた。

「今日はヴィオレッタに聞きたいことがあって……その、今、何か欲しいものってある？」

私の誕生日……はまだ先だよね？　急にどうしたんだろう？

「実はね、この間、スヴェン先生に教えてもらったんだ。日頃《ひごろ》お世話になっている人に感謝の気持ちを伝えるには、何か贈《おく》り物をするのがいいって。だから、その……」

リアムがちらっと上目遣《うわめづか》いに私の反応を窺《うかが》う。なに、このかわいい生き物！　抱《だ》きしめたい！……と思っても、変質者にはなりたくないので、グッと我慢《がまん》する。

「ありがとう、リアム。あなたの気持ちは嬉しいけど、プレゼントはいらないわ」

「……そっか、やっぱり僕からの贈り物なんて」

「ううん、違《ちが》うの！　そうやって私のことを考えてくれる、その気持ちが私にとっては一番のプレゼントなのよ。これからもどうかずっと仲良くしてね、リアム」

「う、うん。僕こそ」

「なら、約束ね」

リアムの真剣《しんけん》な様子がかわいくて、私は笑いながら彼の前に小指を差し出した。リアムがちょっと困った顔でその指先を見つめる。

あ、いけない。リアムは年下でも立派な化学者だ。こういう非科学的で子どもっぽいことは嫌だったかもしれない。

私は急に恥《は》ずかしくなって、手を引っ込めようとした。しかし、その前にリアムが自分の指を私の小指に絡《から》め、照れくさそうにフフッと笑った。

「約束だよ？　これからもずっと一緒にいようね」

あれ？　なんか約束の内容が微妙《びみょう》にすり替《か》わってない？……と思った時にはもう、リアムの指は離《はな》れていた。

「おやすみなさい、ヴィオレッタ。どうかよい夢を」

自分のセリフに照れたのか、リアムがはにかみながら図書館を出て行く。

やることなすこと、すべてがかわいい。もし今後リアムのルートに突入《とつにゅう》することがあったとしても、彼とは絶対に敵対したくないな。まぁ、彼はまだアナリーと出会ってすらいないようだから、その可能性は低いけど。でもそれなら、アナリーは舞踏《ぶとう》会で誰《だれ》と踊《おど》るんだろう？

私が最初の疑問に立ち返り、頭を悩《なや》ませた。その時、再びテーブルの端に影が差して見えた。

一瞬《いっしゅん》リアムが戻ってきたのかと思ったけど、違う。

「こんばんは、レナルド。私に何か用？」

顔を上げた私を見て、すぐそばまで来ていたレナルドが不服そうに口の端を曲げる。

「冷たい奴《やつ》だな。用がなければ、あんたに話しかけちゃいけないのか？」

「別にそんなことないけど。さっきリアムが来たことと何か関係してるのかなぁと思って」

「リアムが？　さっきすれ違った時、妙にいい顔をしてると思ったら、そういうわけか」

ん？　どういうこと？　話が見えないんだけど……。訝《いぶか》る私に、レナルドはさっきまでの不《ふ》機《き》嫌《げん》な様子から一転し、嬉《うれ》しそうな笑《え》みを向けてきた。

「あんたのおかげだよ、ヴィオレッタ。例の石鹸計画に加わってから、リアムは自分に自信がついたらしい。少しずつ他人とも話せるようになってきたんだ。ありがとう」

「そんな、お世話になったのは私の方なのに……」

「いいや。兄の俺がいくら『おまえはすごい化学者だ』と言っても、リアムは素直《すなお》に受け止められなかっただろう。リアムには俺以外の……あんたの言葉が必要だったんだ」

そう言うレナルドはいつもの凛々《りり》しい表情と違い、優《やさ》しいお兄ちゃんの顔をしている。亡《な》くなったお母さんと同じように、彼も弟のことをずっと心配していたんだろう。

「私は思ったことを言っただけよ。あなたと一緒《いっしょ》で、私もリアムの才能を信じてるから」

「ありがとう。あんたに言われると、なんでもできる気がするよ」

レナルドが自分のことのように嬉しそうに笑う。つられて私も微笑《ほほえ》んだ。

前世を思い出したばかりの頃には、彼とこんな穏《おだ》やかに話せる日が来るなんて思わなかった。

やっぱり努力は裏切らない。今まで頑張《がんば》ってきてよかったよ。うんうん。

私がしみじみしていると、レナルドがふと真剣な顔つきになって話しかけてきた。

「そういえば、今度の舞踏会であんたは誰にエスコートをしてもらうつもりなんだ？」

「…………」

今この瞬間の私の心情をどうやって表現しよう。せっかくいい気持ちでいたのに、よりにもよって舞踏会だなんて、また胃の痛くなる話題を……。

「えーと、レナルドは？　あなたのことだから、誰かともう約束をしてるんじゃないの？」

例えばアナリーとか、と心中でつけ加える。そんな私の返しが意外だったのか、レナルドは軽く目を瞠り、やがて口元にニヤリといたずらっぽい笑みを刻んで言った。

「約束なら、今しようか？　最初の曲は俺と踊ってくれ、ヴィオレッタ」

「……はい？」

レナルドがひざまずき、手を差し出してくる。私は唖然《あぜん》とした。だって、舞踏会で最初の曲はエスコートする恋人《こいびと》や配偶者《はいぐうしゃ》と踊るのが普通《ふつう》よね？　それが、なんで私と？

「その様子、リアムともう約束をしているのか？」

レナルドがすねたように上目遣いで聞いてくる。いやいや、まだ十四歳のリアムにエスコートの義務はないって、レナルドだって知っているはずなのに、何を言うの？

私としても、レナルドがアナリー以外の女性をエスコートするのは大歓迎《だいかんげい》だよ。そうすれば、一番嫌《いや》な彼のルートが消えてくれるんだもの。だけど、その相手が私で本当にいいの？

私の戸惑《とまど》いが伝わったのか、レナルドが答えを促《うなが》すように力強くうなずいてみせる。そのことで、私は心を決めた。椅子《いす》から立ち上がり、彼の手に自分の手を重ねて告げる。

「私でよければ、その……よろしくお願いします」

「相変わらず色気のない返事だな。だがまぁ、いいだろう」

偉《えら》そうな言葉と裏腹に、レナルドが優しく微笑む。私はなんだか無性《むしょう》に恥ずかしくなって、目を逸《そ》らしてしまった。顔が熱いのは、きっと慣れないことをしたせいだ。

もうエスコートの約束はしたし、十分だよね。私はレナルドから離れようとした。それなのに、彼は私の手を握《にぎ》りしめたまま放してくれない。

「あの、レナルド、手……」

「嫌なのか？　俺とこうしてるのは」

「ううん、別に嫌じゃないけど……」

レナルドは私をからかって遊んでいるのか、楽しそうに笑っている。

普段《ふだん》は仕事の話をしてる相手とこういうことをするのって、すごく恥ずかしいんだけど！　もう力ずくで離れようかと考えた、その矢先、レナルドが自分から手を放してくれた。今度は急にどうしたんだろう？

レナルドの視線の先を追う。私はハッとした。落ち着いた物腰《ものごし》の男性が図書館の入口からこちらに向かってまっすぐに歩いてきていたんだ。知ってる。彼はレナルドの従者だ。

「ご歓談中に失礼いたします。レナルド様に至急お伝えしたいことがあり、参りました」

「何かよほどのことか？」

「はい、実は……」

従者が一礼し、レナルドの耳元で何かささやく。次の瞬間《しゅんかん》、彼の顔から血の気が失《う》せた。

「馬車と街歩き用の衣装《いしょう》を男女二人分用意してくれ。今すぐにだ！」

え、もう夜の十時過ぎだよ？　今から外出するの？

従者も私と同じでレナルドの指示に驚《おどろ》いたようだったが、主人から目で促され、すぐに図書館を出て行った。啞然としている私の手をレナルドが横からつかむ。

「あんたも来い！　ダミアンの瓶詰《びんづ》め工場で出火があったそうだ」

「え、本当に⁉　みんな無事なの⁉」

「わからない。急ぐぞ！」

レナルドが私の手を引く。私たちは不安に追い立てられるようにして図書館をあとにした。

レナルドと共に夜の王都を馬車で走る。私は痛む胃を押さえながら、窓の外を見ていた。今のところ港方面に火の手は上がってない。煙《けむり》も見えないし、無事に鎮火《ちんか》したのだろうか？

「ヴィオラ、ここから歩くぞ」

工場まであと五分という距離《きょり》でレナルドが馬車を降りる。後ろをついて行った私は息を呑《の》んだ。もう遅《おそ》い時刻なのに、海沿いにある工場の周りには人だかりができていたんだ。

これ、みんな野次馬《やじうま》？　人が邪魔《じゃま》で、工場がよく見えない。火事はどうなったの？

私が人垣《ひとがき》の後ろでぴょんぴょん跳《は》ねていると、声をかけてくる人がいた。

「ヴィオラ様！　こんな時間に現場確認《かくにん》にいらっしゃったのですか？」

「え、ラルス？　あなたがどうしてここに？」

「工場で火の手が上がったと聞き、急いで駆《か》けつけたんです。アナリー様はあちらです」

ラルスが海辺の方を目で示す。その先では、パンパンに膨《ふく》れた往診《おうしん》バッグを持ったアナリーが火傷《やけど》した人たちの手当てをしていた。

火事と聞いて、ある程度の覚悟《かくご》はしてきた。それでも、いざこうして怪我《けが》人を目にすると、背筋が冷たくなる。まさか誰か亡くなったんじゃ……。

「ご安心ください。幸い、重傷者も死者も出ていません」

私の青ざめた顔から内心を読み取ったのだろう。ラルスの言葉に、私は胸をなで下ろした。

「人的被《ひ》害《がい》が少なかったのは、不幸中の幸いね。燃えたのが設備だけであれば、いくらでも取り返しがつくもの。ねぇレナード、火事の原因と規模が特定できたら、すぐに対策を」

「だーかーら！　うちの工場では火の始末を毎日きちっとしてますって！」

突然《とつぜん》上がった大声に、私の発言はかき消された。この声、ダミアン？

声のした方を見ると、ダミアンが黒服の集団を相手に身振《みぶ》り手振りを交え、必死に訴《うった》えているところだった。彼らは火事の現場を確認しに来た警吏《けいり》たちらしい。中でも一番偉そうな中年の警吏が煩《わずら》わしそうに口ひげをなでながら、冷めた目でダミアンに告げた。

「おまえの言い分はわかったよ。しかし、それなら工場での出火をどう説明する気だ？」

「さっきから何度も話してる通りっすよ！　うちのもんが夕方、工場の周りをうろついている不審《ふしん》な女を見かけたんですって。そうだよな？」

苛《いら》ついた様子のダミアンににらまれ、横にいた部下が震《ふる》えながらコクコクうなずく。

「まさかこんなことになると思ってなかったんで、顔まで覚えちゃいませんが、赤髪《あかがみ》の若い女が工場の周りをフラフラ歩いてたんですよ。他《ほか》にも見た奴《やつ》がいます」

何それ？　見知らぬ女性が工場に火を放ったって言いたいの？　本当に？

私が離《はな》れた場所からじっと様子を窺《うかが》っていると、気づいたダミアンが手を振ってきた。

「おい、お嬢《じょう》ちゃんじゃないか！　俺たちの工場を心配して、様子を見に来てくれたのか？」

「ヴィオラ、今は出て行くな」

レナルドが後ろでささやく。しかし、その時にはもう警吏が私の姿を視界に捉《とら》えていた。

「俺たちの工場とはどういう意味だ？　その女はおまえの女房《にょうぼう》か？」

「は？　女房って……」

ダミアンが目を丸くする。一拍《いっぱく》後、彼の失礼すぎる爆笑《ばくしょう》が辺りに響《ひび》いた。

「お嬢ちゃんが女房だったら大変だ！　俺は一生、尻《しり》の下から抜《ぬ》け出せなくなるぜ」

「ちょっと、ダミアン！　私だって、あなたが夫とかお断りよ！」

「おまえたちは夫婦《ふうふ》じゃないのか？　なら、二人の関係は」

「工場の共同経営者ってところだな」

笑いを引っ込めたダミアンが近づいてきて、私の肩《かた》に誇《ほこ》らしげに手を置く。

「今でこそ俺は工場長の地位にあるが、魚を使った瓶詰めの提案を最初にしてくれたのはこのお嬢ちゃんなんだよ。俺は言われた通りに部下たちを動かしただけさ」

「そうか。そういうことなら、今後の捜査《そうさ》のためにも、彼女の身分を確認しておこう」

えっ、待って！　警吏の発言に私は凍《こお》りついた。ダミアンたちと城下で仕事をするに当たって、仮の身分設定は考えてあるよ。でもそんなの、警吏にはすぐに嘘《うそ》だとバレてしまう。

助けを求めて辺りを見回すと、レナルドは「だから出て行くなと言ったんだ」と言わんばかりの渋《しぶ》い表情をしているし、ラルスは途方《とほう》に暮れた様子で私と警吏を見比べている。

「早く身分証を出せ。平民でも、工場の経営者なら旅券くらい持っているだろう？」

うわー、横柄《おうへい》な態度。警吏は弱者の味方じゃないと知っていても、やっぱりむかつく。

「その反抗《はんこう》的な目はなんだ？　早くしろ」

警吏ににらまれ、私は仕方なく頭を下げた。

「申し訳ございません。慌《あわ》てて家を出てきたせいで、旅券は置いてきてしまいました」

「本当か？　なら、おまえの家までついて行くから、見せてみろ」

へ？　身分確認って、そこまでするものなの？

私の一瞬の動揺《どうよう》を警吏は見逃《みのが》さなかった。何かを含《ふく》んだ表情で「ははーん」と笑う。

「その様子、やはり何か隠《かく》しているな」

「い、いえ。私はちょっと驚いただけで」

「嘘をつくな。我々《われわれ》は、おまえらのようなクズの相手には慣れてるんだよ。我々が優《やさ》しくしてやっているうちに正直に答えた方がいいぜ、赤髪のお嬢さん」

警吏が私の髪に目をやり、にたりといやらしく笑う。

え、もしかして私、放火の容疑者にされてる？　いやいや、工場の周りをうろついてた不審者と髪の色が同じだからって、その結論は安直すぎるでしょ！　この警吏、頭は大丈夫《だいじょうぶ》？

「強情《ごうじょう》を張る気か。なら、構わない。連れて行け」

警吏がパチンと指を鳴らす。その途端《とたん》、部下たちが訓練された動きで私の後ろに回った。

「おい、待てよ！　お嬢ちゃんをどこへ連れて行く気だ!?」

ダミアンが怒鳴《どな》っても、警吏たちは動じない。両手を拘束《こうそく》され、さすがの私も青ざめた。

私、捕《つか》まるの？　一国の王女なのに、本気で？　そんなの、末代までの恥《はじ》よ！

火事が起きた時に私がどこで何をしていたか、アリバイを証明することはできる。しかし、それは私とレナルドの正体を明かすことにもつながるわけで……どうしよう!?

警吏たちが私の背中を押し、無理に歩かせようとする。その前に一人の男が立ち塞《ふさ》がった。ラルスだ。彼は警戒《けいかい》する警吏たちには目もくれず、切々と私に訴えてきた。

「ヴィオラ様、もう限界です。ここは正直に本当のことを打ち明けましょう」

ちょ！　ラルス!?　私を思っての発言だとしても、その言い方はまずいわ！

案の定、中年の警吏は私が放火犯だという疑いを深めたのか、「ほぅ」と目を細めている。

「やはり詳《くわ》しい話を聞く必要があるな。さっさと連れて行け」

連行される私をダミアンは絶望の表情で見送り、ラルスは止められなかったことを悔《く》いているのか、唇《くちびる》を噛《か》みしめている。そんな中、視界の隅《すみ》でレナルドが首元に手を伸《の》ばすのが見えた。

待って！　その下に隠してるのは王族の証《あかし》よね!?　まさかここで正体を明かすつもり!?

そんなことをしたら、レナルドまで気軽に城下を出歩けなくなって、彼が築いた人脈も失われてしまう。そんな風に彼の足を引っ張ることだけは絶対にしたくなかった。

あー、もう！　ラルスの言う通り、限界だわ！

「悪いけど、私を連行するのは少し待ってもらえないかしら？　先に身分を証明するわ」

私の唐突《とうとつ》な発言に警吏たちが足を止め、思い切り眉《まゆ》をひそめる。私は構わずに続けた。

「身分証を取り出す間、手を自由にしてもらえない？　私の逃亡《とうぼう》を心配しているのなら、片手は押さえたままでもいいから、お願い」

上司がうなずくのを見て、部下の警吏が拘束していた左手を放す。私はこういう事態に備え、服の下に隠していたネックレスを取り出し、その先についている薔薇《ばら》の紋章《もんしょう》を中年の警吏の眼前に突《つ》き出した。その瞬間《しゅんかん》、彼の顔からサーッと血の気が引いていった。

「あ、あなた様は、もしや……」

「今まで黙《だま》っていて、ごめんなさい。私の本名はヴィオレッタ・ディル・グランドール。この国の第一王女よ」

水を打ったような静けさが辺りを包む。一拍後、その沈黙《ちんもく》は空気を揺《ゆ》らすほどの動揺とざわめきに取って代わられた。

レナルドが無念そうに目を閉じ天を仰《あお》いでいるのと対照的に、ラルスが胸をなで下ろしている。一方、ダミアンは呆《ほう》けた様子で立ち尽《つ》くしていた。そりゃまぁ、今まで一緒《いっしょ》に仕事をしてきた相手が蛇蝎《だかつ》のごとく嫌《きら》っていた王女様だと知ったら、普通《ふつう》そうなるよね。今後のことも考えて、彼には早めにフォローを入れておきたいんだけど……。

私がダミアンに声をかけようとした、その時だった。ん？　あれは……。

私は目をこすった。群衆の中に一瞬、見知った顔を見かけた気がしたんだ。あの顔はスヴェン……じゃないよね？

「ヴィオレッタ様、大変申し訳ございません！　どうか数々のご無礼をお許しください！」

さっきまで偉《えら》そうにしていた警吏たちが真っ青になって震えながら頭を下げてきた。

「あ、どうかあまり気にしないでください。最初から名乗らなかった私も悪かったですし」

「なんと慈悲《じひ》深い方だ……！　ありがとうございます！」

掌《てのひら》返しも、ここまでくれば一発芸の領域かもしれない。呆《あき》れた私は警吏たちを見回し、ふとまた気になって、群衆に目を戻《もど》した。しかし、その時にはもうさっき見かけた姿は消えていた。

やっぱり見間違《みまちが》いだったのかな？　スヴェンがこんなところにいるはずないものね。

「ヴィオレッタ様、どうかこちらへ。街中にいつまでもいらっしゃっていては危険です」

警吏の一人がそう言って馬車を呼んできた。いや、でも私はまだダミアンと話があるし、街中は危険って言われても……。私は今度こそダミアンに話しかけようとして、言葉を失った。

忘れていた。私がこのゲームのラスボスにして、悪役王女であることを。

群衆の中には、さっきまでの私と警吏のやりとりを聞いていたのか、私が放火犯だと勘違《かんちが》いしたままの人もいるらしい。私を見る人々の眼差《まなざ》しには明らかな敵意がにじんでいた。

「ヴィオレッタ様、どうかお急ぎください」

暴動の危険を考えているのかもしれない。深刻な様子の警吏《けいり》に促《うなが》され、私は馬車に乗った。

人々の前から姿を隠しても、心臓がまだドクドクと強く脈打っている。あの痛みを伴《ともな》うほどの視線を私はきっと一生忘れられない。あれは、ゲームの中でヴィオレッタ王女に向けられた民衆の憎悪《ぞうお》そのもののように思えて、すごく恐《こわ》かった。


瓶詰《びんづ》め工場で出火のあった夜以降、私は胃の痛い毎日を送るようになった。

火事の現場に集まっていた野次馬《やじうま》の口を通じ、城下でヴィオラを名乗っていた私の正体は、あっという間に王都中に知れ渡《わた》ってしまった。それも、ねじ曲がった悪意を供として。

私が治療院《ちりょういん》に出入りしていたのは、貧しい平民を嘲笑《あざわら》うため。さらに、私は私利私欲のために瓶詰め工場を設立したものの、共同経営者のダミアンと仲違《なかたが》いして工場を追い出されてしまい、その腹いせに工場に放火したことになっていた。

すべては大衆紙に書かれた、根も葉もない噂《うわさ》だ。しかし、前世を思い出してからの私の変化を知らない人々にとっては、そこに書かれたことこそが真実になってしまう。

世論に疎《うと》いお父様もさすがに今回の事件は無視できなかったのか、私を御前《ごぜん》に呼んで尋問《じんもん》した。ありがたいことに、レナルドとリアムが私のアリバイを証言してくれたおかげで、放火の嫌疑《けんぎ》は晴れたものの、私は世間を騒《さわ》がせた罰《ばつ》として一ヶ月間の謹慎《きんしん》処分を言い渡されてしまった。一刻も早くアナリーとダミアンに会って、事情を説明したかったのに……。

私は仕方なくレナルドに頼《たの》んで二人に手紙を渡してもらった。アナリーはすぐに「王女でも平民でも、お姉様はお姉様です」という心強い言葉を返してくれた。

でも、ダミアンの方は私の正体がよほどショックだったのか、返事すらもらえなかった。今まで一緒に過ごしてきた時間はなんだったんだろうと思っても、もう元には戻れない。

王宮でも心ない噂を流す人が増えていき、気づいた時には、私はゲームのように「悪の王女ヴィオレッタ」として遠巻きに恐《おそ》れられるようになっていた。

一度は遠のいたかに思えた破滅《はめつ》の足音が再び近づいてきている気がする。

冗談《じょうだん》じゃないわ！　疫病《えきびょう》も革命も悲惨《ひさん》な処刑《しょけい》も、まっぴらごめんだっていうのに！

私はなんとか未来を変えようとしてもがいた。しかし、王宮内でできる活動には限界があり……焦《あせ》るうちに時間ばかりが過ぎ、私はとうとう運命の舞踏《ぶとう》会当日を迎《むか》えてしまった。

華《はな》やかな楽団の調べが遠くから聞こえる。

「まぁ、ヴィオレッタ様！　すごくおきれいですわ！」

「瞳《ひとみ》と同じすみれ色のドレスが赤い髪《かみ》に映《は》えて、本当にお美しいです」

侍女《じじょ》たちが私の首に仕上げのネックレスをつけ、満足そうにしている。前世を思い出したばかりの頃《ころ》と違い、彼女たちも最近では私の変化に慣れてきたのか、王宮内での悪評も気にすることなく、こうして打ち解けてくれるようになった。

そのこと自体はすごく嬉《うれ》しいんだけど、今の私は彼女たちと一緒になってはしゃぐ気になれず、沈痛《ちんつう》な面持《おもも》ちで鏡を見つめていた。無理もない。だって今日、アナリーが誰《だれ》のエスコートで会場に現れるかによって、私やこの国の未来が変わるんだもの。

「レナルド様は今夜、どんな礼装をお召《め》しでしょう？」

「楽しみですわねぇ。早くお迎えにいらっしゃらないかしら」

私の緊張《きんちょう》がうつったのか、侍女たちもそわそわと時計を気にしている。

私も早くレナルドの顔が見たくて、扉《とびら》に熱い眼差しを注いだ。彼の登場は、疫病などが起きる一番嫌《いや》なルートの回避《かいひ》成功を意味しているから。どうか早く来て、私を安心させて！

そう願ったのに、最後の身だしなみチェックまで終えてもレナルドは現れなかった。

どうしたんだろう？　彼はいつも時間を守る方なのに。まさか事故じゃないよね？

私は、自分を見る侍女たちの目に同情と哀《あわ》れみの色が浮《う》かび始めたことに気づいた。

待って。私、約束をドタキャンされたと思われてる？　いやいや、レナルドはそういうことをする人じゃないでしょう。でも、それならどうして迎えに来てくれないんだろう？

嫌な想像と共に焦りばかりが募《つの》っていく。その時、ついに扉をノックする音が聞こえた。

「レナルド様ですわ！」

侍女の一人が喜々として扉に駆《か》け寄る。次の瞬間、私たちの間で上がった歓声《かんせい》は落胆《らくたん》のため息に変わった。なんと扉の先に現れたのは、弟のリアムの方だったのだ。

「急にお邪魔《じゃま》して、ごめんなさい。ヴィオレッタも兄さんも会場に来ないから、心配で……」

珍《めずら》しく前髪を上げているリアムが、大きな緑の瞳をキョロキョロさせながら説明する。

「様子を見に来てくれたのね。ありがとう、リアム。実はレナルドがまだ来てなくて」

「兄さんが？　ヴィオレッタとエスコートの約束をしてるのに？」

どうやら私と同じで、事故の心配をしたらしい。リアムが愛らしい顔を不安そうに曇《くも》らせる。

その時、大広間から聞こえてくる楽団の音色がより華やいだものに変わった。

まずい。そろそろお父様が舞踏会場に到着《とうちゃく》するみたいだわ。

「リアム、あなただけでも先に行ってちょうだい。お父様以外の王族が会場に一人もいなかったら困るでしょう？」

「う、うん。そうだけど、それじゃあヴィオレッタが……」

「私のことはいいから。ね？」

まだ成人前のリアムはエスコートなしで会場に行っても無礼にならない。だから、彼だけでも早く行った方がいいと思ったのに、なぜか彼は動こうとしなかった。

「リアム、どうしたの？　早くしないと本当に」

焦る私の言葉を遮《さえぎ》り、リアムが私の前にすっと手を差し出してくる。え、まさか……。

「僕じゃまだ兄さんの代わりになれないって、知ってるよ。だけど、今夜だけはどうか……どうか僕のために、最初の一曲を踊《おど》ってもらえませんか？」

侍女たちの間から「キャー！」と黄色い歓声が上がる。真剣《しんけん》な緑の瞳に見つめられ、私は顔がぶわっと一気に熱くなった。なに、この不意打ち！　照れるんだけど！

「僕じゃ、やっぱりダメかな？」

リアムがしゅんと悲しげに目を伏《ふ》せる。いやいや、全然ダメじゃないよ！　コミュ障の彼が人前で勇気を振《ふ》り絞《しぼ》ってエスコートの申し出をしてくれただけでも、私は胸が熱くなってドキドキしたもの。だけど、レナルドももうすぐ来るかもしれないし……。

戸惑《とまど》う私の耳元で、その時、侍女の一人がそっと耳打ちをしてきた。

「舞踏会に遅刻《ちこく》なさっては大変です。レナルド様がいらっしゃいましたら、私たちから事情をご説明しておきます。ヴィオレッタ様は、どうかリアム様とご一緒《いっしょ》なさってくださいませ」

「そう？　それなら……」

侍女の提案に背中を押され、私はためらいがちにリアムの手を取った。

「ありがとう、リアム。今日はどうかよろしくね」

「うん、僕の方こそ」

リアムが私の手を握《にぎ》りしめ、安心したように微笑《ほほえ》む。

私たちは侍女たちにレナルドへの伝言をお願いし、すぐに部屋を出た。

リアムの腕《うで》に手をかけ、大広間へ続く廊下《ろうか》を急ぎ足で歩く。重厚《じゅうこう》な絹張りの扉を一枚隔《へだ》てた先は、光と音と色の洪水《こうずい》で満たされていた。

大広間の天井《てんじょう》には初代国王の戴冠式《たいかんしき》の様子が彩《いろど》り豊かに描《えが》かれ、その下では礼装をまとった貴族たちが王の登場を待ちわびている。しかし、私たちの登場によって、彼らの関心はこちらに移ったらしい。私たちの進む先々で、止めどなく噂話が飛び交《か》うのが聞こえた。

「まぁ、ヴィオレッタ様！　なぜレナルド様とご一緒じゃありませんの？」

「最近いろいろな噂があったせいで、エスコートのお約束を反故《ほご》にされたのでは？」

「おかわいそうに！　こんな日にお兄様の代わりを務めるリアム様も大変ですわね」

口調は同情的でも、内心では絶対に面白《おもしろ》がっているよね。悪意と好奇《こうき》がいい具合にブレンドされた視線にさらされ、私は舞踏会の開始前からうんざりしてしまった。

こんな場面にリアムをつき合わせてしまって、本当に申し訳ない。せめて彼だけは私が守らないと。そう思って、私は彼の腕にかけた手に力を込めた。その時だった。

私は目を瞠《みは》った。なんとリアムが私の手の上に、もう片方の手を重ねてきたのだ。

「だ、大丈夫《だいじょうぶ》だよ、ヴィオレッタ。僕がいるから」

本当は人目が恐いのだろう。そう言うリアムの手は小刻みに震《ふる》えている。それでも一生懸命《いっしょうけんめい》に私を庇《かば》おうとしてくれるなんて……ずるいよ。普段《ふだん》はかわいい弟のようなのに、こういう時だけかっこいい男の子の顔を見せるなんて。

なんだか気恥《きは》ずかしくて、リアムの腕をギュッと握ってしまう。リアムはちょっと驚《おどろ》いたように瞬《まばた》きをして、すぐに微笑み返してくれた。

貴族たちの視線も悪口も、もう気にならない。私たちは並んで大広間を横切り、一番奥に位置している玉座の隣《となり》に立った。ここまで来れば、ひとまず遅刻はないから安心だ。

私は一息ついて、広間全体を見回した。会場に若い女性の姿が目立つのは、光の乙女《おとめ》候補たちが護衛の騎士《きし》たちと一緒に二十人ほど招かれているからだろう。

私の目は自然とアナリーを探し……心がざわつくのを感じた。おかしい。乙女候補は全員参加のはずなのに、いくら目をこらしても、私はアナリーの姿を見つけられなかったんだ。

いや、アナリーだけじゃない。よく見ると、広間には彼女の騎士であるラルスの姿もないし、レナルドもまだ来ていない。この舞踏会はゲーム中でも一二を争うほど重要なイベントのはずなのに、主要キャラがそろって欠席することなんてある？　いったい何が起きてるの？

形のない不安が胸を侵食《しんしょく》していく。私は人前にもかかわらず、ドレスの上から胸を押さえた。

その時だった。広間の入口がにわかに騒がしくなった。

「まぁ、レナルド様！　ごきげんよう」

「そちらの美しい女性はどなたですの？」

よかった！　レナルドはギリギリで舞踏会に間に合ったんだ。

でも、待って。今の古典的なシンデレラっぽいセリフは何？　まさか……！

広間に集《つど》った人々が波のように引き、レナルドのために道を空ける。私はあまりの衝撃《しょうげき》に、息をするのも忘れて見入ってしまった。嘘《うそ》でしょう？　この光景って、やっぱり……。

瞳《ひとみ》と同じアクアブルーのドレスを着たアナリーがレナルドの腕に手をかけ、しずしずとこちらに向かって歩いてくる。それは絵になる姿だった。まるでゲームのワンシーンのように。

「お姉様！」

私に気づいたアナリーが顔をぱぁぁぁと輝《かがや》かせる。レナルドの方は、私を見て申し訳なさそうに頭を下げた。その唇《くちびる》が「すまない」と動いたように見えたけど、辺りを満たす音楽と喧噪《けんそう》にかき消されてしまって、よく聞こえなかった。

二人の間で何があったの？　今すぐ説明してもらいたい。だけど、私が二人に近づく前に、広間後方の扉が開き、お父様が現れた。レナルドの到着を控《ひか》え室で待っていたらしい。

先ほどまでの喧噪が嘘のように、広間全体が静寂《せいじゃく》に包まれる。人々がその一挙手一投足に注目する中、お父様はゆっくりと玉座の前まで進み、口を開いた。

「今宵《こよい》は皆《みな》、よく集まってくれた。第二代国王の時代から続く由緒《ゆいしょ》正しき宴《うたげ》を余の代でも開けたことに誇《ほこ》りを覚える」

会場中から拍手《はくしゅ》が沸《わ》き起こり、光の乙女候補たちが恭《うやうや》しく頭《こうべ》を垂れる。お父様はその様子を満足そうに見回し、声を張り上げて続けた。

「我が国では今、次代の王を選ぶ試験を執《と》り行っている。王位継承《けいしょう》権を持つ三人の者たちは、いずれも余の自慢《じまん》の跡継《あとつ》ぎたちだ。誰《だれ》が王に選ばれようと、温かく支えてやってほしい」

お父様の発言を受け、品定めをする視線が私たち三人にまとわりつく。

私は思わず目を逸《そ》らしたくなった。この視線はリアムじゃなくてもきつい。こんな時でも平然としていられるのはレナルドくらいだ。彼はやっぱり人前に立つことに慣れている。

お父様もお父様で、何もこんな時に貴族たちを煽《あお》るような発言をしなくたっていいのに。抗議《こうぎ》の意味も込めてお父様を見上げると、なぜか意味ありげな微笑《びしょう》を返された。え、なんだか嫌《いや》な予感がするんだけど、ちょっと……！

「余はここに宣言する。国王試験が終わって一年以内に、余は玉座を次の王に譲《ゆず》る。よって、余が王として開く宴は今宵が最後となる。どうか皆、最後まで楽しんでいってくれ」

私は現実を受け入れられずに、お父様の顔を食い入るように見つめた。たちの悪い冗談《じょうだん》はやめてほしい。今のお父様の宣言はゲームとまったく同じじゃない！　ゲーム内でこの宣言を受けたヴィオレッタ王女は焦《あせ》りを募《つの》らせ、父王を殺し王位を簒奪《さんだつ》する道を選ぶのだ。

前世を思い出してからというもの、私は悲惨《ひさん》な未来を回避《かいひ》するために必死で努力を重ねてきた。それなのに、なぜ未来は変わらないの？　ゲーム本来のシナリオへと回帰する、補正のような力が働いているとでも言うの？

そんなの信じたくない！　でも今のお父様の宣言や、アナリーをエスコートしてきたレナルドのことを思うと否定もできなくて……この先私は、この国はどうなるの？

お父様の宣言は方々に様々な波紋《はもん》を投げかけたらしい。レナルドとリアムは考え込むようにうつむき、動揺《どうよう》した貴族たちはしきりと何か話し合っている。そういったざわめきをすべて覆《おお》い隠《かく》すように、ひときわ華《はな》やかな楽の音が広間を満たした。メヌエットの始まりだ。

「ヴィオレッタ、踊ろう」

我《われ》に返ったリアムが私の手を引き、広間の中央に進み出る。彼もお父様の宣言にショックを受けたはずなのに、それでも必死でリードしようとする姿は、ついこの間までの彼と違《ちが》って、すごく頼《たの》もしい。石鹸《せっけん》の一件を通じて、本当に自分に自信がついたのかもしれない。

リアムも成長しているんだ。私もいつまでも呆《ほう》けてないで、頑張《がんば》らなきゃ！

私は不安を胸の奥底に沈《しず》め、メヌエットの調べに合わせてリアムと踊った。少し緊張《きんちょう》している彼の顔を間近で見つめ、互《たが》いの体温を誰よりも近くに感じる。なんだか照れくさくなって私が笑うと、彼もまた頰《ほお》を赤らめながら楽しそうに微笑み返してくれた。

やがて、楽団の奏《かな》でる音が甘美《かんび》な余韻《よいん》を残して広間に消えた。

「ありがとう、ヴィオレッタ。あの、このあと大丈夫？」

リアムが上気した顔を不安に陰《かげ》らせながら聞いてきた。こうした舞踏《ぶとう》会では、エスコート相手と踊るのは最初の曲だけという決まりがある。リアムは自分がそばを離《はな》れることで、私が貴族たちの心ない視線や誹謗《ひぼう》中傷にさらされることを心配しているのだろう。その気持ちはすごく嬉《うれ》しいけど、私のせいで彼にまで迷惑《めいわく》をかけたくない。

「ありがとう、リアム。私は一人でも大丈夫よ。ほら、次の曲が始まるわ」

私がそう言うと、リアムは名残惜《なごりお》しそうにしつつも手を放してくれた。

「ヴィオレッタ、どうか無理はしないで。その、僕は兄さんほど頼《たよ》りにならないけど……でも、何かあったらすぐに呼んでね。駆《か》けつけるから」

リアムが心配そうに言いながら離れていく。そんな彼のもとには、すぐにご令嬢《れいじょう》たちが押し寄せた。引き籠《こ》もりの王子が珍《めずら》しく人前に出るということで、話す機会を窺《うかが》っていたらしい。

リアムはご令嬢たちを見て一瞬《いっしゅん》ゾッとした顔つきになったものの、逃《に》げずに立ち向かう決意をしたらしい。彼の姿はすぐ人の輪の中に消えて見えなくなった。

さて、私はどうしよう？　悪名高い私にダンスを申し込む人もいないでしょう。ここは壁《かべ》の花となって、会場全体を観察しようかと思った。その前に、ふと大きな手が差し出された。

「ヴィオレッタ様、どうか一曲お相手願えませんか？」

いつの間に来たのか、スヴェンがすぐ横に立っていた。いつもの学者らしい服装と違い、今日は礼装に身を包んでいる。もっとも、その笑《え》顔《がお》はいつどこにいても変わらないようだけど。

「次の曲が始まります。どうかお手を」

「あ、はい。よろしくお願いします」

私に断る理由はない。私はスヴェンの肩《かた》に手をかけ、広間の中央へ躍《おど》り出た。自分の家庭教師とこうして向き合うのはなんか不思議な感覚だ。緊張して足を踏《ふ》まないようにしないと。

私が足下《あしもと》ばかり気にしていると、耳元でスヴェンがささやくように話しかけてきた。

「ついに陛下が決意なさいましたね。陛下のご退位をあなたはどう受け止められましたか？」

え……。なんで今、そんなことを私に聞くの？

私は思わずスヴェンの顔を凝視《ぎょうし》してしまった。疎《おろそ》かになった足下が彼の足を踏んづけてしまっても、彼の笑顔が乱れることはない。そのことがかえって恐《こわ》かった。

ゲームのことを抜《ぬ》きにして考えれば、お父様の退位はいい選択《せんたく》だと思う。王都の荒《あ》れた現状を見る限り、お父様には政《まつりごと》の才能がなさそうだもの。ただそう思っても、スヴェンの意図が見えない今、そういう反逆を匂《にお》わせる発言を口にするつもりはない。

だから、「お父様にはもっと頑張っていただきたかったのに、残念ですわ」という当たり障《さわ》りのないコメントを返したのに、スヴェンは納得《なっとく》がいかなかったのか、じっと私の顔を見下ろしている。待って、すごく恐いんだけど。

つい逃げ腰《ごし》になった私の肩をスヴェンが引き寄せ、再び耳元でささやく。

「あなたは以前、王位を継《つ》ぐ気はないと私におっしゃいましたね。今になっても、そのお気持ちに変わりはございませんか？」

「……ええ、もちろんです。レナルドもリアムも、私よりはるかに王にふさわしい人たちです。二人がいるのに、私の出る幕などありません」

「そうですか。それは非常に残念です」

　そう言うスヴェンの顔はちっとも残念そうには見えず、意味深な含《ふく》み笑いを浮《う》かべている。これも彼の地顔なのかな？　もしそうだとしたら、彼の本音はどこにあるんだろう？

「お相手をありがとうございました。私もまだ精進《しょうじん》が足りませんね。あなたの家庭教師でありながら、その本心を打ち明けてもらうことすらできないなんて」

「あ、待ってください、先生！　もう少し……」

　曲が終わり、引き留める間もなくスヴェンが去って行く。私は悶々《もんもん》として頭を抱《かか》えた。

　スヴェンも私と同じように、次の王にふさわしいのはレナルドだと考えているはずよね？　それなのに、私の気持ちをわざわざ確かめに来たのはなぜなの？

　私が変な気を起こさないか、警戒《けいかい》してるとか？……あり得るわね。

　この時、私の脳裏《のうり》をよぎったのは、工場で火事があった日に群衆の中で見かけた姿だった。今まですっかり忘れていたけど、もし本当にスヴェンが私を警戒しているとしたら、気づかぬところで監視《かんし》されていたとしても不思議ではない。

　彼の立ち位置を私はどう考えればいいんだろう？　敵？　味方？……わからない。

　舞踏会イベントまで起きてしまったというのに、私は相も変わらずゲームのような悪評まみれで、信じられる味方もほとんどいない。こんな状況《じょうきょう》下で、破滅《はめつ》回避のためにできることはまだ何か残っているだろうか？

華やかな楽の音が奏でられる中、私は追い詰《つ》められたことによる絶望と焦燥《しょうそう》を噛《か》みしめながら、残りの時間を壁の花として過ごした。

星が晩秋の夜空を彩《いろど》っている。

王宮の庭に出た私は小さな噴水《ふんすい》のほとりに腰掛《こしか》け、ようやく一息ついた。私は周りの貴族たちから腫《は》れ物扱《あつか》いされる気まずさに耐《た》えきれず、舞踏会を途中《とちゅう》で抜け出してきたのだ。どうせ私にダンスを申し込む人もいないだろうし、最後の曲が始まる前に戻《もど》れば平気だろう。

はぁー、新鮮《しんせん》な外の空気が人混《ひとご》みでほてった肌《はだ》に気持ちいい。ただ、こうして一人でいると、今度は嫌な未来ばかり思い浮かべそうになって、私はかぶりを振《ふ》った。

その時だった。後ろの方で土を踏みしめ、ゆっくりと近づいてくる足音が聞こえた。

「ヴィオレッタ、そこにいるのか？」

「……その声、レナルド？　どうしてここに？　ご令嬢たちの相手はもういいの？」

「ああ。あんたと二人きりで話したいことがあって、俺も舞踏会を抜け出してきたんだ」

「え……」

心臓がドクンと跳《は》ねる。まさかレナルドも私が王位を狙《ねら》っていないか確認《かくにん》しに来たの？

身構える私の前まで来て、彼は立ち止まった。その淡《あわ》い金髪《きんぱつ》がさらりと揺《ゆ》れ、頭を下げる。

「今日はエスコートの約束を破って悪かった。本当にすまない」

……へ？　二人きりで話したいことって、そっちの方？　そういえば、舞踏会の間もレナルドと目の合うことが度々《たびたび》あった。約束を破ったことを気にして、私に話しかけるタイミングを探《さぐ》っていたのかもしれない。なんだ、王位簒奪の話じゃなくてよかった。

途端《とたん》に気の緩《ゆる》んだ私を見て、レナルドが訝《いぶか》しげに眉《まゆ》をひそめる。私は慌《あわ》てて背筋を正した。

「あなたにも何か事情があったんだろうから、エスコートの件はあまり気にしなくていいわよ。それより、その……あなたとアナリーは、いつからそういう関係になっていたの？」

私の勇気を振り絞《しぼ》った質問に、レナルドがなぜか嫌《いや》そうに顔をしかめる。

あ、やっぱりプライベートに踏み込みすぎた内容だったのかもしれない。でも、これはゲームの進捗《しんちょく》にも関《かか》わってくる問題だから、どうしても確認しておきたかったのよ。

焦《あせ》る私に向かって、不機嫌《ふきげん》そうな顔をしたレナルドが不意に手を伸《の》ばしてきた。え、何？

反射的に目をつぶる。その額に、レナルドの大きな手が触《ふ》れた。

「レ、レナルド？　急にどうしたの？」

「妙《みょう》な戯言《たわごと》をほざいているから、熱でもあるのかと思った。いったいどういう見方をしたら、俺とアナリーが恋仲《こいなか》だと勘違《かんちが》いできるんだ？」

「え、違うの？」

　答えの代わりに、呆《あき》れ混じりのため息が返ってきた。

「今日、治療《ちりょう》院に寄った時、ラルスに泣きつかれたんだよ。アナリーが舞踏《ぶとう》会への参列を頑《かたく》なに拒否《きょひ》して困っているから、一緒《いっしょ》に説得してほしいって」

「なんでアナリーが舞踏会を嫌がるの？　彼女はれっきとした光の乙女《おとめ》候補なのに」

「アナリー曰《いわ》く、『一度教会を出奔《しゅっぽん》した身でありながら、乙女候補として王宮に参内《さんだい》するわけにはいきません』だそうだ」

　生真面目《きまじめ》なところのある、アナリーらしい理由だと思った。可憐《かれん》な見た目に反して、一度決めたことは頑《がん》として譲《ゆず》らない、良くも悪くも頑固な一面が彼女にはあるからね。

「それで、拒絶するアナリーをあなたはどうやって説得して連れて来たの？　彼女をエスコートしてきたということは……もしかしなくても正体をバラしたわけ？」

　私の問いかけに、レナルドは「まぁな」と答えて肩をすくめた。

「アナリーとラルスは教会の関係者だろう？　いずれ式典かどこかで会って偶然《ぐうぜん》バレるよりはマシだと思って、先に身分を明かした」

「それはアナリー、すごく驚《おどろ》いたんじゃない？」

「いや、それより俺とあんたが従兄妹《いとこ》だと知って、羨《うらや》ましがられたよ」

　なんで？　従兄妹の何がいいんだろう？　アナリーの感性は独特で、時々理解できない。

「アナリーはあんたのことを慕《した》ってるからな。ちょっと行きすぎかと思う時もあるが、今回はそのおかげで助かったよ。舞踏会であんたに会えると言ったら、一も二もなく飛びついてきたんだ。ま、実際は若い男たちに囲まれて、あんたに近づくことすらできなかったようだが」

「そういうことだったの。でも、それならアナリーを王宮まで連れてくるだけで、何もエスコートまでしなくたってよかったんじゃない？」

「なんだ？　ヤキモチを焼いてくれるのか？」

「え？　いや、別にそういうわけじゃないんだけど……」

「なら、どういうわけだ？」

レナルドに迫《せま》られ、私は言葉に詰まった。アナリーと一緒に現れた彼を見て、彼のルートに突入《とつにゅう》したことを疑い、冗談《じょうだん》抜きで寿命《じゅみょう》が縮まるかと思った。だから文句の一つも言いたかっただけなんだけど、そういう事情を正直に打ち明けるわけにもいかない。

「あんたからそういう感情を引き出せたんなら、今日という最悪な一日もそこまで悪くなかったかもしれないな」

口ごもる私を見て、レナルドはなぜか楽しそうに笑っている。

「あんたのエスコートを弟に取られたと知った時は、自分の間の悪さを呪《のろ》ったよ。アナリーを連れて王宮に戻る途中、馬車の車輪が外れそうになるなんて考えもしなかったからな」

「アナリーの説得に時間がかかったというより、その事故のせいで約束に遅《おく》れたの？」

「ああ、俺が王宮に着いたのは舞踏会が始まる直前だった。そのせいで、あんたを迎《むか》えに行ってもいないし、エスコートする女性なしでは舞踏会に参列できないし……途方に暮れていたら、同情したラルスがアナリーのエスコートを俺に譲ってくれたんだ」

「なるほど。あなたがアナリーと一緒に現れたのは、そういうわけだったのね」

私はホッとした。そういう事情なら、レナルドのルートに突入することはない……のかな？ いや、でも恋人同士じゃなくても、彼がアナリーをエスコートしたのは事実よね。この場合、どうなるの？ 舞踏会が終わればルートが確定すると思ったのに、余計に混乱してない？

「ところでヴィオレッタ、陛下のさっきの退位宣言をあんたはどう感じた？」

「へっ？……ゴホッ！」

急な話題転換《てんかん》に驚きすぎて、私はむせてしまった。レナルドってば、突然どうしたの？ やっぱり私が王位を狙ってるんじゃないかって、疑ってるの？

「大丈夫《だいじょうぶ》か？ そんなに警戒するなよ。あんたと二人になる機会があったら、俺は一度じっくりこの問題を話したいと思っていただけなんだからさ」

胸を押さえ、ドキドキしてる私を見下ろし、レナルドが苦笑《くしょう》する。

「国王試験の終了《しゅうりょう》をもって、陛下は王位を次の代に譲ると仰《おお》せられた。そのためには、まず俺たち三人のうちの誰《だれ》かが光の乙女を見つけ、その力を覚醒《かくせい》させることで試験を終わらせる必要がある。あんたは、舞踏会に参列した候補たちの中に本物の乙女がいると思うか？」

そう聞くレナルドの目には迷いが浮《う》かんでいた。それも無理のないことだと思う。

今回の国王試験は、光の乙女が実在するという前提で行われている。レナルドもそれを知っていたからこそ何度も教会へ足を運び、乙女候補たちに面会してきたはずだ。しかし、それでも伝説の乙女が実在するとは信じ切れずに悩《なや》んでいるのだろう。

この世界では、私だけが知っている。今日レナルドがエスコートした相手――アナリーこそが本物の光の乙女だと。

それは軽々しく告げてはいけない事実だ。でも、レナルドには気づいてもらいたい。私たち三人の中で一番王に向いているのは彼だと思うから。

私は迷った末、レナルドに対して答えの代わりにエールを送ることにした。

「光の乙女が実在するかどうか、私にはわからないわ。でも、もし実在するとしたら、彼女を見つけられる人はレナルド――あなたしかいないと思うの」

「……あんたは悔《くや》しくないのか？　俺が乙女を見つけて、玉座に就《つ》いても」

「平気よ。だって、私は王の器《うつわ》じゃないから」

昔の私はおもちゃを欲しがる駄々《だだ》っ子のように王位をねだっていた。しかし前世を思い出し、王都の惨状《さんじょう》を知った今、そんな自己中心的な思いから王位を欲《ほっ》する気にはとてもなれない。

「あんた、本当に変わったな。少し前までは、俺たち兄弟を倒《たお》してでも玉座に就くっていう気《き》迫《はく》に満ちていたのに」

「前にも話したけど、街へ出てからいろいろ反省したのよ。こういう今の私は嫌《きら》い？」

「…………嫌いじゃないよ、今のあんたは」

「本当に？　ありがとう！　私、あなたに嫌われるのだけは嫌だったのよ」

よかった、よかった。この様子なら、たとえ今後レナルドのルートに入ったとしても、問答無用で殺されることはなさそうね。少なくとも処刑《しょけい》前に命乞《いのちご》いはさせてもらえそうだわ。

「あんたさ、今自分が言ったことの意味、わかってるのか？」

喜ぶ私を見て、レナルドがなぜか不機嫌そうに聞いてきた。おっと、いけない。うっかり自分の世界に入り込んでいたせいで、放置していたわ。

私は胸を張り、笑顔《えがお》でレナルドに向かって「安心して！」と告げた。

「あなたが私を嫌わないでいてくれる限り、私はあなたの治世をしっかり支えるつもりよ」

「それはどういう立場でだ？」

「立場？　あなたが望むなら、臣籍《しんせき》に降下したっていいけど」

「……やっぱりあんた、全然わかってないだろう」

「あの、今何か言った？　よく聞こえなかったんだけど」

「いや、独り言。……外の空気も十分吸ったし、そろそろ広間に戻《もど》るか」

レナルドがなぜか少し疲《つか》れた様子で、私の前に手を差し出してくる。

「そんな、気を遣《つか》わなくていいわよ。舞踏会はもう終わるし、エスコートしてくれなくても」

「俺がやりたいんだよ。最初にあんたと約束したのは俺だからな。最後くらいあんたの隣《となり》にいさせてくれ。それとも俺が相手じゃ、あんたは嫌か？」

きれいな緑の瞳《ひとみ》で上目遣いに見つめられ、私は頰《ほお》がカーッと熱くなるのを感じた。

「べ、別にあなたと踊《おど》るのは嫌じゃないけど……」

「なら、よかった。今はまだその答えと反応で十分だと思っておこう」

レナルドが嬉《うれ》しそうに笑い、真っ赤になってうつむく私の手を取る。

触れた指先から互《たが》いの熱が伝わってきて、妙に恥《は》ずかしい。彼と手をつなぐのは今日が初めてでもないのに、どうしたんだろう？

わからない。ただ、私はドキドキする心臓の音がレナルドに聞こえないか、ずっと心配しながら、王宮へ戻る道を足早に歩いた。


舞踏会が終わっても未《いま》だ興奮冷めやらぬ空気の中、私は王宮の廊下《ろうか》を歩いていた。

レナルドに嫌われていないと知って、安心した。しかしだからといって何もせず、ゲームのシナリオに近づいて行く現実を見過ごすわけにはいかない。そこで、私は手遅れになる前に先手を打つことにした。そう、私はお父様に王位継承《けいしょう》権の放棄《ほうき》を伝える決意をしたんだ。

今後どのルートへ進むにせよ、私に王位継承権がなければ、王位簒奪《さんだつ》を疑われるリスクも減るからね。そうすれば、芋《いも》づる式に革命も殺される未来もなくなるってものよ。よし！

私は衛兵たちが守る廊下を抜《ぬ》け、侍従長《じじゅうちょう》の案内でお父様の居室に入った。

「ヴィオレッタ、よく来てくれた。最近はまた一段と亡《な》き母に似て、美しくなったな」

お父様は満面の笑みで私を迎え入れてくれた。舞踏《ぶとう》会用の礼装から緋色《ひいろ》のガウンに着替《きが》え、片手にグラスを掲《かか》げている。今は完全にプライベートな時間ということらしい。

「舞踏会はどうだった？　おまえはあまり踊っていないようだったが、楽しめたかい？」

私の前でだけ見せる父親の顔で、お父様が聞いてくる。つられて私もワガママな一人娘《むすめ》の顔に戻りそうになって、慌《あわ》てて表情筋を引き締《し》めた。いけない、いけない。今の私は王位継承者として真面目《まじめ》な話をしに来たんだから、しっかりしないと。

「とても素敵《すてき》な舞踏会だったわ、お父様。でも、やっぱり全体的にお金をかけすぎだと思うの。今は式典より民《たみ》の生活のためにもっと予算を割《さ》くべきじゃないかしら？」

私の意見にお父様は目を丸くし、やがてまぶしいものでも見るように目を細めた。

「おまえも成長したんだなぁ……。あんなに小さかった子が、今では民の暮らしを真剣《しんけん》に考えられるようになったなんて」

「私ももうすぐ十七よ。いつまでも子どもでいられないわ」

「それもそうだな。おまえといい、レナルドやリアムといい、私は後継者に恵《めぐ》まれたよ。これで、いつでも安心して王位を譲《ゆず》れる」

お父様が少し疲れたように微笑《ほほえ》む。今だ。王位継承権の話をするなら、今この時しかないと思い、私は身を乗り出した。

「あのね、お父様。実は私」

「このレモンスカッシュという飲み物はおいしいな。リアムが発明したと聞いたが、薬品を用いて炭酸水を作るとは面白《おもしろ》い発想だ」

お父様が上機嫌《じょうきげん》で手元のグラスに口をつける。あれ？　お父様？

私の話を無視するなんて珍《めずら》しい。どうしたのかと思ったら、顔が少し赤くなっている。そういえば、お父様はお酒に強い方じゃないのに、今日の舞踏会でもたくさん飲んでいた。

あー、これは話を切り出すタイミングを完全に間違《まちが》えたわ。焦《あせ》っていても、こういう時に真面目な話はしない方がいい。明日《あした》になって、お父様が何も覚えてなかったら意味がないもの。

ここは仕切り直すしかないか。とはいえ、このまま退出するのも気まずいし……。

「ねぇ、お父様はそのレモンスカッシュが気に入ったの？」

話題に困った私が尋《たず》ねると、お父様はグラスを傾《かたむ》けながら上機嫌で「ああ」と答えた。

「このはじけるような食感と甘酸《あまず》っぱいレモンの組み合わせは最高だな。追加でレモンピールを入れているのか？　時折感じるほろ苦さも、いいアクセントになっている」

ん？　苦い？　私の知ってるレモンスカッシュと違って、リアムはお父様のために何か特別なレシピでも開発したのかしら？　それはそれで気になるな。あとで聞いてみよう。

私の見ている前でお父様は最後の一滴《てき》まで飲み干し、満足そうに笑いかけてきた。

「素敵な贈《おく》り物をありがとう、ヴィオレッタ。大変おいしかったよ」

「………？　贈り物って、なんのこと？　私はお父様に何も贈っていないわよ」

「そんなはずないだろう？　このレモンスカッシュはおまえから贈られてきたものだと侍従長が言っていたよ」

「それこそ何かの間違いよ。もしくは誰《だれ》か別の人が私の名前を騙《かた》って……って、ちょっと待って！　まさかとは思うけど、お父様、その飲み物は毒味を終えているのよね？」

嫌《いや》な予感に心の奥底がひんやり冷える。その瞬間《しゅんかん》のお父様の変化を私はきっと一生忘れない。顔がさっと青ざめたかと思うと、今度は赤くなって、ぜぇぜぇ苦しみだしたのだ。

「お父様、どうしたの!?　しっかり！　誰か来て！　陛下がお倒れになったわ！」

私の悲鳴を聞きつけ、部屋の外で待機していた侍従長や衛兵たちが中に押し寄せてくる。彼らは室内の様子を見ただけですぐに状況《じょうきょう》を理解したのか、一様に顔色を失った。

「おい！　おまえは宮廷《きゅうてい》医師を呼んでこい！　今すぐにだ！」

「承知いたしました！」

皆《みな》が急いで動き回る中、お父様はしきりと喉《のど》をかきむしっていたけれど、やがてその手から力が抜け、ずるりと力なく床《ゆか》に倒れてしまった。いけない！　気道の確保をしないと！

私はお父様を仰向《あおむ》けにさせ、その顎《あご》に手をかけた。吐瀉《としゃ》物で喉が塞《ふさ》がっているようには見え

なかったので、もう一方の手を額に当て、呼吸しやすいように頭を後ろにそらせる。

お願い、お父様！　意識を取り戻して！

「ヴィオレッタ様、陛下の御身《おんみ》に何が起きたのですか？」

祈《いの》る私の横に来た侍従長が厳しい表情で尋ねてきた。

「私にも詳細《しょうさい》はわかりません。陛下はグラスの中身を飲み干した途端《とたん》に苦しみだしたのです。毒が混入されていた可能性がありますので、どうかグラスを鑑定《かんてい》に回してください」

「かしこまりました。ですが、そのお飲み物はあなた様が陛下に献上《けんじょう》されたものでは？」

侍従長が疑惑《ぎわく》に満ちた目を私に向ける。……やられた。

この光景に似たシーンを私は見たことがあった。それは、ゲーム内で王位簒奪をもくろんだヴィオレッタが父王に毒入りのワインを飲ませるシーンだ。

まさかこんなに早くこのイベントが起きてしまうなんて、どうして？　これはもっとあとの話じゃなかった？　私がいろいろ動いたせいで、ゲームの展開が早まったとでもいうの？

侍従長の白い視線が渇《かわ》いた心に突《つ》き刺《さ》さる。悔《くや》しくても、私の無実を証明する証拠《しょうこ》がない今、何も言い返すことができない。この時の私は、倒《たお》れているお父様の横で泣かないように唇《くちびる》を噛《か》みしめているだけで精一杯《せいいっぱい》だった。

第六章　ゲームの先に待つものは

その夜、王宮は舞踏会の余韻《よいん》覚めやらぬまま、騒然《そうぜん》とした空気に包まれていた。

侍従長から緊急《きんきゅう》の呼び出しを受けたレナルドは王の居室に入るなり、目の前が暗くなるほどの衝撃《しょうげき》を覚えた。アナリーを含《ふく》む光の乙女《おとめ》候補たちが豪奢《ごうしゃ》なベッドの周りでひざまずき、一心に祈りを捧《ささ》げている。その祈りの対象は、彼女たちの前に横たわる王だった。今、その顔には生気がなく、蠟人形《ろうにんぎょう》のように白く固まっている。

「兄さん、あの……」

声をかけられ、振《ふ》り向くと、真っ青な顔をしたリアムが部屋の入口で立ち尽《つ》くしていた。

「陛下が毒殺されそうになったって聞いたんだけど、その……」

「めったなことを言うな、リアム。こっちへ来い」

レナルドはリアムの手を引き、部屋を出て廊下の端《はし》まで連れて行った。辺りに人目がないのを確認《かくにん》してから、小声でその耳元に話しかける。

「おまえもあの噂《うわさ》を聞いたのか？　ヴィオレッタが陛下に毒物を贈り、王位簒奪を図《はか》ったと」

リアムが血の気の失《う》せた顔で何度も機械的にうなずく。普段《ふだん》引き籠《こ》もりの弟まで知っているということは、きっともうこの噂は王宮中を駆《か》け巡《めぐ》っていることだろう。

「くそっ！　あいつは何を考えてるんだ⁉」

「待って、兄さん！　まさかヴィオレッタを疑ってるの？」

「……少しだけな」

レナルドは目を逸《そ》らしながら、ぼそっと答えた。純真な弟を前にしていると、なんだか自分の方が異様に疑《うたぐ》り深い人間に思えてきて嫌になる。しかし、それでも心の底から湧《わ》き上がってくる苛立《いらだ》ちを無視できずに、レナルドは胸の内を吐露《とろ》した。

「国王試験が始まってから、あいつは急に人が変わったようになっただろう？　最初は点数稼《かせ》ぎのために善人の振りを始めたんだと思っていた。でも、最近は今のあいつの方が素《す》なんじゃないかと感じることも多くて……それなのに、なぜだ？　あいつは何をしたいんだ？」

「兄さんはヴィオレッタのことを信じたいんだね」

「は？　俺がヴィオレッタを？」

思いがけぬ指摘《してき》に、レナルドは驚《おどろ》いて弟の顔を凝視《ぎょうし》した。リアムはその様子をなぜか少し寂《さび》しそうに見返して、話を続けた。

「兄さんはヴィオレッタのことを信じたいからこそ、裏切られたと思って余計に傷ついているんだよ。違う？」

「いや、俺はあいつがこの時のために改心した振りをして、俺たち兄弟や周りの連中を欺《あざむ》いていたのかと考えたら、悔しくて」

「でも、今は怒《いか》りよりショックの方が大きいんでしょう？　なら、その感情こそが兄さんの答えなんじゃないの？」

「…………」

この弟は人付き合いが苦手なくせに、時々人が思いもつかないほど鋭《するど》い指摘をする。

レナルドは何も言い返せず、無言で自らの胸に手を押し当てた。目を伏《ふ》せ、最初に思い出したのは、すみれ色の瞳《ひとみ》を好奇心《こうきしん》にキラキラ輝《かがや》かせているヴィオレッタの横顔だった。

以前は平民のことなんて税金を吐《は》き出す生き物くらいにしか思っていなかったはずなのに、国王試験が始まってから彼女は変わった。王都の働き口を増やすと言っては、瓶詰《びんづ》め工場を設立するために東奔西走《とうほんせいそう》し、疫病《えきびょう》の流行を未然に防ごうとしては、石鹸《せっけん》の大量生産に尽力《じんりょく》した。最初は彼女を監視《かんし》するつもりでいたのに、いつの間にかその隣《となり》にいて、一緒《いっしょ》に仕事をしていることに誇《ほこ》りを覚えている自分がいた。

王や人の上に立つ者の中には、自らの思い描《えが》く夢を人にも見せる力を持つ者がいるという。彼女こそ、まさにそれができる人間だった。

もう一度彼女の隣に立ちたい。彼女と一緒に夢を思い描き、この国を良くしていきたい。

もしそれが自分の本音だというのなら……ああ、自分はいつの間にか彼女という人間に心を奪《うば》われてしまっていたのかもしれない。

「僕はヴィオレッタの無実を信じるよ」

弟のいつになく力強い発言を耳にして、レナルドは我《われ》に返った。見ると、リアムが決意を秘《ひ》めた目で王の居室がある方を見つめている。

「ヴィオレッタが僕にくれた言葉は、すべて本心からのものだったと思うから……あんなに純《じゅん》粋《すい》でまっすぐな人が父王を手にかけようとするなんて思えない。何者かが彼女の名を騙って陛下に毒を贈《おく》ったというのなら、この手でその正体をつき止めるまでだ」

「リアム……おまえ、強くなったな」

ついこの間まで人の視線ばかり気にして引き籠もっていた弟の発言には思えない。彼もまたヴィオレッタと共に仕事をしたおかげで自信が芽生え、良い方に変われたのだろう。

「僕だって、兄さんに負けたくないからね。弱いままじゃいられないよ」

「言うようになったな、リアム。なら、俺ももっと高みを目指さなければな」

こんな時だというのに、レナルドは自然と笑《え》みがこぼれるのを感じた。弟の成長を喜ばしく思うと同時に、これからは自分もうかうかしていられないと本気で思う。たとえ大切な弟が相手であっても、彼女の隣は譲《ゆず》ってやれないから。

レナルドは決意し、心を切り替《か》えた。希望に満ちた将来のためにも、今やるべきことがある。王の命を救い、ヴィオレッタの無実を証明するのだ。彼女を反逆者にはさせない。

「僕はこれから王立学院に行ってみるよ。薬学者たちが陛下の飲まれた毒物を分析《ぶんせき》してるそうなんだ。化学の面から、僕にも役立てることがあるかもしれない」

リアムの提案に、レナルドも異論はなかった。あえて言えば、付け足すことが一つだけ。

「毒物の分析をするなら、アナリーも連れて行くといい。彼女はああ見えて一流の……」

「兄さん？」

「まずいな。後ろを見てみろ。あの方が呼ばれたということは、陛下は本当に危ないのか」

レナルドの乾《かわ》いたつぶやきに、振り向いたリアムも青ざめる。

品のいい中年女性が教会所属の騎士《きし》たちに守られながら、こちらに向かって廊下《ろうか》を歩いてくるのが見えた。彼女は、当代の王が選んだ光の乙女だった。

この国では、王の臨終の席に光の乙女を呼び、最期《さいご》の告解を行うしきたりがある。彼女の来訪は、つまりそれだけ事態が逼迫《ひっぱく》していることを意味している。

「兄さんは犯人の捜査《そうさ》を続けて。僕は毒の解明を急ぐから」

「わかった、そっちは任せたぞ。あとでアナリーにも応援《おうえん》を頼《たの》んでおく」

リアムがうなずき、廊下を歩き出す。レナルドも踵《きびす》を返し、王の居室に向かった。

ヴィオレッタを決して反逆者にしない。その一念がレナルドたち兄弟を動かしていた。

王宮の奥深くにある小部屋で、私は一人静かに椅子《いす》に腰掛《こしか》けていた。

私はお父様のそばについていたかったんだけど、侍従長《じじゅうちょう》から「ヴィオレッタ様もお疲《つか》れでしょうから、飲み物の鑑定《かんてい》結果が出るまで別室でお休みください」と言われ、ここへ連れてこられたんだ。要は、無実が証明されるまで怪《あや》しい輩《やから》は幽閉《ゆうへい》しておこうという考えらしい。

侍従長の判断は正しいよ。しかし、それは私がゲーム通りの悪役王女だった場合の話だ。

今の私は、お父様に助かってもらいたいと心の底から願っている。前世で家族や友達に急な別れを告げた時のように、大切な人たちと突然《とつぜん》離《はな》ればなれになるのはもう嫌《いや》なのよ。

それなのに、実際には閉じ込められた部屋の中で、ゲームの展開に近づいて行く現実を見守るしかない、この恐怖《きょうふ》をどう表現したらいいだろう？

私がシナリオにない行動を繰《く》り返したせいで、ゲームの揺《ゆ》り戻《もど》しが起きているの？　いや、きっと違《ちが》う。私の名前でお父様に毒入りのレモンスカッシュを贈るなんて、誰《だれ》かが私を陥《おとしい》れようとしているとしか思えないでしょう？　いったい誰が、なんの目的で？

最初に頭に浮《う》かんだのは、レナルドを王位に就《つ》けたがっている貴族たちの顔だった。レナルドが国王試験を有利に進められるよう、私の失脚《しっきゃく》を狙《ねら》ったと考えれば辻褄《つじつま》が合う。しかし、単なる宮廷《きゅうてい》の陰謀《いんぼう》劇にしては違和感《いわかん》が残った。

この流れはゲームの展開に酷似《こくじ》しすぎているんだ。まるで誰かゲームの内容を知っている人が、私がゲームと同じ行動を取るように誘導《ゆうどう》しているようで……まさかね。

もしそうだとしたら、私の他《ほか》にも転生者がいることになってしまう。それも私の行動を監視できるくらい、ごく身近に。そんな人に心当たりはない。だから、違うと思うのに……。

私は一度芽生えた疑惑《ぎわく》の芽を摘《つ》み取ることができずに、恐《こわ》くなって自分の両肩《りょうかた》を両手で抱《だ》きしめた。その時だった。にわかに扉《とびら》の外が騒《さわ》がしくなった。

「待て！　何をする気だ⁉」

扉越《ご》しに鋭い絶叫《ぜっきょう》が聞こえる。続いて、何か重たいものがドサッと倒《たお》れる音がした。

今のは何⁉　私は立ち上がり、扉に駆け寄った。外で何が起きているのかわからない不安に、心臓の鼓動《こどう》が速まる。その前で、扉がノックもなく開けられた。……え、嘘《うそ》！

私は言葉を失った。なんとそこに現れたのは、私のよく見知った顔だったのだ。

「助けに来ました、ヴィオレッタ様！　俺と一緒に逃《に》げましょう！」

ちょっと待って！　なんでラルスがここにいるの？　私を助けに来たって、どういうこと？

「ヴィオレッタ様、急いでください！　見張りが気づいてしまいます！」

動けずにいる私の手をラルスが強引《ごういん》につかもうとする。私はハッと我に返って身を引いた。危ない。ドラマチックな展開のせいで、一瞬《いっしゅん》流されそうになったわ。こういう非常時こそ、冷静にならなければならないのに。

「ヴィオレッタ様、どうなさったのです？　逃げるタイミングは今しかないんですよ？」

ラルスが後ろを気にしながら、焦《あせ》った様子で手を差し伸《の》べてくる。私は自分自身を落ち着けるために大きく息を吸い、ラルスに向き合った。

「ラルス、落ち着いて。あなたはなぜ私を助けに来てくれたの？」

「なぜって……俺が助けに来てはいけなかったんですか？」

「あ、ううん、別にそういうわけじゃないんだけどね。私には逃げる理由がないから」

「…………」

絶句するラルスを前にして、私は心中で「ごめんね」としか言いようがなかった。せっかく助けに来たのに、その相手に拒絶《きょぜつ》されたら悲しいし、困るよね。でも、この場合は仕方ない。

「あなたがどんな噂《うわさ》を聞いたか知らないけど、私は無実よ。お父様が飲んだ毒入りのレモンスカッシュは、何者かが私の名を騙《かた》ってお父様に贈ったものだったの」

「ええ、俺もあなたが陛下を毒殺するなんて思っていませんよ。ですが」

「私を信じてくれるなら、ここはどうか退《ひ》いて。今逃げたら、かえって怪しまれるだけよ」

ラルスが反応に困った顔をする。私は自分にも言い聞かせるように根気強く説明を続けた。

「鑑定結果が出るまで、あと少しの辛抱《しんぼう》よ。毒物の特定が終われば、きっとレナルドたちが真犯人を捕《つか》まえるための捜査を開始してくれるわ。それまで下手《へた》に動かない方がいいと思うの」

こんな時に他人《ひと》任《まか》せで悪いけど、捜査さえ始まれば、私の無実を証明する手がかりが何か見つかるはずだと考えていたんだ。だけど、ラルスの意見は違ったらしい。彼は額に手を押し当てながら、はぁーと深いため息をこぼしてかぶりを振《ふ》った。

「甘いですね、ヴィオレッタ様。あなたは貴族のやり口を理解していらっしゃらない。あなたを陥れようとしている連中は、今この瞬間にもあなたに有利となる証拠《しょうこ》を消しにかかっているはずです。そんな状態で公平な捜査ができるとお思いですか？」

うっ……。ラルスの言うことにも一理ある。でも、やっぱり逃げるのはダメだ。そんなことをしたら、それこそ私を陥れようとしている人たちの思うつぼだもの。

「いいですか、ヴィオレッタ様？　国王を手にかけた者は、たとえ王族であっても処刑《しょけい》されるのが常です。あなたはここで殺されるかもしれない未来をじっと待つのですか？」

ラルスの指摘《してき》がずしんと胸に重い。せっかくここまで頑張《がんば》ってきたのに、誰かの策略にはまって殺される未来なんて絶対に嫌よ。

「でもラルス、ここで逃げて、そのあとはどうするつもりなの？　私の無実が証明されるまで逃げ続ける気？　無実を示す証拠が見つかる保証もないのに、そんなことできないわ」

「それならいっそのこと、本当に王位を狙われてはいかがですか？」

「えっ……」

私は一瞬、ラルスの言っている意味がわからず、頭が真っ白になった。

王位を狙うって、私が？　ゲームのヴィオレッタ王女のように？

「いいですか、ヴィオレッタ様？　このまま陛下が助からなければ、国王試験は形をなさなくなり、王位継承《けいしょう》者を擁《よう》する貴族たちの間で血みどろの後継者争いが生じるでしょう。そうなる前に、あなたが先手を打って王位を奪《うば》うのです。そうすれば、将来的に流される血の量も少なくて済むと思いませんか？　あなたならきっと被害を最小限に食い止められます」

ラルスの提案は悪魔《あくま》の誘惑《ゆうわく》だった。もしも私がゲームの展開を知らなければ、その誘《さそ》いに乗っていたかもしれない。でも、私は知っているんだ。そうやって王位簒奪《さんだつ》をした末に行き着く先には悲惨《ひさん》な死しかないと。

「ラルス、ありがとう。私の才能を買ってもらえて嬉《うれ》しいわ。だけど、やっぱり私はあなたと一緒《いっしょ》に行けない。この先何があるにしても、私が王位簒奪者になるわけにはいかないから」

ラルスには悪くても、ここまで言えばさすがにあきらめてもらえると思った。それなのに、彼は身を引くどころか、今度は強引に私の手を引っ張ろうとしてきた。

「ラルス、やめて！　私は行かないって言ってるでしょ！」

「いいえ、ダメです。ヴィオレッタ様、あなたには俺と一緒《いっしょ》に来てもらいます」

「なんで!?　あなたはどうしてそこまでして私を連れ去りたいの!?　これじゃあ、まるでゲームの展開に引き戻す力と同じ――」

言葉の途中《とちゅう》でハッとしてラルスを見る。私は全身に悪寒《おかん》が走るのを覚えた。

ラルスが笑っていたんだ。それも、ものすごく楽しそうな顔で。

「ラルス、あなたは何者なの？」

ラルスは答えない。しかしこの時、私は一つの答えに行き着いていた。

この現実がゲームと同じ展開になるように、私や周囲の人たちを誘導してる人間がいるのではないかと疑っていた。それができるのは、私の身近にいてゲームを知ってる人で……。

「まさかあなたも転生者なの？」

答えの代わりに、ラルスが無言で近づいてくる。とっさに逃げようとした、その時にはもう私の鳩尾《みぞおち》に彼の拳《こぶし》がめり込んでいた。

「行きますよ、ヴィオレッタ様。やはりあなたには革命で華々《はなばな》しく散るラストがふさわしい」

耳元で甘くささやく声が聞こえる。それを最後に、私の意識は闇《やみ》に落ちていった。


息を吸うだけでヒリヒリするような緊張感《きんちょうかん》が王宮全体を覆《おお》っている。

廊下《ろうか》でリアムと別れたレナルドは、一人で王の居室に戻った。王はアナリーたち乙女《おとめ》候補に囲まれながら、昏々《こんこん》と眠《ねむ》り続けている。その呼吸は浅く、今にも途切れそうなほど危《あや》うい。

（陛下、どうかヴィオレッタのためにも、こんなところで命を落とさないでください）

今後、王に毒を盛った真犯人が判明したとしても、王の身に何かあってからでは遅《おそ》いのだ。

そんなことになったら、ヴィオレッタは父を助けられなかった自分自身を責め続けるだろう。

さらに、貴族たちの間ではヴィオレッタを疑ったことに対する後ろめたさが、そして彼女の方では、疑われたことに対する遺恨《いこん》が生じる。そんなわだかまりがあっては、まともに政《まつりごと》を執《と》れなくなってしまう。せっかくこれから国を変えていこうという時に、それでは困るのだ。

(なんとしてでも、早い段階で真犯人を捕まえなくては)

レナルドは決意も新たに王の居室を見回した。侍従《じじゅう》と医者たちを除き、この場にいるのはすべて教会の関係者だった。アナリーを含《ふく》む光の乙女候補たちが全部で二十一名。そして、彼女たちを守る護衛の騎士《きし》が二十……一人足りない？

レナルドはもう一度目をこらし数えてみたが、やはり二十人しかいない。しかも、その欠けている一人には心当たりがあった。ラルスの姿が見当たらないのだ。

(アナリーのエスコートを俺に代わったあと、あいつは衛兵の詰《つ》め所で主人を待つと言っていたが、まさか帰ったのか？　いや、それならそれで緊急の呼び出しがかかったはずだ)

なぜ彼はこの場にいないのだろう？　アナリーなら何か知っているだろうか？

祈《いの》りの邪魔《じゃま》をするのは気が引けるが、レナルドは嫌《いや》な予感がして、アナリーに声をかけようとした。その時、にわかに入口の方が騒がしくなった。当代の光の乙女が入室したらしい。

皆《みな》の注意が王から乙女へ移る。その一瞬の出来事だった。レナルドは背筋が凍《こお》りつくのを感じた。アナリーの向かいにいた赤髪《あかがみ》の乙女が、自らの手を王の首元に押しつけようとしたのだ。その手にはめられた指輪には、ぬらりと光る針が生えている。

(こいつ、まさか……！)

考えるより先に身体《からだ》が動いていた。乙女の手を後ろからひねり上げ、叫《さけ》ぶ。

「おまえは今、何をしようとしていたんだ⁉」

「レナルド様、その指輪を取り上げてください！　毒が塗《ぬ》られているかもしれません！」

アナリーの指摘に乙女がギョッと目を見開き、逃《に》げようとする。その態度こそが、アナリーの推測が正しいことを証明していた。

（なぜこんな物騒《ぶっそう》なものを！　身辺検査をしていても、指輪だから見落とされたのか⁉）

捕《と》らえた乙女が必死でもがいても、力で負ける気はしない。レナルドは彼女の手から指輪を抜《ぬ》き取ると、駆《か》けつけてきた衛兵にその身を預けた。指輪の方はアナリーに渡《わた》す。

「どうだ、アナリー？　何かわかるか？」

「ごめんなさい。見ただけでは毒の種類まで特定できません。ですが、針の部分の変色具合からして、なんらかの薬品が塗られていることは間違《まちが》いありません」

この指輪は暗殺用に使われているものなのかもしれない。よく見ると、ダイヤの部分がフタになっており、その下から変色した毒針が顔を出していた。

（なるほどな。陛下を毒殺しようとした奴《やつ》は飲み物で殺し損《そこ》ねた場合に備え、乙女候補の中に刺《し》客《かく》を紛《まぎ》れ込ませていたというわけか）

しかし、なぜこの乙女はそんな馬鹿《ばか》げた依頼《いらい》を受けたのだろう。光の乙女に選ばれなかったとしても、その候補に名を連ねた時点で将来は安泰《あんたい》だと言える。一方、王族を手にかけた場合は死罪になるというのに。王に対し、何かよほど強い恨《うら》みを抱《いだ》いていたか、もしくは……。

「おまえは、誰《だれ》か逆らうことのできない相手から陛下を弑《しい》するように命じられたのか？」

レナルドに詰問《きつもん》され、耐《た》えきれなくなった乙女が視線を下向ける。その目の縁《ふち》いっぱいに溜《た》まった涙《なみだ》がはらりと頬《ほお》を伝い落ちた。その時だった。再び廊下の方が騒《さわ》がしくなった。何事かと思ったら、息せき切った様子の衛兵が部屋に飛び込んできて叫んだ。

「大変です、レナルド様！　ヴィオレッタ様が……！」

室内の異様な空気を察したのか、衛兵が途中で言葉を呑《の》み込む。

「ヴィオレッタがどうしたんだ？　構わない、続けてくれ」

「あ、はい。その……ヴィオレッタ様が王宮から姿を消しました」

「…………！」

そのたった一言の報告で、室内が痛いほどの沈黙《ちんもく》に覆われた。レナルドもアナリーも他《ほか》の皆も、唖然《あぜん》として何も言うことができない。

（ヴィオレッタが消えただと？　なぜだ？　今王宮から逃げていいことなど一つもないのに。いや、待て。そもそも彼女は自分の意思で消えたのか？　誰かにさらわれた可能性は？）

「最後にヴィオレッタを目撃《もくげき》したのはいつだ？　その時、彼女は一人だったか？」

レナルドに問い詰められ、緊張した衛兵がゴクリとツバを呑み込む。

「はっきりしたことは言えませんが、私が応援《おうえん》に駆けつけた時、ヴィオレッタ様の部屋の前にいた衛兵たちは倒《たお》されていて……彼らは若い騎士の男にやられたと話していました」

「その騎士の特徴《とくちょう》は？　誰かわかるか？」

「見間違いかもしれませんが、その……男は教会所属の騎士ラルスに似ていたそうです」

「なんだと⁉　ヴィオレッタ様がラルスに逃亡《とうぼう》の手引きをさせたのか⁉」

そう叫んだのはレナルドではない。今まで沈黙を貫《つらぬ》いてきた侍従長だった。彼はここまで来て我慢《がまん》の限界に達したのか、両手で頭をかきむしり、忌々《いまいま》しげに吐《は》き捨てた。

「ラルスといえば、女癖《おんなぐせ》が悪いことで有名な騎士だろう？　それがまさか王女相手に本気に」

「嘘《うそ》よ！　ラルス様は私のことが……！」

突然《とつぜん》上がった女の悲鳴が途中で消える。声のした方を向くと、衛兵に拘束《こうそく》された乙女が血の気の失《う》せた顔で口元を引き結んでいた。彼女は自分の発言を後悔《こうかい》しているようだったが、その内容はこの場にいた全員の耳に届いていた。もちろん、レナルドも例外ではない。

「今言った告白の続きを教えてくれないか？　君はラルスがヴィオレッタと逃げたことにショックを受けているようだが、彼との関係は？」

乙女は口を固く閉《と》ざしたまま、何も答えない。その目はアナリーに渡した毒針付きの指輪を悲しげに見つめている。まさかというか、やはりというか……。

「君はラルスの恋《こい》……」

「片思いです、レナルド様。彼女はラルスのことが本気で好きだったんです」

レナルドの発言を遮《さえぎ》ったのはアナリーだった。護衛の騎士と同僚《どうりょう》の突然の裏切りにショックを隠《かく》しきれないのか、その顔はつらそうに歪《ゆが》んでいるが、それでも彼女は毅然《きぜん》と続けた。

「この指輪を見た時から、まさかと思っていましたが……私はこの指輪に見覚えがあります。これは、ラルスが母の形見だと言って持ち歩いていたものです」

身震《みぶる》いするほどの動揺《どうよう》が室内に走る。レナルドは乙女の様子を素早《すばや》く観察した。彼女はもうすべてが嫌になったのか、その顔には暗い絶望の影《かげ》が落ちている。

ラルスがどんな甘い言葉をささやいたか知らないが、彼女は恋しい男のためにすべてを捧《ささ》げたのだろう。しかし、その恋は所詮《しょせん》まやかしで、彼女は見捨てられてしまった。

（恋とは恐《おそ》ろしいものだな。普通《ふつう》の娘《むすめ》にこのような大逆を働かせてしまうなんて。それにしてもラルスが黒幕だとしたら、彼はなぜ国王の暗殺を企《くわだ》てたんだ？）

レナルドには、ラルスがそのようなことをする人間に思えなかった。確かに女性にはモテていたようだが、噂《うわさ》ほど女遊びが盛《さか》んだったようにも感じられない。どちらかと言えば、彼は真《ま》面目《じめ》で秩序《ちつじょ》にこだわる性格に思えたのに……。

（いや、真面目な奴ほど思い詰めたら何をしでかすかわからないものだ。きっと何かよほどの事情があったのだろう。だが、今はそのことを考えている場合じゃない）

「王都から地方へ出る道をすべて封鎖《ふうさ》しろ。俺も街へ出て捜索《そうさく》に当たる。ヴィオレッタがラルスに誘拐《ゆうかい》された可能性も視野に入れて行動するんだ」

レナルドの指示で、止まっていた時間が一斉《いっせい》に動き出す。室内に詰めていた衛兵や侍従たちがせわしなく行き来する中、アナリーが思い詰めた表情で話しかけてきた。

「レナルド様、お願いです。事情が何もわからない今、ラルスを庇《かば》うわけにはいきませんが、どうかラルスとお姉様を……私の大切な人たちをよろしくお願いいたします」

「ああ、任せておけ。君は陛下を頼《たの》む」

「……よろしいのですか？　ラルスの主人である私が陛下のおそばにいても」

アナリーの疑問はもっともに思えた。他の乙女《おとめ》候補たちも不信感に満ちた目を彼女に向けている。しかし、レナルドは甘いと言われても、彼女を疑う気になれなかった。

「君はヴィオレッタのことを心底慕《した》っているからな。そんな人間が彼女を追い詰めるような行《こう》為《い》に加担するとは思えない。ラルスの主人としての君に責任があるとしたら、それは改めて追《つい》及《きゅう》する。だから、今は陛下のために尽力《じんりょく》せよ」

「……承《うけたまわ》りました。このアナリー、身命を賭《と》してもお姉様のお役に立ってみせます」

アナリーが王の枕元《まくらもと》へ戻《もど》る。彼女は固く目を閉じ、王のために深い祈りを捧げ始めた。

（彼女にはリアムの応援に行ってもらいたかったが、仕方ない。光の力が伝説だとしても、何もできずに悶々《もんもん》としているよりはマシだろう。俺も自分にできることをやらなければな）

レナルドはそれからさらにいくつかの指示を飛ばし、部屋を出て行こうとした。その時だった。最後にアナリーの方を向いた彼は驚《おどろ》きに目を瞠《みは》った。

アナリーが王の枕辺に手をかざしている。その指先から温かな光が生み出されていた。それはまるで伝説にある光の力のようで……。

愕然《がくぜん》としているレナルドの前で、アナリーの手から放たれる光が強さを増していく。

この日、王の居室に集《つど》った者たちは、建国の時以来の奇跡《きせき》を目撃することになった。

磯《いそ》の香《かお》りが鼻をくすぐる。なんだかお腹《なか》の辺りが微妙《びみょう》に痛いけど、どうしたんだろう？　私、寝《ね》る前に何か変なものを食べたっけ？　いや、違う。腹痛じゃない。これは……。

パチッと目を開ける。薄闇《うすやみ》の中、私の視界に映ったのは知らない天井《てんじょう》だった。

「ヴィオレッタ様、こんばんは。お加減はいかがですか？」

痛むお腹を押さえながら声のした方を向くと、少し離《はな》れた場所にラルスが座っていた。見知った顔に一瞬《いっしゅん》ホッとしかけ、私は慌《あわ》てて表情を引き締《し》めた。

思い出した。ラルスこそ、私の鳩尾《みぞおち》を殴《なぐ》り飛ばした犯人じゃないの。

王宮で気絶させられた私は、どうやら海辺近くの倉庫に連れて来られたらしい。老朽化《ろうきゅうか》で使われなくなった場所なのか、古びた広い空間には磯の香りと波音だけが満ちている。

「そんなに警戒《けいかい》なさらなくて結構ですよ。俺はあなたの味方ですから」

身構える私を前にして、ラルスが顔に余裕《よゆう》の笑《え》みさえ浮《う》かべながら言ってくる。だけど、私としては当然納得《なっとく》できるわけがない。

「残念ながら、私とあなたでは味方の定義が異なるようね。少なくとも、私は嫌《いや》がる人間を力ずくで誘拐するような人を味方とは呼ばないわ」

「ご理解いただけないとは悲しいですね。王宮では衛兵の邪魔《じゃま》が入るため、場所を改めさせていただいただけです。あなたとは一度ゆっくり二人でお話しさせていただきたかったので」

「そう。なら、私も改めて聞きたいことがあるわ。ラルス、あなたの目的は何？　あなたはいつから私が転生者だと気づいていたの？」

　まさかここまでストレートに疑問をぶつけられるとは思っていなかったのだろう。ラルスの鳶色《とびいろ》の目が驚いたように私を見つめる。その口元がフッと笑みの形を作った。

「こう言っては失礼ですが、俺はあなたのことをバグではないかと疑っていたんですよね」

　え、待って。バグって普通、人間相手に使う単語じゃないよね？

「あなたはヴィオレッタ王女のくせに治療《ちりょう》院に出入りするし、ダミアンと一緒《いっしょ》に瓶詰《びんづ》め工場を設立してしまうし……さすがに看過できないと思い始めた頃《ころ》に気づいたんです。あなたがこの世界の人間であれば知り得ない、シナリオの進行を気にしていることに」

　あの時か！　リーズの住んでいる地区を視察に行った際、「シナリオと同じ」と口走った私を見て、ラルスが不可解そうな顔をしていたんだよね。てっきり知らない単語を聞いたせいで、そういう反応をしたんだと思っていたけど、あの時点で私が転生者だと確信したのか。

「思い出していただけたようで光栄です。ヴィオレッタ様も転生者だと知って、俺は嬉《うれ》しくなりましたよ。しかし、同時に不安にもなりました。この世界の元になっている『グランドール恋革命』の世界観をあなたがどこまで理解なさっているか、わからなかったので」

「どういうこと？　そのゲームなら私もプレイしたわよ。だからこそ、ヴィオレッタ王女に転生した私には殺される未来しかないと焦《あせ》って、破滅回避《はめつかいひ》の努力を……あの、ラルス？」

私は言葉の途中《とちゅう》で口をつぐんだ。ラルスが先ほどまでの穏《おだ》やかな雰囲気《ふんいき》から一転し、ものすごい顔で私をにらんでいたんだ。

「てっきり俺は、あなたがゲームを深くご存知ないせいで、バグのような動きをなさるのだと思っていました。だからこそ、何があってもゲームと同じ展開に戻るよう、陰《かげ》ながらお手伝いをしてきましたのに……なぜあなたはゲームと異なる行動を取られるのです？」

「え？　なぜって、ゲームと同じように行動したら、私は殺されちゃうのよ？　そんな未来、認められるわけないじゃない」

「やはりあなたは何もわかっていらっしゃらない。俺もあなたも、この世界ではゲームのキャラとして生きなくてはならないのに」

ラルスが責めるような目を向ける。私は頭がおかしくなりそうだった。

こうも堂々とゲームのキャラ通りに生きることを求められると、一瞬自分の方が間違《まちが》っているのではないかと不安になってしまう。でも、そんなことないよね？

　私はたまたまゲームの世界に転生しちゃっただけで、ゲーム通りに生きなければならない義務も責任もないもの。やっぱりおかしいのはラルスの方だわ。

「ねぇラルス、あなたはなぜそこまでゲーム通りの展開にこだわるの？」

「そのご様子からして、ヴィオレッタ様は前世では一介《いっかい》のプレイヤーだったようですね。俺は違います。俺は前世で制作者サイドの人間だったんです」

は？　そんな偶然《ぐうぜん》ってある？　自分の作ったゲームの世界に生まれ変わっちゃうなんて！

　絶句する私の前で、ラルスが遠い昔を懐《なつ》かしむように目を細める。

「俺が前世の記憶《きおく》を思い出したのは、教会でアナリー様の騎士《きし》に任じられた時のことでした。感動しましたよ。自分の作った世界が目の前に広がっていて、愛情を注いだキャラたちが俺の考えた通りのストーリーを演じているのですから」

　そりゃまぁ、制作者としては感動するでしょうよ。でも、巻き込まれる方はたまったものじゃない。しらけている私に、ラルスが恍惚《こうこつ》とした表情を向けてきた。

「ヴィオレッタ様、俺は見たいんです。ゲームの本編――それも、できればレナルドのルートをクリアしたあとの世界を。そのためにも、どうかご協力いただけませんか？」

　そう語るラルスの瞳《ひとみ》は未来への希望に満ちている。しかし、その希望が歪《ゆが》んでいることを知った今、私は恐怖《きょうふ》しか感じなかった。これは相当ヤバいと本能が告げている。

きっとこのまま話し合ったところで、お互《たが》いの認識《にんしき》や希望が重なる日は来ないだろう。今のラルスのように自分が絶対正しいと信じている人間が相手では、何か言ったところで都合よく解釈《かいしゃく》されるか、スルーされるだけだ。なら、私に残された道は一つしかない。

「ヴィオレッタ様のお返事はいかがですか？」

熱を帯びた目でじっと見つめられ、私はゴクリとツバを呑《の》み込んだ。緊張《きんちょう》でひりついた喉《のど》を湿《しめ》らせ、慎重《しんちょう》に選んだ言葉を口にする。

「悪いけど、少し考えさせてもらえないかしら？　ちょっとまだ理解が追いつかなくて」

「しょうがないですね。夜が明けるまででよろしければ、お待ちしましょう」

「ありがとう、助かるわ」

私の動向を警戒しているのか、ラルスが立ち上がり、近づいてくる。よし、今だ！

私は床《ゆか》に座ろうとして、その途中で叫《さけ》んだ。

「キャッ！　ネズミ！」

ラルスが視線を床に向ける。その時すでに私は動いていた。スカートのポケットに手を突《つ》っ込み、取り出したスプレーをラルスめがけて噴射《ふんしゃ》する。

「ぐっ……！」

ラルスが顔を両手で覆《おお》い、苦悶《くもん》のうめきを上げる。どんな時でも持ち歩いていてよかった、護身用の唐辛子《とうがらし》スプレー！　こんなものを至近距離《きょり》で食《く》らってはたまらないだろう。

私はラルスの横をすり抜《ぬ》け、倉庫の外に飛び出した。磯の香りをかいだ時から、もしかしてと思っていたけど、やっぱりここは港近くの倉庫街らしい。船の積み荷を保管するための倉庫がいくつも並んでいる。大丈夫《だいじょうぶ》、逃《に》げ切れるわ！　ここなら、地の利は私にあるもの！

ともすれば不安に襲《おそ》われる自分を鼓《こ》舞《ぶ》しながら、私は深夜の海辺を全速力で走り出した。

◆◆◆

真夜中の王都を馬で駆《か》ける。レナルドの胸中では今、不安と焦燥《しょうそう》がせめぎ合っていた。

（ヴィオレッタ、あんたは今どこにいるんだ？）

普段《ふだん》のラルスであれば、彼女に危害を加えることはないだろう。しかし、今は彼がなぜ彼女を連れ去ったのかもわからない。

人質《ひとじち》か？　それとも彼女に国王暗殺未遂《みすい》の濡《ぬ》れ衣《ぎぬ》を着せたまま、その命を……。

（どうか無事でいてくれ、ヴィオレッタ！　俺はあんたを失いたくないんだ！）

レナルドは思いの丈《たけ》をぶつけるように全速力で馬を走らせ、港の先で馬を下りた。大きな石造りの建物の前に立ち、いかつい獅子《しし》の顔をしたドアノッカーをガンガンと扉《とびら》に打ちつける。

「誰《だれ》だよ!?　今何時だと思って……レナードの旦那《だんな》？　こんな夜更《よふ》けにどうしたんです？」

不機嫌《ふきげん》そうに目をこすりながら出てきた男が、レナルドを見て背筋を正す。彼の名は、確かエリクといった。ダミアンの部下の一人だ。

「夜中に起こしてすまない。悪いが、ダミアンを呼んできてもらえないか？」

「は、はい！　わかりました！」

　エリクが慌《あわ》てて踵《きびす》を返す。レナルドは不安でざらつく心をなだめるように、息を吸った。

　火事の一件以来、ダミアンはヴィオレッタと距離を置いている。彼女が王女である現実を受け入れられずにいるようだが、今は下町に詳《くわ》しい彼の力をどうしても借りたい。

「おいおい、レナード。こんな夜更けに急に来て、どうしたんだよ？　いくら美形でも、男の夜這《よば》いは嬉しくないぜ」

　ほどなくして現れたダミアンが、ボサボサの髪《かみ》をかきながら文句をこぼす。レナルドは軽口の応酬《おうしゅう》に乗る時間ももどかしく、単刀直入に切り出した。

「ダミアン、あんたの助けを借りたい。ヴィオレッタがラルスに誘拐《ゆうかい》されたかもしれないんだ」

「は？　ラルスがお嬢《じょう》ちゃんを？　どうしてまた？」

「今は詳しく話してる時間がない。無理を承知で頼《たの》む。ヴィオレッタの捜索《そうさく》を手伝ってくれ」

　すがる思いで頭を下げる。緊張して返事を待つレナルドの肩《かた》に、やがてポンと手が置かれた。面を上げると、ダミアンがその顔にいつもの彼らしい不敵な笑みを浮《う》かべていた。

「安心しな。おまえのその選択《せんたく》、後悔《こうかい》させないぜ。しっかし、俺が手下全員の説得を終える前に、こんなことになるなんてなー」

　ダミアンがポリポリと頬《ほお》をかきながらこぼす。次の瞬間《しゅんかん》、彼の大声が建物中に響《ひび》き渡《わた》った。

「野郎《やろう》ども、お嬢ちゃんに借りを返すチャンスが巡《めぐ》ってきたぞ！　お嬢ちゃんを助けたい奴《やつ》は、今すぐ起きて集会室に集まれ！」

「ダミアン？　あんたはヴィオラの正体を知って、彼女を見限ったんじゃなかったのか？」

「なんでだよ？　今の俺は噂《うわさ》に聞く王女様より、自分の目で見たお嬢ちゃんの方を信じてるよ。ただ、手下の中にはヴィオレッタ王女の名を聞いただけでブチ切れる奴も多いからさ。奴らを説得して組織をまとめるのに時間が必要だったんだよ」

「あんた、どうしてそのことをヴィオレッタに教えてやらなかったんだ？」

　ダミアンから距離を置かれて、彼女がどれほど落ち込んでいたか。正体がバレたのであれば、それも仕方のないことだと思っていたが、真相は違ったらしい。

「お嬢ちゃんに知られたらかっこ悪いだろ？　手下もろくにまとめられない元締《もとじ》めなんてさ」

「……この見栄《みえ》っ張りが」

「あん？　それはおまえの方だろう？　いや、逆か？　お嬢ちゃんのことになったら、いつもの冷静さもかなぐり捨てちまってよ。なんでそこまで肩入れする？　相手は王女様でも、やっぱりあきらめきれないからか？」

「そうだな。あいつが消えたら、俺もこの国も困る。俺にとって、あいつは……」

　ダミアンが顔に嫌《いや》なニヤニヤ笑いを浮かべながら、続きを待っている。レナルドはゴホンと咳払《せきばら》いをして、頭に思い浮かべた単語とは別の言葉を口にした。

「俺にとって、あいつはたった一人の従妹《いとこ》だからな。大切にしないと」

肩透《かたす》かしを食らったダミアンが残念そうに肩を落とす。しかしそれは一瞬のことで、彼はすぐその顔に驚愕《きょうがく》の色を浮かべ、大声で叫んでいた。

「今おまえ、いとこって言ったか？　あのお嬢ちゃんの」

「ああ。詳しいことはあとで話す。それより、今はヴィオレッタの救出が先だ」

レナルドはそう言うと、奥の集会室に向かった。ダミアンが「へーい」と不満そうに返事をしながらついてくる。

集会室には、すでに二十人ほどの男たちが集まっていた。彼らを前にして、ダミアンは一瞬で元締めの顔に戻《もど》って声を張り上げた。

「いいか、おまえら！　俺たちはこれから、ラルスに誘拐されたお嬢ちゃんを探しに行く！　詳しい話はレナードに聞いてくれ！　あとは頼む」

レナルドは「ああ」と答え、王宮から持ってきた地図をテーブルの上に広げた。

「皆《みな》の協力に感謝する。俺が誘拐犯だったら、今夜は王都の外に出ないだろう。明日《あした》の夕方頃《ごろ》、人の往来が増えて検問が手薄《てうす》になるタイミングを見計らい、脱出《だっしゅつ》することを考える。よって、今夜は王都の中で、犯人がヴィオレッタを連れて潜伏《せんぷく》できそうな場所を見回ってほしい」

「なるほどな。で、この地図に描《えが》かれている赤い線はなんだ？」

ダミアンがひょいと地図を覗《のぞ》き込んで指をさす。ちょうど港周辺を囲っているその線は、レナルドが今までの知識に基《もと》づいて目星をつけた箇所《かしょ》だった。

「この辺りには、船の積み荷を保管している倉庫がたくさん建っているだろう？」

「ああ。あの辺は船の発着がある時以外、あまり人も通らずに静かだからな。たとえ女の悲鳴が聞こえても……っと、悪かったよ、レナード。仮定の話だから、怒《おこ》らないでくれ」

レナルドににらまれ、ダミアンが情けなく眉尻《まゆじり》を下げる。彼は頭をわしゃわしゃとかき、改めて元締めの顔で部下たちに向き直った。

「これからおまえらを二人組にして、港周辺を中心とした各地区に割り振《ふ》る。向かった先で何か見つけたら、いつものように発炎筒《はつえんとう》で合図を出せ。いいな？　くれぐれも無茶《むちゃ》はするなよ」

部下たちはこの手の作業に慣れているのか、すぐに二人組を作り、夜の街へ散って行った。

「悪いがダミアン、あんたにはここで連絡《れんらく》係を担当してもらえないか？　俺も出る」

「どうせ止めても聞かないんだろう？　しょうがねぇな。何かあったら合図しろよ」

「わかった。気をつける」

レナルドはダミアンから受け取った発炎筒を懐《ふところ》にしまい、外に出た。

晩秋の空気は夜更けになると澄《す》み切っていて、かなり寒い。レナルドは上着の前をかき合わせ、馬をつないでいた場所に向かった。その時だった。

（誰かいるのか？　まさかラルスの仲間か？）

まとわりつく視線を感じ、レナルドは剣《けん》に手をかけた。相手の位置を探《さぐ》って気配を辿《たど》る。いた。向かいに立つ建物の陰《かげ》から、一人の男がパチパチと手をたたきながら現れた。

「素晴《すば》らしい警戒心《けいかいしん》ですね、レナルド様」

「スヴェン先生？　なぜあなたがここに？」

月明かりの下に浮かび上がった笑《え》みを、レナルドは不信感も露《あら》わににらんだ。だが、それでもスヴェンは眉一つ動かさない。

「本当は最後まで出しゃばるつもりもなかったのですが、今は緊急《きんきゅう》事態です。私もヴィオレッタ様の捜索を手伝いましょう」

今は一刻も早くヴィオレッタを見つけるために、猫《ねこ》の手も借りたい心境だ。とはいえ、自分たちの家庭教師であるにしても、このうさんくさい笑顔を信用していいものだろうか？

（まぁ、いい。スヴェンが怪《あや》しい動きをしたとしても、俺がそばにいれば止められるだろう。目の届かないところに置いておいて、変に足を引っ張られるよりはマシだ）

レナルドは冷静にそう計算すると、スヴェンに向かってうなずいた。

「私はこれから港湾《こうわん》部に向かいます。先生もどうか一緒《いっしょ》に来てください」

「はい。港湾部はここから近いですし、倉庫街に潜《ひそ》む犯人を捜索して回るのであれば、馬は置いて行った方がよさそうですね。それでは、早速《さっそく》行きましょう」

スヴェンの頭には王都の地図が丸々入っているのかもしれない。慣れない場所でも、迷わず目的地を目指し歩いて行く。レナルドはこみ上げてくる焦燥を抑《おさ》え、彼の隣《となり》に並んだ。

　そうやって夜の王都を足早に歩くこと五分。ヴィオレッタの無事を祈《いの》るレナルドの想《おも》いに応《こた》えるかのように、夜空に赤い火花が散って咲《さ》くのが見えた。

「あれは連絡用の発炎筒ですね。発火場所は瓶《びん》詰め工場のある辺りでしょうか？」

　スヴェンが夜空を見上げ、冷静に分析《ぶんせき》する。その時にはもうレナルドは駆け出していた。

「やれやれ、レナルド様もまだお若いですね。それとも恋《こい》のなせる業《わざ》でしょうか」

　スヴェンが後ろで何か言っていたようだが、構っている余《よ》裕《ゆう》はない。レナルドは潮風に背中を押されながら、工場へ続く道を全力で駆け抜《ぬ》けた。

　果たして、辿り着いた先にはダミアン配下のエリクたち二人組がいた。

「発炎筒を使ったのはおまえたちか？　何か手がかりを見つけたのか？」

　レナルドに問われ、エリクが少し困ったようにポリポリと頭をかく。

「そこまでたいした発見じゃないんですけど、この辺りを見回っていたら、瓶詰め工場の方で大きな物音がしまして……」

「わかった。俺は中の様子を探ってくる。もう少ししたら、ここにスヴェンという男が来るはずだ。エリクは残って連絡係を、もう一人はダミアンに状況《じょうきょう》を知らせてくれ。頼んだぞ」

「は、はい！」

　レナルドの指示を受け、エリクの相棒が来た道を急ぎ戻っていく。

胸騒《むなさわ》ぎがした。何かひどく嫌なことが起きている気がする。自分がラルスの立場なら、ヴィオレッタもよく知っている工場の中に彼女を監禁《かんきん》しないが……それなら、エリクが聞いた音と彼女は無関係なのか？　いずれにせよ、行ってみなければ何もわからない。

レナルドは緊張で上がった息を整えると、覚悟《かくご》を決め工場の様子を窺《うかが》いに向かった。

冷たくなってきた風が汗《あせ》ばんだ身体《からだ》を冷やし、体温を奪《うば》っていく。魚の生臭《なまぐさ》い匂《にお》いが立ちこめる中、私は息を詰《つ》め、闇《やみ》に身を潜めていた。

海辺の倉庫を飛び出した私はラルスの追跡《ついせき》を振り切り、この瓶詰め工場まで逃《に》げてきたのだ。先日の火事の被害《ひがい》が思ったより少なかったこともあり、工場は今月頭から稼働《かどう》を再開している。とはいえ、この時間はさすがに誰《だれ》もいない。

刺《さ》すような緊張感の中で、時間だけがひどくゆっくり流れていくように感じる。やがて敏感《びんかん》になっていた私の耳に、ガタガタと入口の扉《とびら》を揺《ゆ》する音が聞こえた。来た、ラルスだ！

木製の扉には内側から閂《かんぬき》をかけ、すぐには開かないようにしている。さぁ、どうする？

息を殺し様子を窺う中、音がやんだ。ひょっとしてあきらめてくれたのかな？

ホッと息をつき、胸をなで下ろした。次の瞬間、木の割れる鈍《にぶ》い音が工場中に響《ひび》いた。

え⁉　嘘《うそ》でしょ⁉　作業台の後ろから顔を出した私は、冷たい汗が背筋を伝うのを感じた。

月明かりを背にした黒いシルエットが工場の入口にたたずんでいた。すべてが暗く沈《しず》んで見える中にあって、その手に持った抜き身の刃《やいば》だけが鈍く光っている。

「ヴィオレッタ様、どうか出てきてください。こちらにいらっしゃるのは、わかっています」

固く冷たい声が呼びかけてくる。そこになんの感情もこもって聞こえないことが、かえってラルスの怒《いか》りの深さを表しているようで恐《こわ》い。

私が作業台の後ろでじっと息を殺していると、規則正しい足音がコツ、コツと、一歩ずつ確実に近づいてくるのが感じられた。心臓が高鳴り、恐怖《きょうふ》で顔が引きつる。

怯《おび》えていちゃダメだ。ここに隠《かく》れていたって、どうせすぐに見つかる。私は震《ふる》える足を叱咤《しった》して立ち上がった。作業台の後ろから飛び出し、工場の奥に向かって一気に走る。

「逃がすか！」

闇を切り裂《さ》くような一喝《いっかつ》と共にラルスが追ってくる。私は生きた心地《ここち》がしなかった。だけど、今後ろを確認《かくにん》して気づかれるわけにはいかない。だって、その先には……。

背後でドサッと鈍い音を立て、ラルスが床《ゆか》に倒《たお》れたのがわかった。かかった、今だ！

「待って！　動かないで！」

私は立ち止まり、右手を高く掲《かか》げた。その瞬間《しゅんかん》、床に膝《ひざ》をつき起き上がろうとしていたラルスの顔色が変わった。そう、私の手には今、着火済みのマッチが握《にぎ》られているのだ。

「いい、ラルス？　あなたの足下《あしもと》には今、大量のオリーブオイルがまかれているわ。あなたもすべって転んだから、匂いとか触感《しょっかん》とかでわかるでしょう？」

「……なるほど。俺をここへ誘導《ゆうどう》するために、あなたはわざと姿を見せたわけですか」

ラルスが憎《にく》しみのこもった目で私を見上げながらつぶやく。彼の推測は正しい。

この瓶詰め工場には、魚を低温調理するためのオリーブオイルが大量にストックされている。私はその一部を拝借して、事前に床にまいておいたんだ。もっとも、ラルスをここまで誘導できるかどうかは賭《か》けだったけど。

「今のあなたはオイルまみれよ。そして、私の手には火がある。この意味、わかるわよね？」

私はラルスから目を離《はな》さないように細心の注意を払《はら》いつつ、空いている方の手をポケットに突《つ》っ込み、取り出した蠟燭《ろうそく》にマッチの火を移した。ほのかに揺れる人工の光が、悔《くや》しげなラルスの顔を薄闇《うすやみ》に浮《う》かび上がらせる。その唇《くちびる》がかすかに動いた。

「なぜです？　あなたはなぜそうまでして、ヴィオレッタ王女の宿命に抗《あらが》うのです？　ゲームの世界に転生した今、その宿命通りに生きるのがキャラとしての使命ではありませんか？」

ラルスは本気でそう信じているのだろう。その瞳《ひとみ》に迷いはない。だけど、そんな宿命を私にまで求められては困る。私は息を吸い、まっすぐにラルスを見て告げた。

「ねぇラルス、この世界は現実なのよ。レナルドもリアムもアナリーも、みんな自分の意思を持ち、自分の人生を生きている人間だわ」

そう、みんなは単なるゲームのキャラじゃない。一緒に悩《なや》んだり励《はげ》まし合ったりして、共に過ごす時間が長くなっていくうちに、私は生身の人間として、みんなのことが大好きになっていったんだ。

「私はみんなと一緒に、これからもいろんなことに挑戦《ちょうせん》していきたい。みんなが暮らすこの国をより良くしていきたい。私は経営コンサルタントとして今世で自分にできることをやり尽《つ》くすまで、生きて生きて生き抜いてやるのよ！」

「ヴィオレッタ王女のくせに、シナリオを逸脱《いつだつ》して、ずいぶん熱いことを言うんですね」

「今世で自分の人生を生きていないあなたには、理解してもらえない感情かもしれないわね」

今さらラルスに共感してもらおうとは思わない。しかし、それならそれで、ヴィオレッタとしての私の人生にこれ以上関《かか》わってもらいたくなかった。

「平行線にしかならない話はこの辺でやめておきましょう。さぁラルス、足下に火をつけられたくなかったら、剣をこっちへ渡《わた》して。武装を解くのよ」

ラルスが忌々《いまいま》しげに私を見上げる。彼は迷った末、剣を鞘《さや》ごと床に置いた。そのまま足で蹴《け》り出す形で床の上をすべらせ、剣を私のもとに引き渡す。

よかった。抵抗《ていこう》されたらどうしようかと心配したけど、思ったより素直《すなお》で助かったわ。

観念してくれたのなら、次は工場に置いてあった荒縄《あらなわ》でラルスの手を縛《しば》って……。

私が視線を逸《そ》らした、その一瞬の出来事だった。ダンッと床を強く蹴る音がした。

えっ、何⁉　慌《あわ》てて視線を戻《もど》した、その時にはもうラルスの顔が眼前に迫《せま》っていた。

「ラルス⁉　この火が見えないの⁉」

叫《さけ》んで、ラルスの前に蠟燭を突き出す。しかし、彼は止まらなかった。こちらに向かって伸《の》びた手が蠟燭の火を素手でつかむ。一瞬嫌《いや》な臭《にお》いがして火が消えた。嘘っ⁉

「ぐっ……！」

首に衝撃《しょうげき》が走る。火傷《やけど》を負ったラルスの手が上に伸び、私の首を絞《し》め上げたのだ。

「ゲーム通りに生きさえすれば、最期《さいご》は華々《はなばな》しく散れたものを……残念です」

人工の光はもうない。かすむ視界の中で、ラルスの顔が悲しげに微笑《ほほえ》むのが見えた。

私、ここで終わるの？　前世でも突然《とつぜん》死なきゃならなかったのに、今世でも？

嫌だ！　まだ生きたい！　私は今世でやりたいことがまだいっぱいあるのに！

心はそう強く願っているのに、実際にはラルスを突き放すことすらできない。

「さようなら、ヴィオレッタ様。来世では、どうかあなたの望む生き方ができますように」

甘く残酷《ざんこく》なはなむけの言葉が耳をくすぐる。苦しくて、つらくて、涙《なみだ》があふれてきて、自分でもわけがわからない。

もうダメかと思った、まさにその時、パリンッとガラスの割れる音が耳に飛び込んできた。

しかも一枚だけじゃない。同時に何枚も。いったい何……？

ぼやけた視界の隅《すみ》で、光る銀の刃が斬《き》りかかってくるのが見えた。いや、私に向かってじゃない。ラルスがとっさに私の首から手を放し、床に落ちていた剣《けん》を拾う。次の瞬間、銀の刃と刃がぶつかり合い、薄闇に小さな火花を散らした。……今だ！

床を転がり、酸素を求めて大きくあえぐ。涙でにじむ視界の端《はし》で、私は確かに見た。離れていたのはたった数時間のはずなのに、こんなにも懐《なつ》かしく感じるその人は……、

「レナルド？」

私のその声は、かすれていてささやくようだった。それでも彼には通じたらしい。その端整《たんせい》な顔に、一瞬優《やさ》しい笑《え》みが浮かんで見えた。ああ、私……。

安心したら一気に意識が遠のきそうになって、私は唇を噛《か》みしめた。いけない。レナルドが戦っているのなら、私も何か自分にできることをしなくちゃ。

私はふらつく身体を叱咤して立ち上がろうとした。その肩《かた》に、後ろから手をかけてくる人がいた。ゆっくり振《ふ》り向く。私は目を疑った。

「ダミアン？　どうしてあなたがここに？」

「正義の味方参上ってな！　とらわれのお姫様《ひめさま》はどうかここで少し待っていてくれ」

ダミアンは茶目《ちゃめ》っ気たっぷりに笑うと、持っていた短剣を抜《ぬ》いてレナルドに加勢した。

ラルスは今世を騎士《きし》として生きてきただけあって、その太刀筋《たちすじ》には迷いがなく、剣技ではレナルドを押している。だが、ダミアンも加わってはさすがに分が悪い。

レナルドたちの剣を受け流しつつも、ラルスの身体は確実に壁際《かべぎわ》へと追い詰められていく。

「なぜ皆《みな》、俺の邪魔《じゃま》をするんです⁉　ここは俺が作ったゲームの世界なのに！」

ラルスの悲痛な叫びが尾《お》を引き、薄闇に溶《と》けていく。乾《かわ》いた金属音を立て、その手から剣が弾《はじ》き飛ばされた。

勝敗は決まった。レナルドがラルスの喉元《のどもと》に剣先を突きつけ、厳《おごそ》かに告げる。

「ラルス、あんたを国王の暗殺未《み》遂《すい》容疑で王宮へ連行する」

え？　ラルスが容疑者にされているってことは、私の容疑は晴れたの？

気になったけど、今はとても聞ける状況《じょうきょう》じゃない。ダミアンが私の用意しておいた荒縄に気づき、手際よくラルスを縛り上げる。そこまでして、レナルドはようやく剣を鞘に収めた。

レナルドが軽く息をつき、こちらを向く。私は笑いかけようとして、失敗した。

なんかレナルド、すごく怒《おこ》ってない？　そりゃまぁ、大変な事件に巻き込まれて怒る気持ちもわかるけど……。

レナルドが無言でツカツカとこちらに歩いてくる。緊張《きんちょう》して思わず身構えた、次の瞬間、私の身体《からだ》はそのたくましい腕《うで》の中に抱《だ》きすくめられていた。

「よかった、ヴィオレッタ……！　無事でいてくれて、本当によかった……！」

背中に回された腕に力がこもる。私は驚《おどろ》きすぎて、自分の身に何が起きたのか最初よくわからなかった。それでもレナルドの胸に頬《ほお》を寄せているうちに、だんだんと落ち着いて力が抜けていくのを感じ、安堵《あんど》の吐《と》息《いき》をこぼした。……ああ、本当にもう全部終わったんだ。

そう意識した途端《とたん》、一気に気が緩《ゆる》んで、目元にじわっと涙がにじんできた。あ、いけない。私は慌ててレナルドから離れようとした。しかし、放してもらえなかった。

「もう少しこのままでいろ」

触《ふ》れた頬の先から、ドクドクと脈打つ心臓の音が伝わってくる。人の鼓動《こどう》や体温って、どうしてこんなに安心できるんだろう？　いや、それはレナルドのものだからかな？

私にとって、レナルドはかけがえのない仲間だもの。ラルスの策略にかかって彼と対立することにならなくて本当によかった。ラルスを拘束《こうそく》できた今、この世界がゲームの展開に近づくことはもうないはず……って、ちょっと待って！

「ねぇレナルド、お父様は助かったの？」

反射的にレナルドの胸に手をついて顔を上げ、尋《たず》ねる。レナルドはそんな私の顔を不満そうに見下ろし、静かにため息をこぼした。

「殺されかけたというのに、こんな時まで他人の心配か？　人の気も知らないで」

「うっ……ごめんなさい」

国王暗殺を疑われるわ、ラルスにさらわれて殺されそうになるわ、散々迷惑《めいわく》をかけた自覚があるだけに、強く言い返すことができない。

しゅんと落ち込む私に、その時、声をかけてくる人がいた。いつでもどこでも変わらず笑顔のスヴェンが、工場の入口からこちらに向かって歩いてきたのだ。

「ご安心ください、ヴィオレッタ様。陛下はご無事です。光の乙女《おとめ》候補のアナリー様が光の力に目覚め、陛下のお命を救われたのです」

「え？　アナリーが？」

もちろん、ゲームのシナリオにこんなイベントはない。シナリオ通りに進めば、お父様は私に毒殺されるはずだったのだもの。

「スヴェン先生、あの……」

詳《くわ》しく事情を聞こうとした、その声は工場内にクックッと響《ひび》く笑い声にかき消された。

ギョッとして声のした方を見る。ダミアンの手で拘束されたラルスが、口元に不気味な笑みを浮《う》かべていた。彼から庇《かば》うように、レナルドが私の身体を自分の方に引き寄せる。

ラルスが顔を上げ、私を見た。その唇《くちびる》が小さく動く。

「……それはどういう意味だ？」

レナルドが問い質《ただ》しても、ラルスの口は笑みの形を保ったまま、再び言葉を紡《つむ》ぐことはなかった。彼が何を言いたかったのか、私にもわからない。

やがて、割れた東の窓から白々とした光が差し込んでくるのが見えた。

ざわめく心を抱《かか》えたままでも夜は明ける。ゲームとは違《ちが》う、私の新しい現実が今まさに始まろうとしていた。

エピローグ

風に冬の匂《にお》いを感じるようになった頃《ころ》、私はお父様に呼ばれ、謁見《えっけん》の間に赴《おもむ》いた。正確には私一人じゃない。レナルドとリアムの兄弟も一緒《いっしょ》だった。

「今日は忙《いそが》しい中、三人ともよく集まってくれた。感謝する」

お父様は横一列に並んだ私たちを玉座の上から順に見回し、満足そうに微笑んだ。

一時は光の乙女の告解すら考えるほどの危篤《きとく》状態に陥《おちい》ったお父様だけど、アナリーが光の力に目覚めたおかげで、一命を取り留めたんだ。

さらに、飲まされた毒の種類をリアムが薬学者たちと共に特定したことで予後の対応も抜かりなく、今ではこうして頬に赤みが差して見えるくらい元気になった。

ちなみに、お父様の回復と前後して、私にかかっていた嫌疑《けんぎ》もすべてきれいに晴れた。スヴェンが中心となって実施《じっし》した調査の結果、瓶詰《びんづ》め工場の放火も、お父様を毒殺しようとした計画もラルスの犯行であったことが明るみに出たんだ。

ラルスとしては、ゲームの軌道《きどう》修正をするためにやったことだとしても、普通《ふつう》の人たちにその主張が理解できるはずもない。ラルスは精神に異常を来《きた》していると判断され、裁判中の今は地下牢《ちかろう》で拘束されている。

一方ラルスに利用された光の乙女候補は、情状酌量《しゃくりょう》の余地ありという判断で処刑《しょけい》を免《まぬか》れた。かわいそうではあるけど、今後は教会の預かりで人生をやり直すことになりそうだ。

こうして結果だけ見れば、私はゲームのようにお父様を亡《な》くすことも、ましてや王位を簒奪《さんだつ》することもなく、平穏《へいおん》な日々を取り戻《もど》している。しかし、まだ完全に安心はできない。

「今日、皆に集まってもらったのは他《ほか》でもない、次代の王について話すためだ」

お父様の発言を受け、私たち三人の間にピリッとした緊張が走った。

今この瞬間《しゅんかん》こそが最後のチャンスかもしれないと、私は思った。破滅回避《はめつかいひ》をより確かなものとするため、今日こそみんなの前で王位継承《けいしょう》権の放棄《ほうき》を宣言するのよ。

「あの、陛下、私」

「次代の王は、余の中ですでに決まっている。スヴェン、来てくれ」

レナルドとリアムがもの言いたげな視線を私に向ける。肝心《かんじん》のお父様には私の発言が聞こえなかったのか、完璧《かんぺき》なまでにスルーされてしまった。えっと……。

挙手した私の手が行き場を失う中、スヴェンがいつもの笑顔で部屋に入ってきた。彼はお父様に一礼してから、私たち三人の方を向いて淡々《たんたん》とした口調で告げた。

「突然《とつぜん》ですが、今日は皆様に謝罪したいことがあり、この場に参りました」

謝罪？　スヴェンが？　横の二人も意外に思ったらしい。レナルドは形のいい眉《まゆ》をわずかに持ち上げ、リアムは不安そうに視線をさまよわせている。

スヴェンは私たち三者三様の反応を楽しむように眺《なが》めて、続けた。

「すでにお気づきの方もいらっしゃるかもしれませんが、私は皆様《みなさま》の家庭教師である以前に、陛下の命を受けた試験官だったのです。国王試験の間、時には私自身が、そして時には私の部下たちが皆様のあとを追い、その行動を逐一《ちくいち》観察して陛下にご報告申し上げておりました」

何それ！　私たち、知らぬ間にスヴェンに監視《かんし》されていたの？　でも、言われてみれば心当たりがあった。

「瓶詰め工場で火事のあった日、先生はやっぱり現場にいらっしゃっていたのですか？」

私の問いかけに、スヴェンが満面の笑《え》みで「はい」とうなずく。

「あの時はヴィオレッタ様に姿を見られているとは知らず、焦《あせ》りました。ですが、終わりよければすべてよしと申しますし、こうして己《おのれ》の責務を全《まっと》うできたことに安堵しております」

「へー。それで、スヴェン先生の採点結果はどうだったのですか？　私たちのあとをつけて回っただけの成果は得られたのでしょうか？」

そう聞くレナルドも監視されていたことに苛立《いらだ》ちを覚えているのか、言葉に棘《とげ》を感じる。しかし私たち教え子全員から白い目を向けられても、スヴェンの笑顔は乱れない。

「この先は、陛下からお願いいたします」

スヴェンが頭を下げて一歩退《さ》がる。お父様は鷹揚《おうよう》にうなずき、改めて口を開いた。

「この国の王としてはよくないことだが、国王試験の課題を言い渡《わた》した当初、余も皆と同じで光の乙女は伝説に過ぎないと考えていた。だからこそ、非現実的な課題を前にしておまえたち三人がどう動くかを観察し、その行動によって次の王を決めるつもりでいたのだ。だが、アナリーという真の乙女が現れた今、その必要はなくなった」

お父様が言葉を切り、私たちの顔を見回す。その視線が私の前でピタリと止まった。

何？　なんかすごく嫌《いや》な感じがするんだけど……。

「光の乙女候補であったアナリーは、ヴィオレッタのことを想《おも》って祈《いの》りを捧《ささ》げている最中に光の力に目覚めたと証言していた。よって、光の乙女を見いだし、その力を覚醒《かくせい》させた者として、余はヴィオレッタを次の王に任ずる」

……冗談《じょうだん》でしょう？　私はただのしがない経営コンサルタントよ？　そんな人間に、一国の王が務まるわけないでしょう！

「陛下、私に王は無理です！　どうかお考え直しください！」

私はなりふり構わず、必死で訴《うった》えた。だけど、お父様は「もう決めたことだ」と繰《く》り返すばかりで、とりつく島もない。そんな……！

絶望する私に向け、スヴェンが静かに首を横に振《ふ》ってみせた。

「ヴィオレッタ様、どうかご覚悟《かくご》をお決めください。陛下は最終的に光の乙女の覚醒をもってあなたを次代の王に任命なさいました。ですが、そのことがなかったとしても、陛下はあなたを王にふさわしい器《うつわ》だと考えておいでだったのです」

スヴェンの解説に、お父様も満足そうにうなずいている。

そういえば、スヴェンは過去に私の意思を確認《かくにん》してきたことが何度かあった。まさかその時点ですでに私を王に推《お》すつもりでいたの？

「ご安心ください、ヴィオレッタ様。私はこれからも臣下として、あなたをお支えします」

いやいや、スヴェンのうさんくさい笑顔で言われても、いまいち信用できないんだけど。

「ぼ、僕もです」

ちょっと待って！　リアムまでどうして？

驚《おどろ》いて見ると、リアムは私に向かって少し照れたような笑みを返してくれた。

「化学の面でしか役に立てないかもしれませんが、僕も頑張《がんば》ってヴィオレッタを支えます」

「いやいや、私なんかより、あなたやレナルドの方がよっぽど王に向いて」

「いい加減あきらめろ、ヴィオレッタ。俺も、あんたが次の王で異論はない」

「……は？　レナルドまで何言ってんのよ？　王を目指していたんじゃなかったの？」

私が軽くにらむと、レナルドはその整った顔にほろ苦い微笑《びしょう》を浮かべて首を横に振った。

「確かに俺はずっと王になるつもりで生きてきた。しかし、それはこの国を良くするために望んでいたことであって、俺は玉座が欲しかったわけじゃない。だから」

私はギョッとした。レナルドが私の前でひざまずき、手を差し出してきたのだ。それこそ、

まるで王に忠誠を誓《ちか》う騎士《きし》のように。

「あんたのことを一番そばで見てきた俺には、誰《だれ》が最も王にふさわしい人間かわかっている。あんたが今のままのあんたでい続ける限り、俺も隣《となり》で支えよう」

「僕も同じ気持ちです」

リアムがレナルドの隣でひざまずき、兄と同じように真剣《しんけん》な面持《おもも》ちで手を差し出してくる。

私は目を限界まで大きく見開いたまま、兄弟どちらの手も取れずにフリーズしてしまった。

だって、この状況《じょうきょう》、どうしたらいいのよ!?

困り果てた私の脳内で、あの夜、ラルスが最後に言い放ったセリフが思い出された。

『ゲームのシナリオから完全に逸脱《いつだつ》しましたね、ヴィオレッタ様。この展開を、あなたはいずれ後悔《こうかい》することになるでしょう』

あの時は何を言っているのか、よくわからなかったけど、まさかラルスはこうなる未来を予測して私に忠告していたの？

ラルスに確認したくても、彼と二人きりで会うことはもう叶《かな》わない。

ひざまずく二人の王子を前にして、私はゲームよりハードな現実の幕開けを予感し、天を仰《あお》ぐことしかできなかった。

そんな私たち三人の姿を、スヴェンとお父様はいつまでも興味深そうに眺めていた。

あとがき

はじめまして、あるいはお久しぶりです。麻木《まき》琴加《ことか》です。この度は、数多くある本の中から本書を選び、お手に取ってくださり、ありがとうございます。

ふと気づけば、前作『仮面婚約《こんやく》のたしなみ』シリーズの出版から数年の月日が経っており、自分でも驚《おどろ》きました。長い間、新作をお待ちいただいていた方々には、感謝の念が絶えません。本当にありがとうございます！

本書は、担当さんとの打ち合わせ時に「強くてかっこいい（でも時々抜《ぬ》けてる）女性の話が書きたいです！」と話したことから始まった、悪役王女の物語です。

世間ではまだ大変な日々が続いていますが、本書を通じてクスッと笑ったり、息抜《いきぬ》きをしたりする時間を少しでもご提供できたら、嬉《うれ》しいです。

本書では、逆木《さかき》ルミヲ様に美麗《びれい》かつ表情豊かなキャラたちを描《えが》いていただきました。最初にキャラクターデザインを拝見した時、「ものすごいイケメンが勢揃《せいぞろ》いしている！」と、鼻息も荒《あら》いメールを担当さんにお送りしてしまったほどに興奮しました。ありがとうございます！

担当さんには、執筆《しっぴつ》中いつも励《はげ》ましていただいたり、的確なコメントを頂戴《ちょうだい》したりしました。他にもデザイナー様、校正様、営業様、印刷所様、書店員様など、多くの方々のご協力があって、本書を世に送り出すことができました。皆様《みなさま》、本当にありがとうございます！

そして最後に、本書をお手に取ってくださった読者の皆様に、最大級の感謝を！

最近は「麻希《まき》一樹《かずき》」の名義で、『「未完成」なぼくらの、生徒会』（KADOKAWA）や、「5分後に意外な結末 悩《なや》み部」シリーズ（学研）などの学園ものも、書かせていただいています。

本書のような異世界ファンタジーの合間に、現代高校生の話もつまんでみたいと思われた方は、ぜひお手に取ってみてください。今後もより面白い話を書けるよう精進しますので、またどこかでお目にかかれたら幸いです。どうぞよろしくお願いいたします。

麻木琴加（@makikotoka）

「グランドール王国再生録 破滅の悪役王女ですが救国エンドをお望みです」の感想をお寄せください。
おたよりのあて先
〒102-8177 東京都千代田区富士見2-13-3
株式会社KADOKAWA 角川ビーンズ文庫編集部気付
「麻木琴加」先生・「逆木ルミヲ」先生
また、編集部へのご意見ご希望は、同じ住所で「ビーンズ文庫編集部」
までお寄せください。

グランドール王国再生録《おうこくさいせいろく》

破滅《はめつ》の悪役王女《あくやくおうじよ》ですが救国《きゆうこく》エンドをお望《のぞ》みです

麻木琴加《まきことか》

角川ビーンズ文庫 22491

令和3年1月1日 初版発行

発行者――――青柳昌行
発 行――――株式会社KADOKAWA
〒102-8177 東京都千代田区富士見2-13-3
電話 0570-002-301(ナビダイヤル)
印刷所――――株式会社暁印刷
製本所――――株式会社ビルディング・ブックセンター
装幀者――――micro fish

ISBN978-4-04-110959-5C0193 定価はカバーに表示してあります。

角川ビーンズ小説大賞
原稿募集中！
ここが「作家」の第一歩！
イラスト／伊東七つ生
賞金 大賞 100万円
優秀賞 30万円
奨励賞 20万円
読者賞 10万円
締切 3月31日
発表 9月発表（予定）
応募の詳細は角川ビーンズ文庫公式サイトで随時お知らせいたします。
https://beans.kadokawa.co.jp